第一夫人的情与爱

First Ladies' Love

金惠良 编著

U0116805

中国民航出版社

图书在版编目（CIP）数据

第一夫人的情与爱/金惠良编著 .—北京：中国民航出版社，2004.5

ISBN 7-80110-579-6

Ⅰ.第…

Ⅱ.金…

Ⅲ.国家元首-亲属-生平事迹-世界-通俗读物

Ⅳ.K818.5-49

中国版本图书馆 CIP 数据核字（2004）第 035480 号

第一夫人的情与爱

金惠良　编著

出版	中国民航出版社
社址	北京市朝阳区光熙门北里甲 31 号楼（100028）
发行	中国民航出版社　新华书店经销
电话	（010）64290477
印刷	北京师范大学印刷厂
照排	中国民航出版社激光照排室
开本	880×1230　1/32
印张	9.125
字数	200 千字
版次	2004 年 6 月第 1 版　2004 年 6 月第 1 次印刷

书号	ISBN 7-80110-579-6/Z·115
定价	18.00 元

目录

First Ladies Love

1、 一生潇洒,风采如歌
——杰奎琳·肯尼迪

作为一个非比寻常的女人,杰奎琳拥有了女人所渴望的一切,美貌、特权、财富、风流韵事与艺术情趣,拜倒在她石榴裙下的男子不计其数,其中一个是美利坚合众国最年轻有为的风流总统约翰·肯尼迪,另一个是人类有史以来屈指可数的巨富、狂放不羁的希腊船王奥纳西斯,凭借这两个男人杰奎琳登上了女人们所难以达到的权力与财富之巅。她的一生无异于一场点缀着黄金与玫瑰的梦之旅。

目录
First Ladies' Love

2、从私生女到阿根廷人的圣母——贝隆夫人

　　埃娃·贝隆的身世让人难以启齿，她的母亲不过是她父亲用"一匹马和一辆旧车"换来的情妇。她有一张天使的脸和一条魔鬼般的舌头，她美艳绝伦，而超乎美貌之上的是她的独特魅力，她倾倒了整个阿根廷。而铁碗统治的手段，又令她成为一名非凡的政治领袖人物。这一切造就了她传奇、坎坷而又辉煌的一生，她被阿根廷人奉为圣母。

3、 破碎的童话——黛安娜

什么样的女人能拥有幸福？出身贵族世家幸福吗？拥有倾国倾城的容貌幸福吗？嫁给高贵的王子幸福吗？身居高位，口含玉食，衣着华服幸福吗？名闻天下，受万人仰慕幸福吗？

4、 总统的伙伴——希拉里·克林顿

不断有人问希拉里：为什么还和克林顿在一起？

我们相爱了数十年，生下一女，经历父母亡故，都得担起照顾家人的责任，共有一群终身至交，加上

信仰相同，一心想为国家尽心尽力。此外，没有人比比尔更了解我，也没有人能像比尔那样让我开怀大笑。1971年春，比尔·克林顿和我开始交谈，三十多年后，我们仍无话不谈。

5、 敢与江山试比高——辛普森夫人

辛普森夫人离过两次婚，然而这并不能阻挡王子与她情投意合，感情甚笃。爱德华八世忠于对辛普森夫人的爱情，于1936年12月退位，并于第二年一月与她完成了一桩亘古未有的婚姻。对于失去王位以及永远不能回到自己的国家，温莎公爵对辛普森夫人说："你可别后悔，我丝毫也不。我只知道我的幸福永远维系在你的身上……"

目录

First Ladies Love

6、 当了十三年美国第一夫人
——埃莉诺·罗斯福

露茜已年过半百，却还有着让总统迷恋的魅力——一个可怜的老情人！为什么匆匆离去？到哪里去哭泣？埃莉诺感到内疚，能宽容代理夫人，却不容露茜。说不明白这是为什么。女人呵！女人！她暗暗痛苦地嘲笑自己。

目录
First Ladies Love

7、 一个家庭,两个第一夫人
——劳拉·布什,芭芭拉·布什

(一)劳拉·布什

她是20世纪50年代出生在美国西部小镇米德兰的普通女孩子,吃着汉堡,坐在车上看露天电影,偶尔也偷偷地在车后座上趁父母不注意时好奇地点上香烟,白天没事的时候在不太繁华的街上闲逛。然而,几十年后,她成为了美国第四十三任总统夫人,她就是劳拉·布什。

(二)芭芭拉·布什

"我嫁给了我吻过的第一个男人,当我把这个告诉我的孩子们时,他们都吐出了舌头。"

目录

First Ladies Love

一生潇洒，风采如歌

——杰奎琳·肯尼迪

不幸的贵族后裔

1929 年 7 月 28 日, 杰奎琳·鲍维尔出生在纽约长岛的南安普顿。

杰奎琳的母亲珍妮特·李出身富有, 举止文雅, 是个一心渴望在社会地位上取得成功的人。然而在她嫁给杰克·鲍维尔后, 她的生活世界就很狭隘了。她所关心的就是让家中的一切都熠熠生辉, 生活格调不能有丝毫瑕疵, 一切都应该井然有序, 整整齐齐, 无可挑剔。壁橱门必须关得严严实实, 装得半满的瓶子应该一扔了之, 抹布应该洁白无瑕, 沙发垫子必须高高鼓起。她要求厨房的地面应该与舞厅的地面一样锃光洁净。

杰奎琳的父亲杰克·鲍维尔是一个风流成性的证券经纪人, 在拥有妻子后仍然拥有数不清的情人。但这丝毫不影响父亲对女儿的狂热的爱, 甚至是宠溺, 因为杰奎琳打出生开始就是一个漂亮迷人的小人儿, 大家都管她叫杰姬。她的父亲经常带她到纽约百货商店的货架前, 任她挑选她喜爱的娃娃和零食。她从幼儿时期就知道自己讨人喜欢, 因而总是充满了自信, 趾高气扬。

从四岁半的杰姬的照片上可以看到一个心高气傲、哈哈大笑的小女孩,好像有某种未被驯化的、叛逆气味的粗野潜藏在她的性格中。一双炯炯有神的眼睛直视着对方,似乎在宣布:"生活属于我和你。"真是一个贪婪的小女孩。她对一切毫无惧色,还想君临天下。孩子们在一起玩游戏的时候,她总是扮演女王或者公主,她幻想着当上公主。她还梦想着长大以后做马戏团的女红角,嫁给英俊潇洒的空中杂技演员。

一天,四岁半的杰姬与妹妹李跟着奶妈一起到中央公园去玩,杰姬失踪了,警察把她找了回来,问她是不是迷了路。她用锐利的目光看了他一眼并以命令的口吻对他说:"快去把我的妹妹和奶妈找回来,是她们跑丢了!"

杰姬就读的学校一直是上等时髦的私立学校,在学校里,她出类拔萃而且不会安分守己。她厌烦极了,毫不掩饰自己的烦躁情绪。她的作业总比大家早做完,实在闲得无聊,她就去捉弄其他学生。她爱学习,但不愿意空等。

1940 年 7 月 22 日,杰姬 11 岁的时候,珍妮特与杰克终因杰克的不忠而离婚,杰姬和 7 岁的李和母亲一起生活。这件事带给了杰姬巨大的影响,她太小了,无力决定父母的分与和,也没有选择与父亲一起生活的权利。其实,她更乐意和父亲一起生活,因为父亲实在是太宠她了,让她无时无刻不觉得自己是个公主。她深切地感到这样太不公道了。大人们随心所欲,不征求她的意见,就决定了她的命运。从那一天起,杰姬所想的只有一件事:珍惜自己的生命,决不再让他人来支配自己,尤其是决不再轻信别人。

父母婚姻关系的崩溃使得杰姬开始表现出一种特殊的性格。她变得喜怒无常,一会儿兴高采烈、热情友好,完全是一个典

型的幸福孩子，一会儿
脸色阴沉、闷闷不乐，扭
头走进自己的房间，独
自扎进书堆里，拒绝同
任何人接触。"你根本料
不到这种情况什么时候
发生，"她的一个老师曾
经说，"她就像一只灯
泡，一会儿开，一会儿
关。不过，这灯泡开着的
时候，的确光彩照人。"

　　她的乌黑的大眼睛再也不永远透着笑意了，再也不敢正眼
看人了。这双眼睛常常呆滞无神，所透出的是一个存有戒心、郁
郁寡欢、沉默寡言的小女孩的目光。这个年仅十一岁的小女孩就
这样退出了生活圈子，躲进自己的内心世界。她要成为童话故事
中长着美人痣的公主。

　　她继续用功地读书，而且对浪漫主义文学情有独钟。她如饥
似渴地读完了拜伦的全部著作，并津津有味地吟颂他的诗篇。她
还听音乐，画油画，写诗，画素描，她又买了水彩画、油画和素描
方面的书籍。但凡做事，她总是善始善终，有时甚至达到狂热的
程度，似乎想借此把郁积在胸中的怒火宣泄干净。贴邮票时她不
是用手慢慢贴平，而是一拳头把邮票压平。

　　这时候的杰姬仍然不允许别人有超过她的地方，她太高傲
了。她喜欢骑马，并多次参加赛马比赛。只要没能战胜对手，她就
会愁眉苦脸。"你只要看看杰姬的脸色就肯定知道她是输还是

赢，"她儿时的一个朋友说："她的嘴和下巴会像一根绷紧的绳子。除非她取得胜利，除非她击败了其他所有小孩子，否则她是不会开心的。"

两年后，杰姬的母亲珍妮特·李又嫁给了富商休斯·达德利·奥钦克罗斯，休斯祖籍苏格兰，是一位沉稳的名副其实的绅士。他财运亨通，拥有船舶、商行、马匹、名画、花房、劳斯莱斯汽车，在大银行中有巨额存款。他的外表显得特别持重、和蔼、亲切，而且很有教养。总之，他具有珍妮特所看重的种种优点，当然他也有木讷迟钝、不大令人喜欢的一面。那些毫不精彩的故事，他会翻来覆去、絮絮叨叨地讲个不休。他有时还有点心不在焉：有一次他竟然穿得整整齐齐跳进了游泳池。不过，他很快赢得了两个女孩子的信任，她们管他叫休斯叔叔。

杰姬的野性十足引起了珍妮特的担忧，她下定决心，绝不能让瘦得可怕的杰姬继续这样下去。于是，她学着华盛顿优秀家庭的样子把杰姬送进了希彭小姐舞蹈班接受训练。杰姬专心致志地去上古典舞蹈课，并自己设计了一个书斋，专门摆放舞蹈书籍。这个曾经像男孩一样顽皮的姑娘开始变得有女人味了。

1947 年，杰姬进入纽约的瓦萨大学读书，学习莎士比亚和宗教史。在那里，她仍然是一个自命不凡、追求时髦而且有点独断专横的女孩子，她没有一个知心朋友。

年轻的社交皇后

在杰奎琳18岁那年,她要求母亲为她组织一次进入上流社会的交际活动。珍妮特·奥钦克罗斯欣喜万分,答应照办。虽然杰奎琳很看不惯传统的繁文缛节和舞会的衣裙,然而她还是想表现出大家闺秀的风范。她穿着白色珠罗纱礼服,袒胸的船形衣领配上鼓起的裙子,十分鲜艳夺目,她以这样的装束开始了舞会的应酬。她光彩照人,在晚会上超凡脱俗,力压群芳。全座宾朋目不转睛地盯着她看,都在思考究竟哪点细枝末节使她变得如此出众,如此引人注目。难道其中有娇艳的魅力,有神助的魔法,还是代表了一种独到的格调?在舞会上,母亲们惶惶不安,父亲们则站了起来,他们的儿子们兴奋得坐不住了,他们的女儿们在妒火中烧,赌着气准备退场。杰奎琳呢?她雍容华贵、仪态端庄、楚楚动人。她现在妙趣横生,出言不凡,语惊四座。当有人恭维她,说她穿的衣服是那么别致,那么夺目时,她乐坏了:"我是在纽约跳蚤市场买的,才五十美元。"这使那些到著名的克里斯蒂·戴奥或吉温切时装店不惜高价来打扮女儿的母亲们面面相觑。

杰奎琳则毫不在意,她对流行的时装款式嗤之以鼻。她喜欢在田野中奔跑,爬树弄得膝盖被擦破,下身穿的总是那一条运动短裤。她有两副面孔,可以说装得惟妙惟肖:既可以是能跑善跳的运动员,又可以成为温文尔雅的姑娘;既有假小子的野性,又可以有文静姑娘楚楚动人的一面;既可以成为声名赫赫的红角儿,又可以变成让人捉摸不透的女孩;信心十足而又胆小怯懦;既可以妙趣横生,又显得谨言慎语,好像她身上有一根看不见的暗线把几种极端的个性完美的结合在一起。

第二年夏天,杰奎琳与她的三位朋友做了一次欧洲旅行,杰奎琳完全被法国的风景与风情迷住了。回美国后,杰奎琳不想继续她在瓦萨大学的学业,而是想去法国留学。她怎样才能实现这一愿望呢?她对父亲杰克说,她要辍学,去做时装模特。杰克当然不同意,他暴跳如雷,他的高贵的女儿怎能去做模特?杰奎琳让步了,她要她父亲送她去法国留学,杰克欣然答应。于是,杰奎琳在法国东南部的格勒诺布尔大学和巴黎大学文学院学习了一年。留学回来后,杰奎琳直接进入了乔治·华盛顿大学,并且于1951年毕业,获得了艺术学士学位。

毕业的这年夏天杰奎琳来到《华盛顿时代先驱报》报社担任记者。杰奎琳在这家报社每天负责采访一条新闻并拍摄一张照片。这是休斯叔叔一手策划的,他有一位朋友认识这家报社的主编富兰克·沃德洛普。一天,这位朋友打电话问沃德洛普:"你不是一直想招聘年轻女记者吗?我给你物色了一位最佳人选,她有一双圆圆的大眼睛,而且绝顶聪明,想投身于记者生涯。"

母亲呢?她则监视着女儿的交际活动,期待着"白马王子"的出现。闯入杰奎琳生活的第一个男人,名叫约翰·赫斯德,她与他订了婚。他高大魁梧,风度翩翩,彬彬有礼,无可挑剔,而且还是个银行家,他完全符合母亲所欣赏的男人标准。还有一点是他住在纽约。这正投了杰奎琳父亲的所好,父亲一直喜欢纽约。订婚仪式很奇怪:气氛阴郁,一对未婚夫妇毕恭毕敬,肃然而立。在招待会上,杰奎琳除了点头微笑,与未婚夫保持着距离以外,没有其他表示。别人期待她怎么做,她就怎么做。她算是找到了一个门当户对的郎君,现在总该让她安静一会了吧。

至于那位未婚夫,他对杰奎琳一见倾心:"她那么纯真、聪明、美丽,长着一对瞳孔较宽的眼睛,深棕色的卷发梳成羽毛状的小薄片,她就像只从森林中蹦出来的小鹿第一次碰见人类那样,在脸上浮现出一种惊讶的表情。"但他也很快预感到这桩婚事有点不妙。然而他是教养有素的男人,也就没有当场提出什么疑问。未婚夫妇俩的交往也是完全遵循道德规范的。她信誓旦旦地从远方给他去信,说她狂热地爱着他。及至到了相逢时刻,她却显得十分冷漠,把他视同为一般的朋友。他要求她确定婚期,她总是推托说此事为时过早而无限期地往后拖。约翰·赫斯德的母亲心疼儿子,主动向杰奎琳提出要送她一张儿子童年时的照片,杰奎琳婉言谢绝,而且不冷不热地回答说,如果她想要约翰的照片的话,她会自己去要的。

一位杰奎琳的女友一定要看看她的订婚戒指,杰奎琳脱下手套,露出在她那发绿的手指上闪闪发光的戒指,还对女友解释说,她是在冲洗自己拍摄的照片时,使手指染上了这种怪颜色的。

她认真地投入了记者这一职业,津津乐道于新闻的行当,对它的热情远远胜过对一枚钻石订婚戒指。

在这个时候，这份职业成了杰奎琳的全部兴致所在。她在华
盛顿的大街上采访名人或普通市民，常常拦住从超级市场出来
的人们，问一些她准备好的离奇古怪的问题，诸如：

"男人应该戴结婚戒指吗？"

"有人说：'有些女人像一面锣，必须经常敲打她们。'你同意
这种观点吗？"

"如果你明天早晨要被处决，你临终的最后一餐将点什么
菜？"

"在大街上你怎么认出哪一位是已婚男子？"

"男人坐在牙医的治疗椅上的时候，是否比女人更勇敢？"

"如果有这种可能，你最希望成为谁的第一夫人？"

"如果你同玛丽莲·梦露约会，你会同她谈些什么？"

"总统候选人的妻子是否要陪他一起参加总统竞选？"

然而，在报社内部，杰奎琳并非是一个人人夸奖的好记者。
那些专讲别人坏话的人说她是个有野心的女人，有的人则装出
一副怜悯的样子，把她看成是一个既不会提问，又不会摄影，家
道富足，但却一无所长的小女孩。同事们在交谈中，总把她当成
一个有靠山、无头脑、甚至并不漂亮的上流社会的女孩。然而主
编却很器重她，不久就给她加了薪水。

而杰奎琳呢？过了一段时间以后，她就觉得在报社没有奔
头。她讨厌报社，讨厌那个风度翩翩的未婚夫约翰·赫斯德。
她常常瞒着母亲，在休斯叔叔的梅丽坞庄园组织一次次晚会，
应邀的来宾都是年龄比她大得多的男子。她请他们谈生活感
受，还向他们提出一大堆问题，而自己却始终回避他们的提

问。她总是挑选一些权势显赫、知识渊博、饶有风趣的男人为伴，让他们带她去看戏、看电影。她与他们结伴去精神病医院探望病人。那些希望博得她欢心的男人并不幻想有朝一日能搂住她，但对她总是有求必应。在穿着全丝的光亮塔夫绸衬衫的志向肤浅、平平庸庸的官员面前，杰奎琳不是那种能停下来瞧上他们一眼的女孩。她最喜欢的，是去鉴赏，去学习。她不喜欢那些所谓的无可挑剔的男人，她讨厌他们。"当我看到一个模特儿式的男人时，过不了三分钟，我就讨厌了。我喜欢那些鼻子奇形怪状、耳朵长成两瓣、牙齿参差不齐的男人。"

　　虽然她不喜欢自己的未婚夫，但是若不是另一个男人出现在她的生命中的话，她也就顺理成章地与他结婚度过平凡的一生了。这个男人就是约翰·肯尼迪，他是一位非常讨女人欢心的男人。用一位与他上过床的空中小姐的话：他真是太迷人了，高个子、瘦身材、炯炯有神的眼睛，铜棕色的浓发，稚气的微笑，那样聪明，那样伶俐，风流俊俏、能言善辩，而又顽强固执……他身上带着一种野性，使人感到他的强健有力。他使杰奎琳魂不守舍，与他在一起她从来不感到厌倦，而且不自觉地想投入他的怀抱。

遭遇风流倜傥的约翰·肯尼迪

约翰·肯尼迪比她大 12 岁，出身于波士顿的一个显赫的大家族，他正在进行竞选，争取当上马萨诸塞州的参议员。

他们俩的相识颇具戏剧性，杰奎琳的众多崇拜者中有一个叫杰尔斯的记者，他一直对杰奎琳很感兴趣，他的夫人发现这一点后，非常愤怒。这位夫人的精明的父亲给她出了一个好主意：把杰奎琳介绍给别的男人。于是，在一次宴会上，这位夫人千方百计的让杰奎琳认识了肯尼迪，肯尼迪把她的魂都勾去了。他在一段时间内连续邀她赴约。接着，在整整六个月内，他又把她忘了，然后再次相约，再次相忘。杰奎琳对这种时断时续的会面已习以为常。她对约翰·肯尼迪那种放浪于形骸之外的行为毫不介意，相反，她想自己大概终于找到了心上人，找到了一位让人捉摸不透，有时甚至是冷酷无情，但极富魅力，又有崇高威望，女人们都为之倾倒的男人。她看不上约翰·赫斯德，在杰奎琳的眼中，赫斯德极其乏味，他的彬彬有礼、善良厚道，在她看来都算不上优秀品质。

当然，杰奎琳早就知道肯尼迪家族的财富甚至超过了洛克菲勒。

一天晚上,未婚夫约翰·赫斯德来华盛顿看她。在送他去机场时,杰奎琳把那枚订婚戒指塞进了他的口袋,一言不发地走了。他太拘泥于礼节了,甚至连原委都不敢问一声。从此他再也没有与她重逢过。

而与约翰·肯尼迪在一起,杰奎琳觉察到了一种危险感,一种风险意识,一种前途未卜的征兆。《华盛顿时代先驱报》的编辑得知杰奎琳同肯尼迪约会后警告说:"他的年龄比你大,也比你精明,比你见多识广,而且已经有几十个想要得到他的女人都一无所获,所以,你还是好自为之吧。"这些警告恰恰增强了她对他的兴趣。危险的男人使她兴奋,她要的就是这样的男人。她一意孤行,决不认输。"他们相处一年之后,"一位朋友说:"杰奎琳环顾四周,发现她自己简直就像一场坠机事故后惟一的幸存者。"他身边不是前簇后拥,有一大群女人都想把他征服吗?她会把她们各个击破,让她们成为她的手下败将。他不是不愿娶妻成家吗?她要嫁给他。他不是出了名的对女人不忠,忘恩负义,甚至到了对她们粗鲁无礼的地步吗?他却很快会对她爱情专一、忠贞不贰,并会拜倒在她的脚下。更何况杰奎琳除了不苟言笑、冷淡漠然的外表以外,还有她多愁善感的内心世界。她虽然没有多少感性经验,但却会围绕着约翰·肯尼迪演绎出一部浪漫故事。她第一次不由自主地倒在一个男人的怀里,他俩躲在约翰那辆旧式敞篷车后座上调情。

杰奎琳很清楚肯尼迪喜欢的是苗条而又具有丰乳肥臀的性感女人,而她显然不属于这一类型,杰奎琳是一个高个子、长腿的女人,胸脯和臀部都显平坦,像人们通常看到的模特儿和芭蕾舞演员。杰奎琳在明白自己短处的同时,更加强烈地意识到要大张旗鼓地宣扬自己与别的女人所不同的东西：那就是她的智慧、教养和出身。

杰奎琳的优势得益于她在纽约所受的教育，所上的名牌学校以及去国外的旅行，她有敏锐的洞察力，高超的鉴赏力和丰富的想像力。她力图把自己塑造成一个温柔、热情、心情愉快的好伴侣，一个爱好文学艺术和音乐的有教养的女性。所有的男人形容杰奎琳"像一座灯塔的迷人的灯光"，时时刻刻吸引着人们把目光投向她。

约翰·肯尼迪对杰奎琳的印象极深，她秀色可餐，还有超凡脱俗的风度。她很有教养，而且兴趣广泛，然而她与别人总保持着距离，对于一个惯于让女人们如醉似痴地倒入他的怀中的男人来说，这样的距离有点扑朔迷离。她有点离奇古怪，但有着特别出众的气质，使人一见倾心。她是天主教徒，他也信奉天主教。她的出身高贵，有钱有势。不过，到后来约翰才知道，杰奎琳没有个人私房钱，而在梅丽坞庄园那些令他咋舌的豪华消费却原来都是由休斯叔叔掏的腰包。

两人都在对方身上找到了与己相同的偏爱：都需要清静，需要一个无人能闯人、全封闭式的小家园。这是两颗外表装得好动不好静的寂寞的心灵。杰奎琳把约翰和自己都比作几乎已完全沉入海底的两座冰山。她耐心地等待着他向她求婚，使出浑身解数鼓动他前来求婚。杰奎琳要是想办成一件事，她的法力是无边的。她可以无所不用其极。必要时她准备装出一副贤妻良母毕恭毕敬的样子。她给他把午饭带到办公室，使他不必中断工作，帮他撰写文章，替他翻译有关印度支那的专著，为他采购东西，他背痛时为他拿公文包，陪他参加各种政治聚餐，为他选购衣服，和他一起划船，陪他一起看西部片和惊险片，为他弟弟泰德·肯尼迪起草论文。一句话，她处心积虑想使自己成为不可替代的人，但又毫不流露"聪明过人"的样子，因为他不喜欢这种人。当然也并不贴得很紧，与他纠缠不清，而是很会摆点架子，让人久等。在他需要她时，她会说自己正忙着有事，分不开身。她还不时说上几句她所见到的其他男人如何才气横溢，如何风流倜傥等等的冷言冷语，甚至吹嘘自己的工作如何重要，在《华盛顿时代先驱报》中的影响如何在日渐扩大等等。

她还会利用自己负责的专栏去试探肯尼迪的心思，她挖空心思地问针对性极强的问题："为什么一位心满意足的单身汉要结婚？""有位爱尔兰作家说，爱尔兰人（肯尼迪是爱尔兰人后裔）缺乏爱的艺术，你同意这样的说法吗？"

她的这些努力得到了最高奖赏：她应邀去了海思尼斯港肯尼迪的家。然而这家的兄弟姐妹、姑妇妯娌们对她并不友好，对她那种公主王妃般的派头不屑一顾，嗤之以鼻。但她对约翰·肯尼迪仍然一往情深，而且依然名花无主，待字闺中。

约翰的母亲居高临下地打量着她，把她当成一个男孩来对待。对杰奎琳表示欣赏而且立刻意识到从杰奎琳身上能捞到好处的惟一人物是年长的乔·肯尼迪，他是一家之长，已被儿子的这一新交女友的高贵门第和典雅气质所吸引。"约翰该结婚了。"乔·肯尼迪想。杰奎琳也会笼络乔，与他开玩笑，唇枪舌剑地与他对答，这一切都使乔高兴得如醉如痴。约翰已36岁，一种政治生涯在等着他。这个女孩子各方面都很理想，她有教养，有风度，有胆识，会讲法语，而且还是天主教徒！老乔反复这样念叨："约翰应该娶她!约翰应该娶她!"他一再向儿子强调自己的观点,他的儿子一言不发地听着。

约翰当然和父亲持相同态度,娶杰奎琳能提高他的家族的社会地位并增加他的政治财富。然而他磨蹭着,他在华盛顿还有三个情妇,并不急于成家。

然而,乔·肯尼迪却唠唠叨叨地讲个不停,说杰奎琳是个出色的姑娘,她是总统候选人理想的妻子。在父亲的鼓动下,约翰终于在5月中旬作出了决定。一天晚上,他在汽车上用手摸着那把车钥匙,轻轻问了她一句是否愿意嫁给他。"这要看你是怎么打算的了。"杰奎琳克制着激动情绪,以揶揄的口吻说。

她欣喜若狂,自己的梦想终于实现了。她将嫁给一个举国瞩目的单身汉,一个富有、漂亮、名望很高而又前途无量的男子。她真想跳下车来在马路上欢呼雀跃,喊醒那些熟睡的邻居,把她的喜悦心情告诉他们。但是她形若无事,把手交叉放在连衫裙上,依然保持着庄严持重的姿态。她这种不让感情丝毫流露的做法是对的,因为约翰对她说,《星期六晚邮报》即将刊出一篇文章,把他描绘成"参议院中快乐的单身汉",在文章见报以前,应该守口如瓶。如果他不想使他的那些崇拜者过分失望,那么他还得过一段时间的独身生活。人们再也设想不出有比这更浪漫的求婚方式!

杰奎琳并没有表现出局促不安的样子。她慢条斯理、若无其事地回答道,她还得考虑考虑,在采访回国以后再给他答复。她没有忘记那个情场老手的父亲的教诲:不要给予男人太多,要有所保留,要使人觉得可望而不可即。她果真走了,是受报社派遣,前往英国参加伊丽莎白二世的加冕礼。

"一走了之。"想到这里，她十分高兴。她痛恨别人把她看成一个无条件服从的人。他不是以为她会得意忘形，会感激地来吻他的双手吗?那么她要让他等得心急火燎。她在伦敦度过了两星期，写的文章刊登在《华盛顿时代先驱报》头版头条。他给她打了一份电报:"文章很精彩，只是想念你。"她的心砰砰跳着，她又把他牢牢掌握住了?这次他会正式向她求婚了吗?他会拜倒在她的脚下吗?他会向她坦言，没有她，他会生活不下去吗?他求她带几本他需要的书，向她开列了一张长长的书单，以致杰奎琳只得买了满满一箱子书而付去100美元的行李超重费!

杰奎琳又到巴黎住了两星期,她在巴黎街头闲逛,思考自己的终身大事,然后才动身回华盛顿。在回纽约的飞机上,杰奎琳一再追问同机乘客,女演员萨·加宝,用什么油膏和面霜保持了

如此细嫩的肌肤。杰奎琳没有作自我介绍,但萨·加宝认为她肯定有特别的原因希望了解这一点。杰奎琳仅仅顺便提了一句,一个青年男子刚向她求过婚,他一会儿可能会在机场迎接她。飞机降落以后,萨·加宝走出飞机就投进了一个靠在出口台旁的英俊年轻人伸出的臂膀之中——他就是约翰·肯尼迪。这个好色参议员在好莱坞度过的那些日子里,加宝曾经是他众多的"女伴"之一。约翰把这位匈牙利女郎紧紧地搂着,又一把将她举起,但看到杰奎琳便立刻把她放了下来。

她对这些女人继续大模大样地与只属于她的男人厮混觉得反感。一个好莱坞的二流演员竟然敢把她看作是个傻大姐,对这一点她真受不了。不管怎么说,是他向她求婚的。她打消了一切疑惑,对他的求婚坦然地答应了。

当然,杰奎琳知道,肯尼迪是不太愿意结束他的单身生活的。因为,杰奎琳没有忘记,自己的父亲在同母亲度蜜月的时候还在追求一个女明星。男人都一样。所以,在求婚阶段正式结束的这一时刻,她半开玩笑地对肯尼迪挖苦道:"我敢肯定,你已经在幻想无忧无虑的单身汉生活了。"对此,肯尼迪只能抱以淡淡的一笑。

一幅上流社会的婚姻画卷

接下来的事情颇具传奇色彩。杰奎琳希望婚礼只在至亲好友中举行，约翰·肯尼迪却发了两千份请帖，还邀请了新闻界。婚礼举行前两周，约翰与一位男友躲了出去整整两个星期没有露面，他想用这样的方式来结束单身汉生活。杰奎琳的母亲气得大喊大叫，说这太不懂规矩了：这个未婚夫在婚礼举行前却撇下未婚妻一走了之，这门亲事根本不门当户对，肯尼迪一家都是声名狼藉的人，他们毫无教养，财迷心窍。

在婚礼前一晚的喜宴上，气氛非常热烈，肯尼迪的同伴纵情干杯，肯尼迪和杰奎琳也相互嘲弄。36岁的新郎说他之所以娶杰奎琳是为了把她从新闻界弄走。因为她已经成为一名目光敏锐的记者，如果继续下去她就会威胁他的政治前途。而24岁的杰奎琳也狠狠回敬了新郎，嘲讽这位参议员作为一个求爱者完全不合格，在对她的整个追求过程中没有写过一封情书，只是从百慕大发过一张明信片。杰奎琳把它举起来高声念到：希望你来这儿，约翰。

婚礼是在教堂举行的，杰奎琳在那些对新郎新娘风采的好奇者面前，在长达两个小时的仪式中接受了客人们的祝福而毫无倦意。婚礼结束后便是新婚午宴,这时约翰从她身旁走过,给她送上一只钻石手镯作为结婚礼物,他漫不经心地递给她,一不留神手镯掉落到她的膝盖上,但他一言不发,也不吻她一下,杰奎琳诧异地看了他一眼。杰奎琳向他祝酒时回答说她希望他当丈夫比当求婚者更出色。很明显,对她得另眼相看,她不会在光辉夺目的丈夫面前黯然失色。

最后,一对新人结伴而回,飞到了阿卡普尔科。还是在童年,杰奎琳梦想当马戏团的红角儿时,在随父母旅行途中,就说过她要在这里而不是在其他地方与她那位漂亮的空中飞人杂技演员旅行结婚。"就住在那幢房子里。"她指着那座粉红色的房子说。约翰·肯尼迪真的把杰奎琳带到了这幢粉红色的房子里度过了蜜月。

然而,杰奎琳了解她所嫁的人吗?

约翰·肯尼迪是一个踌躇满志的人,他精力充沛,幽默风趣,他对全社会对他家所怀的成见感到愤怒。由于乔·肯尼迪的一举一动令人怀疑,行为品德伤风败俗,还养着许多情妇,所以肯尼迪一家人从小就遭人白眼,他们受到歧视、排斥和诋毁。虽然约翰自己魅力无穷,父亲又有万贯家财,但仍得不到名门望族的认可。最高雅的俱乐部拒他于千里之外,初入社交界的少女们举行的晚会也与他无缘。面对这种贬斥和排挤,他胸中郁积着一股对社会的复仇情绪。"他们不正眼看我,哼! 我总有一天会迫使他们对我刮目相看! 我要当美国总统或者玩一手类似的高招,让他们对我肃然起敬!"他的野心从此开始萌生,而到了普林斯顿、斯坦福、哈佛大学的挤满贵族子弟的阶梯教室中上课时,这种野心就不断膨胀起来。

从那一时刻开始,他就不顾一切,全力以赴地去争取对他来说至关重要的东西:谋得权力和征服女人。对于女人,他用完后便一脚踢开。至于权力,他将以此为肯尼迪家族争得声望和荣誉。他将用征服到的女人来报复母亲对他的冷漠,用权力来实现父亲的勃勃雄心。

他是一个好色的男人,拥有着数不清的情人,包括吉恩·蒂尔尼、琼·克劳福德、苏珊·海沃德、兰娜·特纳等等。

这就是杰奎琳所嫁的男人,她之所以选择了他是因为她相信和约翰·肯尼迪在一起她会生活在童话世界里。也是因为她的天生高傲,别人得不到的她偏偏要得到。

虽然杰奎琳得到了梦寐以求的度蜜月的粉红色房子,但童话世界却烟消云散,不复再现。她远非幻想中的马戏团的红角儿,丈夫当然更算不上风流的空中飞人杂技演员了。约翰·肯尼迪对夫妇俩单独相处很不习惯,能躲即躲。他不是与男友游逛,便是去参加各种聚会。更有甚者,他像一条双面透明胶带那样粘着一群女人,杰奎琳经常发现一群痴迷的女孩子前簇后拥地围着他转,他会深更半夜撇下她去与一个美女调情。她不得不承认自己憧憬已久的卿卿我我的浪漫家庭生活在约翰·肯尼迪的日程表上是排不上号的。

结婚后的杰奎琳对这一切都看得清清楚楚了。她曾经天真地想过,他之所以要娶她,是因为他决心改变自己的生活,他追求着和她一样的理想:"与丈夫过正常的家庭生活,丈夫每晚五点钟回家,与我和我想要的孩子们一道度过周末。"然而,他的行为是那样的不检点,甚至邀他的好朋友和他同流合污、过荒淫的生活。这些,在她嫁过来以前早已是家喻户晓的事。她更没有想到她会成为周围女人们的笑柄。她感觉到自己的背上永远挂着一块大牌子,上面写道:"丈夫有外遇的女人。"当她步入晚会现场时,女人们都盯着她,目光中流露出一种虚伪的怜悯,于是她挺起胸膛,不理睬她们。从她的一举一动中,人们可以看到一种高傲和冷漠。她心如明镜,但装得毫不在乎。可是在内心,她窝着一肚子火。

凡熟悉杰奎琳的人都知道,虽然她对丈夫不忠的事情一清二楚,但是她不想了解任何细节。杰奎琳之所以不愿意公开她的个人问题,是出于她的一种"天生的尊严感",她是一个非常高傲的女人。即使她和肯尼迪在 10 分钟之前刚刚吵过架,也绝不会在别人面前显露出来。

她试图迁就既成的事实。她克制着自己,她童年时就练就了不使感情外露的本领。但这也使她付出了沉重的代价。这种长期的精神紧张造成了她多次的小产。在婚后第一年,她就失去了一个婴儿。医生告诫她,如果她不把精神放松,她很可能难以保全孩子。她知道,这次的小产使约翰大失所望,因为他梦想像他父亲一样拥有一个多子女的大家庭。

他没有说什么,只是更加频繁地去猎艳来排遣自己。"每活一天就好像是活最后一天",这就是他的信条。他不会改变自己,倒是她应该顺应新的环境。她决定竭尽全力当好妻子,成为这个举世瞩目的男人的无可挑剔的妻子。杰奎琳喜欢迎接挑战,她不是那种不堪一击的女人。

既然她无法加深两人的关系,她也得把这种关系粉饰起来。她不能再出去工作,也不能重操记者的旧业,因为约翰不能

容忍有一个自强不息、光彩照人的妻子使自己黯然失色。于是，她全神贯注于琢磨房屋中法国式的窗户是否大方，屋子中的白色和其他颜色混在一起，色调是否相配。

她比大部分政治家的妻子要精明得多，她看不惯这些女人。她讥笑她们缺乏雅致情趣，挖苦她们对丈夫的政治生涯的盲目追随。"真是一批傻娘们！"她说道。这就是杰奎琳性格的另一面。在她心情舒畅、信心十足时，她就变得亦庄亦谐，无拘无束，甚至放荡不羁。她偷偷地去看色情电影，但在纽约的一家电影院门口被一名摄影记者撞见了，两人大吵了一场。

像许多大彻大悟而时乖命蹇的人一样，她幽默得有点刻薄，逮到机会就挖苦约翰一顿，约翰虽然不大习惯，但很欣赏妻子在各种场合抓住他不放的高超手段。一天，约翰穿着无尾白色长礼服去参加邱吉尔老头的冷餐会，他想方设法让邱吉尔注意他，但却未能遂愿。她指着他的白色上衣向他耳语了一句："别犯傻了，他大概把你当成了一个临时工了！"

又有一天，他正躺在沙发上看书，她以为他睡着了，就问他："你睡着了？""没有啊！怎么啦？""因为我看到你的手指不动了……"他放声大笑。他喜欢杰奎琳这种与他相依相伴的独到手法，因为她不像别的女人那样目不转睛地盯着他看，而是时而给他来点恶作剧式的玩笑。他哪里知道，这是她掩饰内心痛苦和失望的特有手段。她不喜欢哭哭啼啼，于是便用夸张的调侃来掩饰，并强颜欢笑。

不过，杰奎琳没有忘记她做妻子的责任，她要做好肯尼迪的内当家。有一天上午，肯尼迪突然对杰奎琳说："你准备给我请的40位客人中午吃什么呀？"

杰奎琳真是丈二和尚摸不着头脑，丈夫什么时候跟她说过今天中午要来客人呢？而且是数目不小的40位。也许他忘了说？也许他一直误以为自己已说过了？男人可爱又可恨的粗心这个时候表现出来，杰奎琳作为妻子不接受也得接受。可是，已经过了11点，40位客人下午1点就到。杰奎琳真抓瞎了，幸而她很聪明，赶快跑到附近一家希腊餐馆订了几十份沙锅菜。结果宴会没有误点，而且十分成功，什么沙锅、沙拉、莓子甜食，种类繁多。

约翰为此十分满意，杰奎琳也幡然悟出一个道理：就是要干好丈夫所不能干的事。肯尼迪说什么也不会跟一个在政治上十分在行而在其他方面不行的女人结婚。杰奎琳改变了肯尼迪当光棍汉时的生活：常常是凑合着吃点快餐就对付一顿。现在做为家庭主妇她首要关心的，就是丈夫如何一天吃好三顿饭。为此，她报名学了烹饪课，并且学会了对名酒的品尝。

1956 年初，杰奎琳又怀孕了，当她怀孕七个月的时候，约翰撇下她而与弟弟泰德一起，租了一艘游艇，把女明星和勾引来的女人都邀上船来寻欢作乐。当他得知杰奎琳生了个死胎儿，是个女婴时，已是悲剧发生三天之后的事了。"他的神情隐约有点沮丧。"一位目击者这样说。他的弟弟波比照料了杰奎琳并把婴儿埋葬了。约翰还在犹豫，不想停止驾艇游乐而立刻回去，一位男友好言规劝，才迫使他下了决心。"我劝你赶快回去看看你老婆，如果你还想有朝一日抓住机会当总统的话。"

这一次，夫妻俩又发生了感情危机。杰奎琳又孤身一人把一切承担了下来。她孤苦伶仃，怒不可遏，又心灰意冷。她担心再也生不了孩子了。自此，她开始厌恶政治，憎恨肯尼迪家族，也讨厌她丈夫。在忍无可忍的情况下，她提出了离婚的要求。

有谣传说，老乔答应给她一百万美元来挽留她，对这种谣传，她反驳道："为什么不说是给一千万美元呢？"真真假假，无从知晓。但有一点是肯定的，那就是杰奎琳提出了条件：她再也无法忍受肯尼迪家族给她施加的压力，她要分开住，在约翰难得在家的日子里，他必须与她单独在一起，陪着她。在吃饭时，约翰甚至不能接电话！杰奎琳认为他撇下她不管是一种恶劣行径。面对妻子的痛苦，约翰手足无措，他不知该怎么办。但是，他看着她呜咽啜泣却默不作声，他没有兴致把她搂在怀里，他不是逃之夭夭就是呼呼大睡。从来没有人教过他对人要有恻隐之心，要关怀体贴他们。他只会与他的伙伴们相互攻讦，恶意戏弄，纵酒作乐。至于真情实感却与他无缘，他是个无情无义的人。

由于乔·肯尼迪的居间调停，这对夫妻最终还是重归于好了。乔为他们在华盛顿买了一套新住宅，约翰放手让妻子去装修，丝毫不加干预。1957年3月，杰奎琳再度怀孕。这次她痛下决心要保重自己，一心只想着腹中的婴儿。

卡罗琳是在1957年11月27日出生的。拿她父亲的话说，她"结实得像个日本相扑运动员"。约翰朝思暮想有一个孩子，现在女儿诞生了，他如释重负。最后他竟在思忖杰奎琳的前几次小产是否要他负全部责任。杰奎琳乐不可支，她发现世界上再也没有比生一个孩子更可喜的事情了。她对约翰的怨气也就烟消云散了，一味陶醉在做母亲的幸福中。她总算有了一个属于她自己的小生命，她不会对她构成威胁，而她可以全身心地去爱她。

美国历史上最年轻的第一夫人

1960 年 11 月 9 日,杰奎琳早晨七点钟醒来时,就当上了美国的第一夫人。她时年 33 岁,是美国历史上最年轻的第一夫人,也是全美国最受人瞩目的女人。她得知这一消息后,用一句话来祝贺约翰:"啊,机灵鬼,你真行,当上了总统。"

但一想到今后等待着她的将是什么时,她恢复了镇定,回到现实中来。她知道,今后,她的举手投足,喜怒哀乐的各种情绪都会受到窥视,被人深入剖析和评头品足,她的一言一行中稍有不慎都无法取得人们的谅解。人们期待她的,是一位年高德劭的第一夫人所有的那种成熟老练和精明机智,而她呢,她无法每天都与丈夫那种一旦心血来潮就随心所欲的行为配合默契。她梦寐以求的只是想与女儿卡罗琳相依相伴,骑着她的那匹母马独自在野外驰骋,看看历史书和文艺书,穿着牛仔裤或骑马裤四处蹓跶。这种新的地位不仅没有使她欣喜若狂,反而使她又平添一种忧愁,而且从此无法解脱,那就是她和她的家庭再也没有安全感了。"我们只能成为射击场中的靶子。"她反复这样说。她的担心并不是多余的,在约翰·肯尼迪当选以后的几个月中,曾经有多少人试图刺杀他,但是这些阴谋都被粉碎了。不过,对于这些,人们一直都瞒着她,以免她担惊受怕。

当第一夫人,她认命了;但是要她去听从别人使唤,她拒不接受。一天,一位朋友对她说:"你知道,作为总统的妻子,你再也不能跳上汽车去打猎追逐狐狸了。"

"你错了!那是我永远不会放弃的乐趣。"

"不过你总得对你承担的角色作出某些让步吧!"

"噢,那当然,我会这么做的……我会忍受各种骂名的。"

这时候,杰奎琳又怀孕了,在离预产期只有三个星期时",肯尼迪却决定与朋友们一道前往佛罗里达。约翰在她分娩前又想撇下她一走了之,而且又是她临盆在即,这使她又气又怕。她高声吼叫,捶胸顿足,说他是薄情郎,负心汉,总之什么难听的话都骂出来了,但约翰只当耳边风,径自收拾行装。在他登上飞机正要离开时,一个电话告诉他,杰奎琳已感觉早产的阵痛并已被紧急送往医院。然而她躺在担架上果断地要求不要通知她丈夫。约翰立刻下机回来,嘴里喃喃自语:"她需要我时,我总不在她身边……"

1960年11月25日,这个家庭因小约翰·费茨杰拉德·肯尼迪的诞生而增添了一名新成员。小约翰虽然早产了三个星期,但杰奎琳仍然喜气洋洋,她又一次化险为夷。小男孩取名为约翰,后又给取了个小名叫约翰·约翰。望着摇篮中的小家伙,这对反目的夫妻又重修旧好。"无论如何,争争吵吵的时代已经结束,"杰奎琳想道,"白宫的时代开始了。"不管他们是否乐意,他们已身不由己地被某种凌驾于他们之上、名叫"历史"的东西联系在一起。

　　肯尼迪就任总统后,照样到处厮混。就在那时候,他遇见了玛丽莲·梦露,梦露狂热地爱上了他,梦想成为总统夫人,怀上他的孩子,于是给他寄去了不少诗篇。杰奎琳若是与约翰赌气,不同他一起外出,梦露便偷偷赶到,与约翰同床共寝。有关这种暧昧关系的飞短流长的谣言传到了杰奎琳耳边,她决定撒手不管。后来这个最具性感的女明星打电话给她,告诉她,她已跌入她丈夫的爱河,杰奎琳接过电话说:"你要嫁肯尼迪,那太好了,这样你就要搬进白宫、承担起第一夫人的责任了;我呢,就搬出去住,所有问题都留给你去解决。"

　　玛丽莲的死讯传遍美国后,有一家报纸为此要求采访杰奎琳,杰奎琳接待了记者,但是她的评论只有一句话:"玛丽莲已一去不返。"

　　在对待丈夫追逐女色这一点上,杰奎琳的态度和其他女人没什么两样。她也是由难堪到恼怒,因恼怒而采取一些超常的举动,一个超常举动就是购物。只要肯尼迪出去幽会,她就走出白宫,去逛商场和购物中心,见名贵的东西就要,见名牌就买,将票子大把大把地甩出去。包括油画和珠宝首饰一类东西,她只要看上就买,从不考虑那个显赫的标价数额。她这样做一方面是为了寻求某种心理上的平衡,另一方面则是有意触动肯尼迪,因为肯尼迪一贯对她花销过大持反对意见,他多次抱怨地骂道:"他妈的,她要使我破产了!"

　　久而久之,杰奎琳对肯尼迪的好色也习以为常了,甚至还会不时地以此来消遣肯尼迪一下。有一次,在海滨,杰奎琳换好泳衣后向海水里走去,突然她转过身来,对还在海边木屋里的肯尼迪高声喊到:"约翰你快点呀!我已经看见你那两个女人了,她们正在海里等着你呢!"说完就哈哈大笑起来,然后扑通一声扑向海水。显然这是一种十分开心的笑,戏谑的笑,笑声中不无嘲讽和刺讥。

还有一次在白宫,意大利记者本诺·格拉切亚尼来采访,杰奎琳陪着他。当从一个办公室门口经过时,杰奎琳突然将那办公室门推开,指着里面两个女人对记者说:"这是我丈夫钟爱的两个情妇。"

甚至在白宫的晚宴上她故意把肯尼迪安排在他曾经勾引过的两个女人中间,其目的是给他制造一点不快。在席间,她一边大吃大喝,一边幸灾乐祸地看着肯尼迪的尴尬神态和她的情敌怒气冲冲的脸色。

杰奎琳不做怨妇,这多少有点打掉牙往肚里吞的意思,却博得了男性社会的一致叫好。尤其是乔·肯尼迪,他认为杰奎琳识大节知大体,有这样的贤内助,儿子的后院绝对不会起火。

杰奎琳自己在感情方面却很检点,堪称典范,找不到她的任何越轨行为。虽然她能赢得她接近的男人们的好感,但谁也不敢夸口说和她有暧昧关系。偶尔她也刺激一下肯尼迪,与某位男士轻浮地紧搂着跳舞。肯尼迪便紧锁双眉,咕哝着低声抱怨,并且在家陪她几个晚上。一见有姑娘出现,他便拔腿向她奔去。他虽然自己肆无忌惮,但却不让杰奎琳从他身边走开。1962 年 8 月,杰奎琳带着卡罗琳到意大利与妹妹李一起乘游艇畅游,人们常常看见意大利菲亚特汽车公司董事长阿涅利在她身边。这些照片被刊登在各家报纸的头版头条上,约翰·肯尼迪立刻给她拍一份电报:"多照顾一下卡罗琳,少关心一点阿涅利。"

人们制造流言蜚语,子虚乌有地设想她的种种风流韵事,因为她妖艳绝伦,又喜欢与男人打交道,然而却始终找不到真凭实据。尽管人们在饭桌上对她进行捕风捉影地攻讦,然而杰奎琳之谜仍让大家捉摸不透。她之所以能容忍约翰·肯尼迪的放荡行径而默不作声,并不是自己有什么把柄在人手里,怕被当场捉住奸情!也许她情愿受她为自己塑造的完美形象所束缚,不愿越雷池一步。应该说这是她惟一的自我安慰。这是除了她的孩子以外惟一值得她自豪的地方,她使那些恶语中伤的卑鄙小人哑口无言,而再次凌驾于众人之上。

在外交场合中,在杰奎琳身上花的胶片远比她的总统丈夫多得多,这就是杰奎琳的魅

力和智慧。他们访问巴黎时,眼见妻子被成群的记者众星捧月,受到冷落的肯尼迪只好从她身后探出头来,自我解嘲地说:"我就是那个陪杰奎琳来巴黎的男人。"当他们出访前苏联时,有一位英国记者问赫鲁晓夫:能不能照一张他和肯尼迪总统在一起的照片?赫鲁晓夫脱口说道:"我更乐意和他的夫人一起照。"

杰奎琳从不与新闻界拉关系,通路子。"杰奎琳恨不得把那

些有打字机的人统统幽禁起来。"肯尼迪哈哈大笑地说道。记者
成了她的眼中钉、肉中刺,她奋起保护自己的隐私权,不许别人
拍她的孩子和新居的照片。一天,正当她牵了一条新买的狗来到
白宫时,记者们蜂拥而至,问她拿什么喂狗。"新闻记者!"她针锋
相对地答道。又有一次,《妇女服装日报》的记者问她是否读过他
们的报纸,杰奎琳回答说:"我正在品尝不读它们时的那种好滋
味。"

1963 年初,杰奎琳又怀孕了。她决定停止一切官方活动以
保护胎儿。然而婴儿出生才三天就死了。当杰奎琳从医生那里得
知了孩子死亡的悲痛消息,开始时她还极力坚强地忍受心中的
悲痛,但是,当她看到肯尼迪的时候,两个人都禁不住失声痛哭
起来。"喔,杰克(肯尼迪的昵称),喔,杰克。"她抽泣着说道:"现
在,世界上只有一件事情我不能忍受了,那就是如果我失去你。"
她将永远记住离悲惨的达拉斯之行仅隔数星期她所说过的这几
句谶语。杰奎琳心力交瘁,无法参加小儿子的葬礼,而是由约翰
独自一人送孩子走向天国。

杰奎琳再次在公众场合面露喜色,笑容可掬,然而内心却不
是这样。她还没有从小儿子的死带给她的悲痛中解脱出来,痛苦
的思念时时萦绕心头。一有人提起小儿子的名字,她就如同万箭
穿心,长时间不能平静。

1963 年 11 月 22 日,杰奎琳一生中最糟糕的日子到来了,
她与丈夫到德克萨斯州的达拉斯市作正式访问。这是一种在德
克萨斯人面前为总统形象重新镀金的举措。在困难时刻,杰奎琳
总是前来为他分忧。"为了你的竞选活动,你想到哪里,我就跟你
到哪里。"杰奎琳对他曾作过这样的承诺。

　　她要求乘坐一辆有篷车辆以保持优美的发型,但他要了一辆敞篷车。"如果你要人家来,就该让他们知道你现在在哪里……"12 时 30 分,这辆车从迪累广场转过弯时,从 85 码外的建筑物传来一声剧烈的爆炸声,接着又是第二声、第三声,几名特工和目击者马上联想到那是汽车回火的声响,其他人则以为是鞭炮声,但是坐在同一辆车上的德克萨斯州州长康纳利立即听出那是来复枪的声音。惨剧发生了,鲜血像花瓣一样溅开,飘洒在空中,浸透了杰奎琳的衣服,肯尼迪的开花的头颅垂到杰奎琳的肩上。

　　在危难的时刻,她总是有着最佳的表现。她没有掉一滴眼泪,她知道为保持她对丈夫的承诺她应该做什么。副总统约翰逊宣誓就任总统时,站在他身边的杰奎琳仍然穿着那件沾满了她丈夫的鲜血和脑浆的西服,她要让全世界都看看"他们都干了些什么"。她让惊魂未定的美国人民看到了一个充满非凡勇气和镇定自若的第一夫人。

　　在覆盖着国旗的总统棺枢运往国家公墓之前,杰奎琳给肯尼迪写了一封信,信中无疑表达了她的爱。她也让两个孩子写信:"告诉他你们多么爱他。"她把三封信放入棺材里,同时也拿去了一点东西——他的一缕头发。

　　约翰死后,杰奎琳感到心力交瘁。在肯尼迪被刺后的整整一年时间里,杰奎琳几乎是不停地哭泣。每一次她走出家门去乔治敦——在那,她曾与肯尼迪度过了几年幸福美好的时光,每一次她看到首都的建筑——白宫、国会大厦,便勾起她痛苦的回忆。她感觉自己再也不能在华盛顿生活了。

　　她躲到了波比·肯尼迪身旁。他与她丈夫一样强健有力,始终支持着她，没有撒过手，而且成了一家之长。虽然有人声称他俩早已有过暧昧关系，但在他们的相处中却没有任何两性关系的蛛丝马迹。他现在成了她的参谋，这对杰奎琳来说是一种安慰。他为她出主意，照顾她和两个孩子，但却不向她强加私生活的任何约束。她信赖他，与他谈心；他侧耳倾听，帮她出主意，她也听从他的意见。

为了他，杰奎琳再次担当起肯尼迪妻子的重任。在1964年民主党总统候选人提名大会上，她支持波比·肯尼迪当总统候选人，她像头号拉拉队员那样为他拉选票："肯尼迪当选一次，肯尼迪永远会当选。"她与他一起参加竞选活动，于是又引起了狂热的轰动。一天，她的崇拜者蜂拥挤到她正在与各位代表握手的客厅门口，把窗上的玻璃都挤破了，玻璃碎片飞得满地狼藉。杰奎琳是很有分量的同盟者。

1968年6月6日，波比·肯尼迪遇刺身亡，对于杰奎琳，这一噩耗无异于天崩地裂。波比死了，她脑海中又浮现出达拉斯的暗杀场面，噩梦又缠绕着她。此情此景永远不能再出现了！她又惊又怕，公然宣称道："我恨美国，我再也不让我的儿女继续在那里生活，我要离开这个国家。肯尼迪的名字被人憎恨，下次列在名单上的将是我的两个孩子。"

嫁给世界巨富——希腊船王

波比遇害后的好长时间，杰奎琳的全部努力就是如何才能摆脱"肯尼迪"这个夜魔。她想到了希腊船王亚里斯多德·奥纳西斯所在的爱琴海中那个闪烁着微光的岛屿和那艘世界上最豪华的游艇。对几经劫难的杰奎琳来说，那美丽的岛屿和豪华的游艇正是上帝对她的恩赐。

她下定了决心：嫁给奥纳西斯。她现在最需要的是安全保障。她再也不愿意蜷缩成一团，被人跟踪追击。她要逃避这样的环境。她还向一位女友坦言道："我爱的就是分量比我重、脚比我大的男人。"他62岁，她39岁，是天造地设的一对。老年人对她始终具有吸引力。既然这样，为什么不可以嫁给奥纳西斯？

事实上，杰奎琳和船王奥纳西斯很早就有往来。那还是1963年她最后一个孩子夭折的时候，她妹妹李为了尽快让姐姐从痛苦中解脱出来，劝姐姐来和她及亚里斯多德·奥纳西斯一起乘游艇旅游。奥纳西斯是李夫妇的一个好朋友，她刚把姐姐的苦闷说给奥纳西斯听，他就把他的游艇"克里斯蒂娜"号借给她用。杰奎琳将作为他的嘉宾乘艇畅游，他将留在岸上免招非议。

杰奎琳接受了邀请，但坚持要奥纳西斯陪伴她们。"我总不能接受了这个男人的盛情邀请而又要求他留在岸上，那太不近人情了。"肯尼迪在考虑杰奎琳与这样一个在他看来是如此可疑的男人在一起抛头露面是否算明智之举：因为奥纳西斯是个出名的花花公子，专以勾引女人为乐，而且他又是个外国人，曾因干了鬼鬼祟祟的勾当而多次受美国司法部门的追究："杰奎琳，你是否清楚自己要干的是些什么事？你知道这个家伙臭名远扬吗？你妹妹与他在一起招摇过市已经够不光彩的了……"

但杰奎琳的决心已下。在那种情况下，约翰·肯尼迪的政治前途也好，他对她施加的压力也好，都不能使她改变初衷。

在"克里斯蒂娜"号游艇上的这段时光是令她销魂的。"克里斯蒂娜"号长325英尺，装备十分豪华，酒吧的高脚凳上铺着用鲸鱼的皮做成的软垫，浴室的附属装置都镀有一层黄金。在船上期间，香槟酒像流水般任人畅饮，仅鱼子酱就有8个品种之多。来宾们在船上吃的是肥鹅肝和龙虾，或者在镶嵌砖铺成的舞池中和着布祖基琴的优美旋律尽情跳舞。当然，杰奎琳的着迷之处不仅仅因为这条世界上最豪华的游艇，更是因为船主是杰奎琳所认识的最生气勃勃、精力最充沛的男人。

奥纳西斯是一个慷慨且狂放不羁的人，他对自己满怀信心，知道自己会克服艰难险阻，能忍受各种痛苦。他并不担心经济拮据，他尝遍一贫如洗的滋味，受过地位卑下的人的那种屈辱，最后终于走出困境。他无所顾忌，尤其不担心穷困潦倒。

她倾听着奥纳西斯叙述着自己的生平。他青年时代在阿根廷当电话接线员,每小时拿五十美分;他初涉烟草界最后却使他成了百万富翁的传奇经历;他对海上生意的灵敏的嗅觉;他与一位富有的希腊船王的女儿的婚史以及他一步一个台阶渐渐提高的社会地位。他还讲起了他的祖母,她的东方女性的乖巧。他俩坐在船尾,看着流星,无话不谈。杰奎琳向他倾吐衷肠,他侧耳倾听。与这位比她年龄大得多的男人在一起她有安全感。她一直喜欢那些其貌不扬的男子。在她眼里,奥纳西斯就是一名海盗,一名张挂世界各国旗帜浪迹天涯的狡诈的美洲海盗。但他使她惊讶,使她欢笑,送给她珍贵的首饰、漂亮的礼物,还对她无微不至地关怀。他对她有求必应,为她的恣意挥霍签发着支票。她远离了华盛顿那窒息的气氛,没有人会对她举手投足作出喋喋不休的议论。她如释重负,她已从小儿子夭折的悲痛中恢复过来,尽情享受着自由的乐趣。她沉浸在无比的幸福中,以致美国报界对她的抨击她充耳不闻,新闻界看到她无忧无虑、乐而忘返的样子异常气愤。她的一张穿比基尼泳装坐在"克里斯蒂娜"号船头的照片被各家报纸登在头版。"这种行为对一位刚死了儿子的女人来说合适吗?"《波士顿环球报》的一位社论撰稿人这样问道。肯尼迪也忍不住用无线电话给杰奎琳打电话,气急败坏地大喊大叫:"我知道你是在公海上,我也不管你如何从那艘游艇上下来,但我要你给我下来。"她对这些说法满不在乎,她轻松愉快,笑口常开,尽情享受着各种奢侈品,狼吞虎咽地吃着鱼子酱,抚摸着各种宝石,手舞足蹈,忘乎所以,最后,她兴致勃勃地回到了华盛顿。

在此后的几年中,奥纳西斯一直对杰奎琳表示着他的关怀，他能够听从她、安慰她、照顾她，为她的魅力所折服。杰奎琳想要的是鱼和熊掌兼得：既做一个不需要任何人扶助的独立处世的女人，又要生活在一个男人身边，能时时保护她、安慰她。那不正是当代所有女人也想两者兼得的美梦吗？她们梦寐以求的是能嫁一个白马王子，把她们奉作公主，同时她们又能自谋职业，自食其力，随心所欲。她们抱怨世界上没有真正的男子，因为她们找不到任何男人可以兼任这两种职能：天方夜谭里的白马王子，开放而又体贴别人的情侣。这一直是使女性神魂颠倒的梦想，它使男女两性陷于永远不相往来的孤独境地。"世界上没有男人了！"女人们怨声载道。"这些女人简直不可理解！"男人们反唇相讥。"她们想要什么？"女人们的这种痴心妄想使男人们存有戒心，又使女人们一触即怒，悲从中来。这也曾经是杰奎琳的梦想，正是这样的幻想铸成了她那完全现代化的个性。20 世纪 60 年代末，女性已分成贤惠的妻子、温和的母亲和女强人三种类型。杰奎琳想集三种类型的女性于一身。

她拿起电话筒与奥纳西斯通了话。"行，太好了！"他答道。他已经让自己的私人医生给他作了全面的体格检查，一切正常。他将是一个矫健的新郎。

杰奎琳的娘家对杰奎琳改嫁奥纳西斯感到意外，但并不震惊。凡与杰奎琳一起长大的人似乎都觉得奥纳西斯是杰奎琳理想中的人物。他们了解杰奎琳，她从小就喜欢年龄大的男子。杰奎琳的母亲与濒临破产的父亲离婚，改嫁财大气粗的地产商奥钦克罗斯，已早早给杰奎琳上了一课：要嫁就嫁个大富翁。杰奎琳从小崇拜父亲，奥纳西斯在很多方面和父亲很像，他们都一样具有男子气，都属于迁就女人的保护型，都很讲实惠，很世故，都有办法使女人感到极其欢乐和安宁。波比遇害后，杰奎琳最需要得到的就是安宁。

那么，奥那西斯为什么如此乐意娶杰奎

琳呢？这一点，杰奎琳很清楚，奥那西斯娶她，目的只在于满足虚荣心，向全世界炫耀。记者泽布尔曾一针见血地指出：奥那西斯相信金钱是比道德更强大的力量，因此他想像着自己能与英国女王伊丽莎白结婚。毫无疑问那只是做梦，于是奥那西斯退而求其次，选定了杰奎琳。

这场奇怪的婚姻，序曲就有点可笑。肯尼迪家族无论如何也不愿把他们的寡媳嫁出去，杰奎琳的母亲也坚决不同意。然而，杰奎琳坚持着，她早已拿定了主意。泰德·肯尼迪把这场婚姻大事承担起来，他与杰奎琳一道去了斯科尔皮亚斯，谈判签订一项婚姻协议。"我不盼望什么嫁妆。我也从来没有得到过嫁妆。"奥纳西斯笑着对他的朋友们说。更有甚者，这不是什么婚姻协议，而是奥纳西斯要攫取杰奎琳而必须付的赎身金。肯尼迪一家和他们的律师索要的金额是一个天文数字：两千万美元。最后终于以三百万美元成交，再为每个孩子各加一百万美元的终身年金，再加上 12% 的遗产。这已不是婚姻协议，而是一纸卖身契。当泰德·肯尼迪及他的律师们与奥纳西斯逐条进行谈判时，杰奎琳走开了。这不关她的事，让他们去解决吧! 反正她知道自己的身价不低，她也不会让人当廉价商品处理。她清楚自己的声誉和名望。在奥纳西斯的家中，有人提醒他，用这样的代价，他可以买下一条全新的油轮。这个雅号于是也就留给了杰奎琳，在奥纳西斯朋友的心目中，她成了一艘"巨型油轮"。因此，"油轮"也就成了她的代名词，奥纳西斯知道后非常得意。在整个谈判过程中，杰奎琳和奥纳西斯很少见面。他给她寄去了红宝石和钻石：在婚礼上他将赠送给她价值五百万美元的珠宝首饰。

1968 年 10 月 20 日当毛毛细雨洒落到爱琴海上的时候，杰奎琳和奥纳西斯在一个烛光闪闪的小教堂里举行了婚礼，这个小教堂坐落在一个由奥纳西斯所有的小岛上，教堂的周围是一片柏树林。杰奎琳的两个孩子卡罗琳和小约翰都出席了。两个孩子脸色苍白，神情紧张。小约翰看着脚上的鞋子，卡罗琳则挽着妈妈的手不肯放松。珍妮特和好心的休斯叔叔赶来参加了婚礼，因为脸面毕竟还要顾全，而且要装出一家人融洽无隙的样子。杰奎琳的多数朋友拒绝到场。"我说，杰奎琳，你嫁了那个男人，你就从九天云霄中跌了下来!"她的一位女友对她说，"这比我像一尊塑像那样木然呆立在那里要好得多。"杰奎琳反驳道。

尽管二人之间存在差距，婚后第一年还是处得很不错。他们应邀一起出席宴会，一同会见尊贵的客人。石油大王洛克菲勒正是杰奎琳在婚后第一年在一次晚宴上认识的。

　　杰奎琳依然未改她用钱挥霍的习惯，或者正因为嫁了奥纳西斯使她在这方面更无所顾忌了。她可以在世界上任何一个商店仅用 10 分钟或更短的时间走完一遍而花掉 10 万美元或更多的钱。对于商品的标价，她从来不看，指什么买什么：八音盒、古钟、皮衣服、家具、鞋等等。若是流行的新潮展销品、名牌货，她更是整套整套地买。奥纳西斯开始也并没有说什么，后来就渐渐觉得不对劲了，他纳闷杰奎琳的开销为什么总是那么大？

　　1973 年 1 月 22 日，奥纳西斯的儿子亚历山大在一次直升飞机事故中死于非命。这一事件对奥纳西斯是个致命的打击，他痛不欲生。从此以后，这个声势显赫的亿万富翁，这个无法无天的海盗，这个聪明奸诈的商人就开始一蹶不振。杰奎琳虽然在他身边，但并不理解他的痛苦，反而觉得他是个卑鄙龌龊的小人。她习惯于对什么都不露声色，对丈夫的绝望心理也置之度外。杰奎琳认为，永远不能把内心的痛苦形之于色，否则是丢脸的。她记起了艾瑟·肯尼迪——波比·肯尼迪的妻子，在丈夫去世不久，即去看医生，以便能得到抑制痛哭的药物。杰奎琳对这种行为倍加赞赏，这也是她受过的教育，她的素养。奥纳西斯呼天喊地，呜咽抽泣，诅咒天地、鬼神和命运，杰奎琳对此很厌恶，更加深了对他的反感。她不愿与他同桌吃饭，因为她觉得他举止粗野。

　　奥纳西斯发现妻子的这种态度简直气昏了。"她要的是我的钱，不是我这个人，她从来没有替我着想过。"他修改了遗嘱，完全勾销了她应得的遗产份额，只拨给她和两个孩子一笔终生年金。他要离婚，于是雇用了一名私人侦探跟踪，以便当场捉住她与别人的奸情。但私人侦探一无所获，徒劳而回。在儿子死后六个月,他病倒了,病情严重。经医生诊断,他患的是肌无力症,这是一种摧毁全身肌肉的疾病。1975年2月初,他腹痛如绞,身体彻底垮了,住进了纳伊的一家美国医院治疗。杰奎琳获悉后前来看他,但觉得病势并不重,便又返回了纽约。

1975年3月15日,亚里斯多德·奥纳西斯死了,当时他的妻子却在纽约。她在泰德·肯尼迪的陪同下,来到六年半前他们举行婚礼的小教堂,参加了他的葬礼。她对他俩的争吵讳莫如深,她向报界发表了几句"赞扬"丈夫的话:"亚里斯多德·奥纳西斯在我处于生活深渊的时刻向我伸出了救援之手。他把我带到了充满爱情和幸福的世界。我们两人共同生活了一段美好的时光,这使我终生难忘。为此,我将永远对他表示由衷的感激。"

风韵犹存的事业女人

再次孀居,杰奎琳已经47岁了,这时的她终于可以从各种忧患中解脱出来,她将永远不再为经济问题操心,她可以靠自己的钱生活,既不依赖奥钦克罗斯家族,也不依靠肯尼迪家族或其他任何男人。她有丰厚的存款,使她可以不必为金钱而夜不能寐,被噩梦纠缠,甚至惶惶不安。这是比任何安眠药、镇静剂或者情侣更使人心安的东西。她终于可以把生活看成是一种冒险,虽然有孤单寂寞之感,但富有刺激性。

最初,她的举止言行像一个胆怯的初入社交界的少女,不敢轻易出门,只是待在家里照料自己的一对儿女,看电视、练瑜珈、散步、骑自行车,拿出菜谱研究烹调技术,电话订货,在自己家里举办小型晚会,整理她的寓所,挪动家具的位置,把她喜爱的相片用相框装点起来。她作着记录,做好标记,静静地休息,保养自己的身子。她经不起美容手术刀的诱惑,与曼哈顿的时髦女子一样做了一点美容手术,去掉了眼角的鱼尾纹和下巴下垂的脂肪层。她到新泽西州的乡间别墅去度周末,骑马、画油画、画素描、读书。她在第五大道的住所里装了一架望远镜以便观望中央公园的人群。除了她的妹妹李以外，她一直没有知心朋友。

维金出版社主动向她提出招聘她当编辑，她答应了。1975年9月，她开始从事编辑生涯，年薪为一万美元。在这儿，她逐渐成为在出版界引人注目的编辑。

1977年，维金出版社准备出版一本《我们要告诉总统吗》的小说，小说虚构了肯尼迪的弟弟泰德·肯尼迪当选为总统，也被暗杀了。她不愿意曾经挚爱自己的肯尼迪家族有一点儿灰尘。这个主题对杰奎琳来说是不能接受的，于是，她同出版社大吵了一架，然后，愤然辞职。不久，她又加盟了双日出版社，任副编辑。

此时，杰奎琳已成为一名职业女性，她像当年角逐初入社交界的皇后一样，不倦地追求着人生和事业。在双日出版社，她成功地约请到了伊丽莎白·泰勒、格丽泰·嘉宝、鲁雷耶夫等著名人物为该出版社撰写传记。1983年，她又成功地约超级明星迈克尔·杰克逊写了一部回忆录——《太空步》，《太空步》一度成为全美畅销书。

1994年2月，在64周岁半时，杰奎琳获悉自己身患淋巴腺癌。不过，当时的她依然风韵不减，光彩照人。她住进了医院，接受化学治疗。由于病情急剧恶化，她要求回家休养，并写下了遗嘱。美国经济月刊《幸福》杂志认为，那是同类型遗嘱的典范。她谁也没有漏掉：凡是爱过她和伺候过她的人都被写在了遗嘱上。此外，还有她的侄子、侄女、外甥、外甥女都有所得。遗嘱上还写明设立 CJ 信托基金（即卡罗琳和小约翰基金）以资助"培养人和解除人间痛苦"工程的实施。这是这位"公主"对生前把她看成是"视钱如命的吝啬鬼"和"自私者"的人们的一记响亮耳光。

1994年5月19日，杰奎琳溘然长逝。临终前守护在她床前

的有她的
孩子和至
亲好友。
美国人民
失声痛哭，
他们失去
了他们的
王后，他们
的公主，他
们的公爵
夫人。

为杰
奎琳一人
而出版的报刊、电影剧本和书籍比论述哥达世系中所列的所有王族的作品还要多。她昔日的一串普通人造珍珠项链，底价仅600美元，最终以22万美元的高价被拍卖。一张杰奎琳陪同总统丈夫在上面签署过第一个核不扩散条约的桌子底价为2万美元，最后以144万美元的价格被卖出。

杰奎琳的一生都在为达到完美而奋斗，无论是美丽矜持的社交皇后，还是高贵优雅的第一夫人，或是风韵犹存的船王之妻，还是努力实现自我的职业女性，杰奎琳无论在哪一方面都是风流倜傥，把人生注释得尽善尽美，她塑造了自己的一生。

从私生女到阿根廷人的圣母
——贝隆夫人

屈辱的童年

由于大片富裕的农牧场和来自欧洲的大量移民，20世纪二三十年代的阿根廷经济几乎和加拿大不相上下。然而这个国家中的大多数家庭却是穷苦人家，没有任何社会地位，整个阿根廷的财富属于1084个家族，他们拥有大片的土地和众多的工厂。这个时代的阿根廷是一个隐藏秘密的时代，家家户户都闭而不谈自己的姓氏和生卒日期，这也是一个藏匿着疾病和情人的时代。

1919年5月7日，玛利亚·埃娃·杜尔亚特出生在阿根廷的西维尔克瓦地区的一个小镇上。她的身世让人难以启齿，她的母亲不过是她父亲用"一匹马和一辆旧车"换来的情妇。

她的母亲胡安娜是西班牙冒险家的后裔，身上还融会着印第安勇士的热血。她美丽聪明，勤劳能干，心高气傲，独立不羁，又富于梦想。贫困的家境使得她乐于做小地主于连·杜尔亚特的情妇。他们长期的"准婚姻"生活可以说是"硕果累累"，胡安娜先后为于连生下了6个孩子，5女1男，埃娃·杜尔亚特是他们最小的孩子。于连参加了几个孩子的洗礼，并慷慨地让孩子们冠以自己的姓氏：杜尔亚特。

埃娃出世几个月后,于连就离开了胡安娜,因为他的正式夫人一再警告他,再不与胡安娜断绝关系,那几个野种迟早会把家产花光,而于连当时也确实处在破产边缘。

　　遭于连遗弃的胡安娜要带着6个孩子活下去,就必须要有勇气,而这也确实是她所具有的。胡安娜拥有一架胜佳牌的缝纫机。她开始为商店缝制大裤管的裤子,她不断地拼命地踩动缝纫机的蜗形铁板,在缝纫机旁度过了无数的劳累时刻,以至于腿肚内的血管似乎都快要迸裂了。女儿们要扶住她的掖窝才能把她扶起,帮助她上床。见到母亲如此劳累,几个儿女们很清楚,只听那座钟内秒针的滴答声就可以估量她将去墓地的时间了。

　　埃娃7岁的时候,父亲于连·杜尔亚特去世了,她的母亲为她们姐弟6个赶制了丧服,带她们去奔丧。那些在法律上被承认的于连的孩子们完全不能接受他们,在胡安娜的苦苦哀求下,他们才被允许吻一下死者的面颊。所有这一切都深深地烙在了埃娃尚不清晰的记忆中,从那天开始,她似乎对这个世界有了更真切的认识。

　　贫穷和屈辱的身世是埃娃一辈子都忘不了的噩梦,她天生不会忘记痛苦和仇恨,性格热烈如火又冷酷如冰。"我们是比别人贫穷,但比大多数人更高贵。贫穷并不等于自甘下贱,只要挺过一道道难关,总会有出头之日。"埃娃小小年纪,就把母亲的这句教导牢记心间,无论同学怎样欺负她,骂她野种贱货也好,朝她吐唾沫也罢,或是更过火地使出猥亵手段,将硬币扔在她面前,不怀好意地发出嘲笑:"怎么样,我可是出了钱的!"也不管遭到老师怎样的歧视和薄待,她都能忍受,把流出的泪水再吞回肚里去。屈辱，如影随形的屈辱，使埃娃受伤的心灵早早地萌生出恨的根芽，恨自己卑贱的身世，恨自己贫穷的家乡，恨那些专门欺辱弱者的卑劣的富人和小人。

和母亲一样，埃娃对未来充满梦想，这梦想以仇恨为基础。她发誓出人头地，以自己的成功来报复这个恃强凌弱的世界。同时她又是一个善良的人，这善良源自于她的母亲，也源自于每一个地位卑微的穷苦人。

母亲胡安娜从埃娃6岁起就相信她会是个不凡人物。因为有一年，几个流浪的吉普赛人路过小镇，其中的一个女算命师对胡安娜怀中的埃娃大为赞赏，称这孩子将来必定富贵至极。

似乎这个女算命师的确很有眼力，在埃娃很小的时候，她便表现出不同一般的天分，在母亲和兄弟姐妹们心目中，她被认为是"绝顶聪明"的一个。

在学校里，即使最不喜欢她的老师，也不得不承认埃娃的一些天赋，特别是文艺天赋。母亲胡安娜能歌善舞，令她惊喜的是，她的这些特长都遗传给了女儿们，而埃娃又是其中最出色的一个。埃娃出色之处并不在歌舞技巧，因为没有受过专业训练，她对这方面并没有多么深刻的理解力。然而，令人惊叹的是，她的面容，她的声音，以及她每一个动作，每一根肌肉都具有强烈的表现力，能深深感染她的观众。

这正是埃娃最大的潜力所在——激情。尽管她在少年时代表现得相当沉默，但冰山般一层薄薄的外壳下却是敢爱敢憎、如火如荼的内心世界。这颗骚动不安的灵魂正预言着她的矫矫不群。她喜爱暴风雨前的天空、狂怒的海洋、刺激的戏剧、夸张的电影，她的灵魂竭力通过这一形式发现它自己。

埃娃最擅长朗诵,在学校,她的朗诵永远是第一。她的嗓音甜美深沉,富于表现力,而饱满、清新、浓烈的激情更使她捕捉住每篇诗文的灵魂。在学习《圣经》时,修女们总让她朗诵圣诗。一位嬷嬷曾说:埃娃的声音像是虔诚天使的合唱。

少女时代的埃娃并不迷人。几个姐姐都长得很像母亲,丰满而健美。惟有埃娃身躯弱小,只有1.55米,且瘦骨嶙峋,仿佛发育不全。不过,只要细看,就可以发现她容貌的一些动人之处。鹅蛋脸,高颧骨,鼻子小巧端正,嘴巴大小适中,牙齿整齐洁白,眉毛美如弯弓,头发浓密蓬松,前额倒是略微宽了一些,但这更显示出她天资聪慧的气质。

尤其异乎寻常的是她的肤色,她脸上的皮肤白洁如凝脂,娇嫩如花瓣,在阳光下看起来,那白里透红的色泽真令人心醉神驰。母亲和姐姐们的肤色都微微泛棕,显得健康而富于野性美。与她们相比,埃娃的肌肤则给她增添了几分贵族闺秀般细腻典雅的风韵。

最令人惊奇的是,这漂亮的脸蛋居然来自一场事故。有一次,埃娃站在厨房里滚烫的油锅前煎土豆,一不小心,沸腾的油溅出来,溅在她的脸上,顿时整张脸都成了重灾区。不只是水泡那么简单,很可能毁了容。医生为她敷上药膏,包扎好伤口。不久,烫伤平复了,伤口却结上一层厚厚的痂。人们看到她后,都禁不住有几分同情,认定这姑娘的脸是给毁了。胡安娜一家更是心急如焚,每日都在圣母像前诵三遍《玫瑰经》为她祈祷。

几周后,奇迹发生了。痂脱掉了,在烫伤的部位生出了柔嫩、粉红的肌肤,简直可以说是给原来的埃娃平添了十二分的神采。油锅溅出个大美人,胡安娜喜极而泣:"这是奇迹!这是天主的恩赐!孩子,你今后一定是个不平凡的人。"

冰层之下潜藏着炽热的地火,雪山之上开放着圣洁的莲花。现在的埃娃真可谓人见人爱。可是,她生命的意义和价值可不是取悦于人,她对嫁有钱人家这种平庸的理想嗤之以鼻。她对母亲说:"我要让我的名字,而不是我丈夫的名字,成为人们心中的神。"又一次,她说:"让我屈服于那些富人,让我成为他们中的一员吗?永远不会!我要让他们在我膝下乞怜。"这些惊世骇俗的话让一生都是穷人的胡安娜好一阵惊异。

埃娃想当歌舞明星的梦想自小时候就有。埃娃一家居住的小镇是吉卜赛流浪艺人喜欢光顾的地方,那些女人们披着色泽艳丽的大花披巾,戴着光彩夺目的玻璃珠链,载歌载舞,处处显示出一种神秘的美丽,这一切深深地吸引着一直处于封闭村落中的埃娃,它为埃娃打开了另一个世界。

1934年的一天,在埃娃还没来得及长大成人的时候,发生了一件改变她命运航向的事。

这天,她和姐姐埃莉莎走在街上,一辆汽车在埃娃姐妹身边停了下来,一个温文尔雅的男子下来,彬彬有礼地向她们询问,去临近一个小村怎么走。埃娃向他们解释了半天,他们依然没弄明白,最后,那名男子邀请两个姑娘上车为他们引路,他保证用不了多长时间,他们会把她俩送回家里。

看上去,这两个男人颇有诚意,不像是坏人,再说,坐豪华轿车对她们来说,还是打出娘胎头一遭,两个姐妹欣然同意,她们上了车。在路过一片荒僻的树林时,汽车停下了,两个男人说车似乎坏了,需要修理一下,请她们先下车休息休息。两个女孩下了车，没想到两个男人一下子从背后抱住她们，掐住她们的喉咙，将她们拖进了树林。

在这个树林，她们遭受了轮奸，在难以忍受的折磨中昏了过去。醒来时，天已黄昏，她们浑身疼痛难熬，一丝不挂。姐妹俩抱头痛哭，不知该如何走出树林。过了漫长的几个小时，胡安娜和镇上的人们才找到这两个抱在一起瑟瑟发抖的裸体女孩。

这件事在镇上引起了一次轰动，人们纷纷议论着说杜尔亚特家全都是些婊子，没一个好货。从此，他们对胡安娜一家的敌意和歧视越发明显了。

埃娃天性孤洁，在很长一段时间里都无法接受这一事实，她闭门不出，逐渐削瘦下去，胡安娜百般安慰她也无济于事。这是埃娃一生中最艰难的时刻之一，这个 15 岁的少女不止一次地想到死。但是，后来冒出的一种近似疯狂的欲念使她打消了死的念头："我不能死，我不能如此轻易地饶过那些人，我要报复！我要向我的仇敌——一切阔佬权贵、上流阶级报复！"这时的埃娃眼中闪烁着异样的光芒，任何有智慧并成熟的人都能看出，她眼中的光芒是冷静的明智，苦涩的理解和坚定的意志。她暗暗发誓，要不惜一切手段让自己变得强大、富有，让自己达到坚不可摧的地步，然后，报复！

终于有一大，埃娃下定了决心，她要到首都布伊诺斯艾利斯去。她对她的母亲说道："我发誓，我一定要在城市出人头地，我一定要改变自己的命运！"

她的母亲从她的话语中听出了不容怀疑、不容抗拒的力量。

但是，她怎样才能实现自己的愿望呢？恰好在这时候，有一个叫马赫杜的人带着他的音乐剧团来到了这个小镇，他们就来自那个埃娃向往的城市。埃娃于是想到了他。

埃娃来到马赫杜的剧团，走进了他的怀抱。在他的房间里，他温柔地吻她，她紧紧拥着他的腰。这漫长的一夜对埃娃而言是精疲力竭的，可她并不后悔，也不怯懦，她感觉自己需要通过这样的方式，把未来掌握在自己手中。

第二天，埃娃向马赫杜提出了她的要求，她要去布伊诺斯艾利斯。她抽抽咽咽地诉说着自己的一切痛苦，一切耻辱，最后，她恳求马赫杜："求求你，带我离开这里吧，我已经被人骂为不干净的女人，我在这个小镇上已经没有出路了，带我走吧！带我去一个能改变我命运的地方去吧。"

马赫杜似乎清醒了过来，这个男人未必能理解这些，但他所听到的足以使他确信，这个乡下女孩说要去城市并不仅仅是一句玩笑。

他煞费苦心，向她解释，城市并不是她想像的那般美好，对于一个没钱没地位，有几分姿色的姑娘，城市就像一个巨大的漩涡，足以吞噬人。他强调说，自己能力有限，收入微薄，更不可能为她提供保护。而这根本不足以改变埃娃的决心，她甚至跪在地上，紧紧抱住他的靴子，眼泪涟涟地哀求。

马赫杜被这个瘦弱的、几近发疯的女孩打动了，最终他答应了埃娃的请求。于是，1934 年 12 月 6 日，埃娃穿着一件印橙色图案的白色亚麻夏服，拎着一只陈旧的行李箱，里面装着几件少得可怜的裙子和衬衫，跟着这个爵士乐手踏上了开往首都布宜诺斯艾利斯的火车。那时的她，瑟瑟缩缩，衣服土气，口袋里只装着几十个比索。

坐在开往布宜诺斯艾利斯大都市的火车上，埃娃异常兴奋，望着那座埋藏着无限辛酸往事的小乡镇离她越来越远，她顿觉一身轻松，感觉自己正在自由地、轻快地奔向新生活。坐在她身边的马赫杜也万万没有想到，他带到布宜诺斯艾利斯去的乡下女孩竟掌握着阿根廷政坛史上罕见的成功秘方。

闯荡首都布宜诺斯艾利斯的卖艺女

到了阿根廷首都,马赫杜就像灵猫一样消失了。

埃娃无心去街上看那些风格各异的高楼,琳琅满目的商店,车水马龙的街景,她急着找一份工作,先填饱肚皮。从这以后的将近一年的时间里,为了生存,埃娃做着伴舞女郎、酒吧歌女、封面女郎以及类似的职业。她太年轻了,没有专门技术,没有什么特长,除了做舞女、歌女还能做什么呢?

环境真可以改变人,而且快到立竿见影。只不过短短几个月,埃娃就由乡野的朴素村姑,变成了城市的摩登女郎。高高的发髻,飘飘的长裙,春风吹拂的笑意,秋波流转的眼神,这种无邪的青春之美令人迷醉。与她动静自然的仪态相比,那些贵妇名媛搔首弄姿,神情举止多少显得有点儿矫揉造作。

在夜总会里,埃娃跳着热辣的拉丁风情的舞蹈,灵活优美的舞姿吸引了不少舞客,但他们总是伸手到她的衣服中到处摸索。终于,有一次,一个喝醉酒的客人强拉埃娃去为他陪宿,埃娃忍无可忍,将一个酒杯掷在他的头上。

埃娃决不甘心如此,她知道,如果长期呆在夜总会、酒吧之类的地方,她就会堕落下去,会离她的光辉梦想越来越远。她清楚地意识到,美丽不能代表什么,那些比自己还要美丽百倍的姑娘,最后还不是默默无闻吗?

后来,埃娃又被一位独具慧眼的摄影师相中,她身着华服丽装、裸露玉臂、酥胸若隐若现的照片很快就登上了《花边》《游戏者》等杂志的封面。靓丽的容颜,妖媚的气质,聪慧的眼神,娴雅的风度,居然与一份野性和神秘感巧妙地调和在一起,像鸡尾酒一样具有诱惑力。她拿着印有她的照片的杂志,一家剧团一家剧团地前去拜访。在经历无数次冷眼之后,她懂得了许多社交的窍门,譬如给看门人一些好处,对该剧团的成就大加赞赏,还有自抬身价,把自己与某个没落贵族扯上亲缘关系。

她多日忙碌仍一无所获,但运气还是来了,1935 年 9 月,一位朋友介绍她和圣安娜剧团的老板拉瑞拉斯认识。埃娃又给他看了自己那些相片,然后询问他们是否需要一个女演员。

老板面无表情地翻看着相片:"看得出来,您十分适合照相,但我不知道您是否适合舞台表演,您没有实际经验……"

"我可以学习,给我一个机会,我会学得很快。"埃娃坚决地说。

一个星期之后,埃娃收到一份圣安娜剧团寄来的要她填写的自传表。这份表格现在已经成为珍贵的历史资料,在这份自传表中,她亲笔填写的各项个人情况如下:

年龄:16 岁。

身高:1.55 米。

体重:94 磅。

儿时的梦想:当一名演员。

崇拜的演员：诺玛·莎蕾。

生活准则：以人待我之道待人——有付出必有回报。

有无其他志向：有。

是否相信预感：相信。

特别厌恶什么：浅薄、粗野、头脑糊涂和不修边幅。

在今天的我们看来，拥有这些条件的少女何止万千，但只有埃娃从金字塔的底座打拼到了金字塔的塔尖，她的确有过人之处。

两个星期后，剧院通知她去做试用演员。1936年6月，埃娃成为一名正式演员，月薪100比索。在剧院里，作为一个毫无根基的乡下小丫头，埃娃所演的角色几乎都是跑龙套。

她演过阿拉伯后宫佳丽中的一员，戴着面纱，穿着长裙，旋转着来到苏丹面前，屈膝行礼。

她还演过排队买鱼的顾客，参加节日聚会的阿根廷村姑等等，所有这些角色都是没有台词的。

她还在歌舞剧的盛大群舞场面中上过场。埃娃和一大群别的姑娘们一起，头戴羽毛冠饰，身穿镶金边的白色短裙，从舞台一端跳到另一端，戏就这样完了。

埃娃似乎无怨无悔地演这些角色，眼尖的同伴仍认为她工于心计，善于捕捉机会。导演的"睡前酒"，她不会随便去喝，但只要去喝了，就准能演上主角。

后来，埃娃又开始演电影，虽然都不是什么重要的角色，但毕竟她的收入增加了，生活也比过去好多了。

然而，导演们并不看好埃娃，他们大都认为埃娃的表演"情感单调、呆板，就像一支冰淇淋，紧紧地冻结在木棍上"。他们说对了，后来的事实证明，埃娃的用武之地并不在如梦如幻的银幕上，而在如火如荼的现实中，埃娃在这个时期所学到的表演技艺，只不过是给她的政治生涯增添一笔华彩。

　　在这人生的十字路口上，埃娃有幸得到了智者的开导。大导演卢卡斯·德玛雷听过埃娃的朗诵后，特意为她指点迷津："你有天使的面容，仙女的姿态，却不能在银幕上得到长足的发挥和展示，这说明，你安身立命的根基不在这里。要知道，你还有神灵般的声音，十分悦耳，极具感染力。听从一位世故老人的意见吧，你要是投身广播事业，准能获得巨大的成功。"

　　表演艺术不过是空中楼阁，广播则直指现实，直指人心，是极具煽动力的舆论工具。卢卡斯·德玛雷的建议使埃娃怦然心动，而且她敏锐地觉察出，无线电波是当时最普及、最深入人心的传播媒介，这项事业前途无量，她决定向陌生的领域发起新的挑战。

　　1939年，埃娃到贝尔格兰诺广播公司去应征播音员。她的声音是那样的纯美动人，又富有激情，很顺利的，她征服了主考官们。

　　1939年5月，当埃娃刚刚过完她20岁生日时，她的声音第一次传遍了阿根廷的大街小巷。最初，埃娃为广播剧配音，在配音时，她倾注了自己的全部感情，把台词处理得细腻而有层次。她成功地俘获了成千上万听众的心灵。凭着广播剧，埃娃成了阿根廷家喻户晓的明星，她的玉照在报纸的娱乐版频频露面，记者也以一睹芳容，听她的高谈阔论为耀，并称赞她不仅美丽绝伦，而且思想敏锐，智力超群。

这时的埃娃不过 21 岁，她领取着高薪，住进洋房，身穿华服，口食珍馐。

在其他人看起来，这样一个女人应该没有什么可遗憾的。但谁也看不到她内心熊熊燃烧的火焰，她永不甘于平庸的生活，播音中的人生不能使她满足，她的激情需要更大限度地释放出来。

那就是她的尖锐激烈的政治态度。她虽然已经离开贫民窟，但从心理上而言，她感觉自己来自那些穷人，她与那些衣衫褴褛的人能产生深切的共鸣。她蔑视豪强权贵，对底层穷苦人民充满了真挚的同情。她开始频繁地造访布宜诺斯艾利斯的贫民区，那里处处充溢着饥饿、肮脏、痛苦、黑暗。她隐约觉得，阿根廷需要一场风暴似的革命，倾覆这不公道的人间。

她更为憎恶的是当时对拉丁美洲怀有勃勃野心的美国以及国内亲美的寡头们，这种情绪久已酝酿在阿根廷民间，埃娃则将它提升为一股烈焰，她曾说，只有将美国的一切势力驱赶出阿根廷，这个国家才会真正获得独立。

自 1940 年 1 月 12 日开始，每晚 7 时至 8 时，埃娃主持一个新闻评论性节目"阿根廷时间"，这个节目针对阿根廷时事政治进行批评,风格鲜明泼辣。

与以往一些新闻节目讲究客观性不同,埃娃在节目中的主持风格是具有极大主观性的。在广播时她毫不隐讳自己的政治立场,埃娃敏锐地指出当时政治的一个严重问题,即国内主要政党的道德败坏。她说,无论激进党、社会党还是民主党,它们都没能按自己的宣言做事。它们不但无法拯救国内的劳苦大众,无法把阿根廷从贫弱和暴政之下解放出来,而且甚至没有法子解决自身的危机:贪污腐化和管理混乱。

埃娃最着力攻击的,是寡头政治与外国帝国主义的勾结,以及它们对阿根廷劳工的压迫。她曾私下对她的一位伙伴说:"有那么多的寡头势力,我恨不得像咬胡萝卜或白萝卜一样咬掉他们。"她号召人们把阿根廷从监护、控制和支配它们的外国资本主义势力中解放出来。这些,也正是埃娃最能煽动民众热情的方面。

她在广播中热烈支持工会、工人运动、青年学生运动和妇女运动。她宣称,劳工阶层应该得到公正的待遇,否则,他们就有权"诉之于暴力"。

"我们有成千上万的孤儿流落街头,成千上万的失业工人排着长队去乞讨一块面包,成千上万的人因为没饭吃,背井离乡来到布宜诺斯艾利斯,可是在这里他们也只能饿着等死,成千上万的妇女为了养活家人不得不去卖淫……可是,有些人却说,工人们得到的够多了!"在当时的阿根廷,她的言词充满着不容辩驳的力量。

为了增强说服力,埃娃还搬出了罗马十二铜表法结尾的警句:"使人民幸福的法律就是最高的法律。"其措辞之尖锐,用情之激烈,不禁令人为之动容,为之心潮澎湃、欢欣鼓舞。

"她有一张天使的脸,却有一条魔鬼的舌头!"

"她是智慧女神雅典娜!"

一位年轻的播音员,她发出的声音足以唤起全民的觉醒,令寡头势力们又恨又怕。

他们开始在政府控制的媒体中竭力诋毁埃娃的名誉,他们挖出埃娃早年的不幸经历大肆渲染。

"埃娃·杜尔亚特,她根本不配姓杜尔亚特,她只是一个妓女的私生女儿,因为她父亲根本没有给她冠以自己的姓氏。"

"她刚到布宜诺斯艾利斯时,只是靠卖艺和卖身生活下去,现在竟俨然以劳工大众的拯救者而自居了!"

卑劣的屠头最惯用的利器是漫骂和侮蔑。一时间,埃娃的家史被他们翻了个底朝天,"私生女""娼妓""荡妇淫娃",这些恶毒的字眼犹如粪水飞溅。

埃娃异常从容地予以还击:"拜那些正人君子所赐,我和我的家人确实遭受了不少苦难。我确实为了生活做过许多正人君子难以容忍的事情。但正是这些苦难和无奈教会了我去热爱阿根廷,希望它明天更美好。"

有些人恶毒地攻击埃娃:她是个狂热的、喧嚣的"雅各宾"分子。从另一种意义来看,这些攻击的话语正证明了埃娃的风格:尖刻、犀利、一针见血。

一位弱女子何以有如此之大的勇气,与强大的国家机器公然对抗?一方面,固然是埃娃的勇毅非凡,敢于宣泄对寡头巨富的仇恨;另一方面,她暗中得到了深怀民族情感和改革志愿的军官的支持。他们需要一个喉舌,他们需要埃娃为他们宣传自己的政治主张。同时，他们则保证她的事业成功，保证她的生命安全。

在这些官员的支持下，埃娃开辟了一个新栏目，专门邀请一些社会知名人士对阿根廷的内外政策和国际地位发表自己的见解。在埃娃的倡导和控制下，它很快成为民族主义者和激进民主主义者的阵地。

同时，埃娃也获得了许多在公众活动中露面的机会，在这些时候，她更是充分显示了她那种领袖人物的魅力和气质。

在许多场合，她梳一个高髻，穿一件简朴的水灰色调外衣，神情娴静，像一幅18世纪的名画。她似乎不需要任何语言和动作就能让人们为她深深地感动。

一位记者问了她一个奇妙的问题："杜尔亚特小姐，你的政治观点非常激烈，具有十足的战斗性，可是，你脸上的神情却永远那么温柔，请问，你是怎么将这二者统一起来的呢？"

"很简单，我认为在投身战斗时必须心中怀有爱。"

这个回答博得了满场喝彩。从此，她被人们称为"战斗的爱神"，是雅典娜和维纳斯奇妙的结合体。

人们请求她讲话，她谦虚的，甚至有几分羞涩地接过话筒说："我是个平常女子，没有什么高深的见解，也没有什么了不起的学识。我知道我本不配来这儿讲话，但是，我是阿根廷人，我相信阿根廷每一个人都像我一样，希望自己的国家自由、独立和强大。为此，我们需要一个代表正义的政府，一个既不为外国的强权所压倒，又不为国内的富豪收买的政府，一个属于人民的政府！"

现在的埃娃不再是一个衣不蔽体的穷人，她的高收入允许她把很多钱花在置装上了，她绝伦无比的丽质和她独特的欣赏眼光，使她衣着完美贴切，不论是礼服还是便装，都使她显得灵秀利落。她也开始化妆，但偏爱浅浅自然的淡妆。浅浅地扑一点粉，淡淡地描一下眉，轻轻地敷一层唇彩，这种修饰越发使她显得肤如凝脂，美目流盼。她那一头浓密而华美的亚麻色秀发总是在头上高高地挽起发髻，使人看上去她要高于1.55米的实际身高。她不是一个很容易消失在人群中的普通人，她总是能牢牢地吸引住别人的目光。即使那些不喜欢她的人也不得不承认，她风姿绰约，优雅华贵，非常人能比。

与未来总统一见钟情

1944年1月15日，阿根廷圣胡安市发生了大地震，八千余人罹难，数以万计的人眼睁睁地看着自己苦心经营多年的家园毁于一旦。地震过后，阿根廷广播协会的艺术家们决定为无家可归的难民作一次募捐义演。他们特意邀请了劳工和社会保障部部长胡安·贝隆上校。就在这一时刻，上帝成就了贝隆与埃娃的初次相遇。这次相遇，不仅改变了他们两个人的命运，也改变了阿根廷的历史进程。这是一部现代政治神话和浪漫传奇的集合！

义演于1944年1月22日在卢纳公园体育场举行。埃娃坐在前排，她穿着一件白底蓝色碎花的裙子，白色凉帽上系一根蓝色缎带，这身打扮愈发显得当天的埃娃光彩照人。

忽然，演出戛然而止，所有人的目光一齐转向体育场入口处的一位男人。无数的声音一同呼出了这个名字："贝隆！贝隆！贝隆！"

人们高呼的正是胡安·多明戈·贝隆的名字。贝隆高大英武，身体像美洲豹一样矫健，目光像潘帕斯草原的雄鹰一样犀利。本来贝隆的脸是会显得有些严厉的，但那著名的"贝隆微笑"

冲散了这种感觉。从他那张宽大的充满笑意的脸庞上,人们能看出他的宽宏大量,他严肃的表情又显出他十分有魄力。

贝隆上校出生于1895年,他曾荣获阿根廷全军击剑表演赛第一名,而且钻研兵书,涉猎历史,学识渊博,见解深刻。二战初期,贝隆上校在欧洲进修军事科学,重点考察了德国、意大利、西班牙的军政现状。他曾对他的好友说:"我要做墨索里尼做过的事,但决不重犯他的错误。"1941年末,以他为核心的几位军官在部队的中上层中组成了一个叫"联合军官团"的组织。这一组织在军队中具有相当雄厚的实力。

1944的这场地震使贝隆在公众中的声望骤然升高,原因并非仅仅因为他是劳工和社会保障部部长,担负着赈灾的任务。重要的是,他在这场地震中所表现出来的爱护灾民、体恤平民的心情和能力获得了阿根廷人的感激和爱戴。当他得知地震的消息后,立刻赶往灾区,安排抢救伤员、安顿难民、发放救济物资等一系列事务。他不仅表现出了极强的工作能力,而且更显出了惊人的工作热情,他亲自探望受伤者,慰问死难者家属……几天下来,他身体瘦了一圈,脸色苍白,精神却依旧昂扬。灾民们对这位亲切热情的官员充满了感激之情。

贝隆在掌声和欢呼声中登上了主席台,就劳动人民的痛苦和专制者的腐朽发表了自己的见解,他认为,阿根廷当时的社会是不公正的,穷人成为富人的牺牲品,劳动的人衣食无着。他慷慨激昂:"我向你们发誓,这一切终将改变,国家属于每一个劳动者,我们要建立一个合理公正的社会。"

整个会场沸腾了,人们又狂呼起他的名字。

贝隆的寥寥数语便使埃娃如遭电击,她怔怔地望着那个魁梧高大的男人。这一刻,她认定,这正是她心仪已久的人,正是她等待了许久的人。在她的眼中,贝隆是一位胆魄雄壮、志向高远的政治领袖,贝隆的笑,既包含着勇敢也包含着智慧。

埃娃后来回忆说:"我一生中最重要的一天终于到了。我和贝隆上校的命运紧紧地连在一起……这一天是我新生活的开端。"她似乎被一股巨大的力量操纵着,身不由己地走上看台,朝贝隆走去。

"贝隆上校,您能不能在我们的广播节目中就当前国家的现实生活发表一些意见呢?"埃娃谦逊地微笑着。她的眼睛里闪烁着敬仰的光芒,声音镇定但充满激情。

贝隆正在几个女演员的包围之中,听到这声音,他怔了一怔,这声音太熟悉了,是的,他立刻就看到了一张美丽而富有个性的面孔,那棕褐色的大眼睛似乎掠过一道柔和的闪电。他感觉自己的心像一个 16 岁少年一样狂跳了起来。

第一次相遇,他们就倾谈了很久,似乎有一生也谈不完的话。最终,他们都相信,对方就是自己最需要的。

义演结束了,贝隆用自己的车送埃娃回家,这是一辆白色的"美洲豹"轿车,车内衬着深蓝色的丝绒。他们并排坐在车厢的后座上,不发一言,却感觉无比接近。

街道很拥挤,汽车猛一颠簸,把埃娃摔向贝隆。刹那间,他用胳臂抱住她,感到她跟他贴得很紧。她真像一股和煦的风,抚平了他心中一切感情的疮疤。埃娃扬着一张令贝隆心醉的脸,温柔地对贝隆说:"如果像你所说的,人民的利益就是你的事业,那么,我将至死与你相随相伴。"

贝隆英俊潇洒,性格爽朗,善于言辞,不管走到哪里,都有许多女人像流星一样飞近他的天际。不过他一心献身政治，所以对婚姻之事反而看得淡了。更何况，身边的女子又多是贪恋虚荣的脂粉俗物，除了逛商场听歌剧以外没有什么事可做，贝隆打从心眼里腻烦这种人。而埃娃的出现让他领略到一种特殊的魅力。"并不是她的身体而是她的善良吸引了我"，这句话从他嘴里说出是有分量的。的确，贝隆从埃娃身上感受到的并非那种轻率的男女之间肉体上的相互吸引，而是一种超越了肉体魅力的东西。他感觉埃娃仿佛是一位庇护着他的天使，给他勇气，给他信心，永远支持着他，永远与他并肩作战。

埃娃在她短短二十几年的生活经历中，也有过不少情人。她出身微贱，不得不依靠男人来维持生活和向上发展。她的这些情人多半轻浮浅薄，贪婪无厌，他们对她惟一感兴趣的就是她的肉体。埃娃对这种关系极为厌恶，她的真情从未向人敞开。

而现在贝隆来到了她的身边，发现了她灵魂中最值得珍视的东西，并因此爱上了她，她为此激动和幸福不已，她开始向一个男人敞开了自己关闭已久的心扉。

其实，当他们四目相对，初次握手时，便有一见如故的感觉。他们谈政治、谈文学、谈艺术，随着话题的拓宽，他们更觉得志趣相投，灵犀相通。尽管他年满五十，比她大整整24岁，尽管她出身卑微，但爱情可以跨越一切鸿沟。

他们的爱充满着浪漫色彩。尽管两人都工作繁忙，但在短暂的相聚时，他们总是一块儿并排坐在窗前的沙发上，或是一直伫立在阳台的玻璃窗后面。

"爱情，这个字眼是何等奇妙呀！"贝隆搂着埃娃年轻娇小的身躯，想道："我一个近五十岁的人，在许多学校里受过训练，有经验、有学识，经过多年的磨炼，已经变得无情、苛刻、冷酷，我一直坚信我不需要爱情，没想到它却出现了，并且我发现我是这样的离不开它——面对爱情，我的一切常识只是使爱情之火更加炽燃起来！"

埃娃也在感叹，自己见识过了种种男人，也尝尽了各种男人为占有自己而耍的种种花招，她以为自己很难再为什么人动心。没想到，贝隆的出现恰似一道阳光融化了所有的冰块，她只能将自己完完全全献身于他，只有在将自己完全融入他的生命时，她才能感到自己真正属于自己！

他们单独呆在一起的时候，似乎又回到了童年时代。埃娃向贝隆诉说着她不堪回首的童年，以及她一次又一次的不幸经历。这时，她嘴唇颤抖，脸色苍白，她害怕贝隆会因为她从前为谋生犯下的过错而怪责她，可贝隆上校只是温柔地、怜惜地抚摸着她长长的、微带红色的亚麻色秀发,说:"小女孩,你那么年轻,却受了那么多的苦楚。这不是你的过错。我要永远爱你,让你忘记过去的痛苦。"

"可是,你真的不想知道,我到底犯了多少罪?难道你真的不怪罪我吗?"埃娃不安地问。

"埃娃,我已经有了世界上最珍贵的东西,为什么还要像个傻子一样,在过去的碎片中搜索瑕疵呢?"

埃娃禁不住哭了,她紧紧搂住贝隆,仿佛不想让他跑掉似的。贝隆用自己的唇吮干那些泪水,向她说起了自己鲜为人知的出身。"傻孩子,你知道吗?我和你是一样的人。我母亲是带印第安血统的女人,一个与你母亲一样贫苦的乡村女人,当她生下我的时候,我父亲并没有娶她。"

说到这里,贝隆也有些抑制不住自己的感情,他热泪盈眶。这回轮到埃娃用温柔的爱抚,慰藉他心灵的创痛。

在面对埃娃时,贝隆浑厚而饱含爱情的声音,与他在公众集会上面对人海发表滔滔不绝的热情讲演时那种洪亮的、抑扬有致的、既威严又充满信心的声音迥然相异,仿佛带有一种孩童的热情,他从不忌惮高声坦白自己的爱情。"我太爱你了!你是我一生中最美好的部分,你是我的灵魂,我的春天。请你永远记住,在旭日东升的第一线曙光中,我们仿佛被太阳所亲吻,在这令人难忘的纯洁无瑕的时刻,我所说过的这些话。请你记住,一位处在人生黄昏岁月的男人,一位年龄在走下坡路的男人,他所对你说的话吧。埃娃,这是发自我心灵深处最强烈的声音,我爱你!无论发生了什么样的事情,我都爱你,我现在爱你,并且永远爱你,永远……"

在幽静的长夜里，他们在客厅开着留声机跳舞，跳华尔兹和探戈。他们在柔和的音乐中贴得越来越近，最终陷入热烈的亲吻。埃娃向贝隆朗诵了一首她挚爱的英国女诗人伊丽莎白·勃朗宁的诗句。

"当我迷茫地向自己的身外走去，

向你那恩宠之处走去时，

我要用我心灵所有的深沉、宽广、高尚去爱你……

我要用曾忍受过苦恼的热情去爱你，

我要用我毕生的叹息、微笑、泪水、去爱你……

倘若神灵希望的话，

哪怕死后我也爱你。"

自从埃娃进入贝隆的家，贝隆的生活开始发生很大的变化。一切似乎照着原来的轨道运行，而一切又远远不同于从前。在贝隆眼中，因为有了埃娃，一切东西都熠熠生辉、不同凡响。

埃娃是一个称职的主妇。她没有改变房间的基本格调和主要陈设，只是在这儿、那儿加上一两件充满温馨气息和浪漫情调的小东西。几张色泽淡雅的水粉风景画，几个插满百合、玫瑰和凤尾草的古董花瓶，一两块鲜丽明亮的小地毯……房间里维持了几十年的刚健威严的男性气质里，增添了几分温柔娇媚的女性情致。贝隆在他四十几年的生命历程中第一次感到了身居伊甸园般的快乐。

为了使自己的心上人快乐，最奇特女子也甘愿做最平凡的事情。埃娃辞退了原来的厨房女佣，亲自下厨，烹制菜肴，调制羹汤。贝隆很快爱上了埃娃的烹调。他们喜欢在餐前饮一两杯波尔多葡萄酒和苹果白兰地,享受着那醉人的芳香,以及两人共聚时心旷神怡的时刻。

埃娃仔细照料着贝隆的生活,包括他的起居、饮食、健康。她以一个女人的敏锐眼光,改变着贝隆的形象。他的发型要怎样才适合他的身份,他应该穿怎样的服装才显得既有尊严又平易近人。经过埃娃具有专业水平的调整与修饰,贝隆的风度显得更为完美过人。贝隆一直仰赖她独特的审美眼光,甚至认为埃娃可以成为一位著名的形象设计大师。

贝隆荣升为副总统后,他们公开了自己的爱情。无论在什么场合,贝隆都与埃娃携手同行。在魁梧潇洒的贝隆身边,埃娃越发显得娇媚年轻、楚楚动人,人们由衷赞叹他们是完美的一对。

在一次演讲中,贝隆高声宣布:"我感谢阿根廷人民对我的信任,赋予我沉重的使命。我感谢上帝为减轻我的重担,给我带来一个理想的伴侣。站在我身边的这位女士,玛丽亚·埃娃·杜尔亚特小姐,现在正和我一起,为阿根廷人民的利益而工作,我感谢她对我忠诚而有力的支持,我已经、并将永远把我的爱情奉献给她!"

埃娃的表白则更为简洁有力:"我是个平凡女子,是贝隆上校给予我生活的目标,让我睁开眼睛看见了周围的一切。我永远爱他,并将至死追随他,和他一起工作、战斗,为了阿根廷。"

人群中爆发出热烈的欢呼和掌声,他们为这神话般的爱情故事陶醉了。

大小报刊挤满了这一爆炸性新闻。"来自乡村的穷苦女孩

与上校先生坠入爱河……", "一个灰姑娘式的浪漫故事。" "凭借'灰姑娘'般的恋人，贝隆上校在公众心目中成为一个神话偶像……", "这个女人已经用自己的声音俘获了无数阿根廷人的心，现在，她又用自己的魅力把副总统变成自己最大的俘虏……"

毫无疑问，这段恋情大大美化了贝隆在阿根廷人心目中的形象，这不是小报上肆意渲染的香艳绯闻，而是把政治与爱情完美结合的样本，仅这一点就够人们疯狂的了。

不仅是美化，埃娃简直就是塑造了一个贝隆神话。她曾无数次利用自己的最具煽动性的嘴巴说："我是多么幸运！无数阿根廷人崇拜贝隆，爱他，而我呢，我和他站得最近，我比很多人更了解他，也因为这一点，我才如此深沉地爱他。只要你们热爱我们的祖国，热爱我们的人民，那么，你也会爱我们的贝隆先生。"

她就是真理的化身，经过日复一日地大造声势，贝隆很快就在阿根廷人的心中成了完美的英雄，杰出的领袖，值得信赖的掌舵人。

当然，他们的爱情和神话也遭到了反对，主要是来自政界的极力反对。那些官员们大都出身名门，受过良好的教育，他们难以容忍一个靠卖艺也许是靠卖身生活的贫贱女子成为上层社会的一员。这种行为是对等级秩序最直接的挑战。他们不否认埃娃有可利用的价值，如果仅是作为一般朋友，他们也不反对与这位充满魅力的女子接触。甚至，他们虽然道貌岸然，但内心不乏把埃娃纳为金屋藏娇的情妇的冲动。但是，当贝隆正式宣布他对埃娃的爱，当他们在公众场合频频露面时，政界人士感到了一种沮丧和威胁。

贝隆那些受过良好教育的朋友们，那些军队里的同事，颤抖着胡子，横着眉毛向他表示，他和一位女演员建立关系是被人看不起的，贝隆展开双臂回答说："那又怎样？难道你们宁可我与一个男演员发生关系么？"

所有这一切都无法阻止他们在爱情上以及政治上的结合。

携手缔造政治神话

在埃娃的影响和帮助下，贝隆全力以赴地支持工人运动的发展壮大。

埃娃的平民形象有利于她接触大众。她抽出大量的时间访问贫苦群众。她走进城市最黑暗肮脏的贫民窟，与那些被上层阶级视为贱民的人作无拘无束、完全平等的交谈。她帮助家庭主妇烧饭，她照料病床上的贫苦工人，她鼓励妇女走出家庭，她甚至处理一些家庭纠葛……更多的时候，她为人们解决各种各样的实际困难，从无钱看病到劳动就业。

她也经常在人们意想不到的时候去看望他们：有时在半夜去，看看孩子们是否睡得安稳；有时在吃饭时去，检查一下菜单，同时了解食品储备情况：是否有足够的食油？有足够的食糖吗？有足够的洗衣粉吗？咦，坐在这个位子上的小胖墩怎么不在？上哪去了？感冒了？于是，她就去房间看望、爱抚孩子。如果说贫穷的生活曾教会埃娃什么，那就是真心诚意地给予他人。

和贝隆一样，埃娃也是个杰出的演说家，多年的播音生涯，不仅练就了她纯净优美的音色，而且让她在任何时候、任何场合都从容自信。她的秘诀是反复动情地演讲，并重复处理同一类"顺民心"的事情。她为妇女的权利大声呼喊：你们有权利在五月一日去五月广场，向你们的老板提出请求。他们会说还有衣服要洗。那就把衣服洗完，再向他们提出请求。他们还会想起有一件礼服要让你们烫一下。你就烫好礼服，然后提出第三次请求，如果他们还要找事让你们去做，那就打开冰箱，拿出啤酒瓶朝他们头上砸去！

她的努力赢得了人们的爱戴和拥护，他们热爱这个自然、清新、意志如钢的女性。在他们心目中，埃娃与贝隆已经成为一个整体，是他们的英雄与圣女，人们尊称她为"埃薇塔"或"埃薇塔·贝隆"。

埃薇塔喜欢接受贫苦的百姓给她的关心和照料。那些百姓高兴地用三轮车带她去他们开会或集会的地方，给她吃喝，用他们当时有的任何东西来使她免遭日晒雨淋，他们触摸她的手和衣服，叫她的名字以示亲爱……这些都已成为她生命的一部分。

同时，埃薇塔把了解到的人民生活的状况汇报给贝隆，和他一起商讨解决人们困难的办法。利用手中的权力，贝隆和埃薇塔确实为工人们做了一些好事：增加了工业工人的工资，规定工人每年有两星期照付工资的休假。由政府拨款50万比索建造收费低廉的工人住宅，为工人提供保健服务，修建工人疗养院等等。这些都如一个个沉重的砝码，不断加强着贝隆——埃薇塔在人们心目中的地位。埃薇塔在贝隆与人民大众之间架起了一道桥梁，正由于她的存在，贝隆的形象才如此亲切、深入人心。

有人评论:"埃薇塔在严酷的政治斗争中加入了一点'人情味',这种人情味来自讨人喜欢的女性热情。"埃薇塔曾如此描述自己和贝隆的搭档关系:贝隆建筑房屋,她则提供装饰,贝隆塑造躯干,她则赋予灵魂。无论如何,这种融情人和同志于一身的伴侣关系大大加强了贝隆的魅力,成为铸造贝隆积极形象的有利因素。

到 1945 年年底,几乎所有的较大的工会都加入到贝隆领导的阿根廷总工会中来,成为了贝隆的支持者。贝隆的事业如日中天。

贝隆和埃薇塔影响力的扩大,引起了许多人的不安。来自寡头和军队内的抵制与反对越来越强烈。他们不甘心眼巴巴地看着贝隆把工人运动的领导权夺走。

10 月 12 日,一批军官在忠实于寡头势力的阿约洛斯将军领导下举行了暴动,他们闯入贝隆家中,逮捕了贝隆,他们认为贝隆的自由是对寡头势力的一种威胁。

当晚,贝隆被"扣押",送上一艘海军船只,驶往拉普拉塔河中的马丁·加西亚岛,他被关押在那里的海军监狱中。命运往往是难以预料的,贝隆的对手们远远低估了埃薇塔的力量,如果他们在"扣押"贝隆的同时也能堵住埃薇塔的嘴,那么,贝隆也许就真要在马丁·加西亚岛苦度余生了。

埃薇塔在贝隆被捕后很快冷静下来,她明白,现在,可以依靠的只有她自己了。她感觉又回到了从前她在布宜诺斯艾利斯街头流浪的那段时光,一无所有,走投无路。但是,勇气与信心又重新回到她的身上,她站起身来,冲着自己的身影大声说:"我一定要胜利! 我一定要救出他来!"

她首先想到的是电台,她要在电台里宣布这一"扣押贝隆"的丑闻,煽动起群众的怒火。可是,当她赶到贝尔格兰诺电台时,她发现贝隆的对手先走了一步,她已被解雇了。很显然,贝隆的对手们也害怕这女子在广播里喋喋不休。

她从鼻孔里发出一声冷笑。她面前只剩下一条路,发动群众,组织工人,向军方施加压力。

埃薇塔首先去找的是贝隆在劳工部的助手,一位贝隆的忠实支持者,多明戈·梅尔坎特。梅尔坎特对贝隆的被捕同样愤怒。埃薇塔与他分析了形势,认为反对派内部很不团结,他们未必有发动内战的力量。他们决定分头去联合各个工会。

埃薇塔要亲自发动工人,她从一个工厂走到另一个工厂,向那里的工人们发表演说:"我站在这里,并非作为一个女人在营救自己的爱人,而是作为一个阿根廷人在营救自己的领袖!我相信你们能理解我,因为你们和我一样,希望在一个独立的、富饶的国家生活……"

在另一次讲话中,她说到贝隆一直在关心着工人的命运,一直在为工人的利益工作,"如今,强权者亵渎了人民,黑暗掩蔽了真理,阿根廷的劳动者们,为贝隆而战斗吧,为他斗争也就是为我们自己的幸福斗争!"

人们被埃薇塔充满战斗性的讲话鼓舞了。她一次45分钟的讲话被43次的热烈掌声打断。在埃薇塔说到狠狠打击、反对寡头势力和暴乱者时,人群不断鼓掌,而且吼叫着、尖叫着使他们的心仿佛都要跳出来。有时,她的演讲地方十分狭小,人们挤成一堆听她的讲话,在后排的人为了看一看她,甚至脱了鞋站到桌上去。

人民的渴望和无限的热情鼓励着埃薇塔。对他们该说些什么，怎样说，以使他们处于一种希望爆炸的境地，她比以前更有把握了。她熟练地用讽刺和幽默的话语吸引怀有热望的听众，不断地将他们的情绪推向高潮。

"我很高兴看到你们，贝隆和我感谢你们忠诚的支持和无私的爱。"她不停地对狂热的"虔诚"的听众如此说。

很快地，埃薇塔和她的同伴们夺回了对工会的领导权。制鞋工人工会表示"一切听命于埃薇塔"；食品加工包装业工会领袖向埃薇塔保证，三天之内，至少可以组织起首都和首都附近的食品加工包装业工人十万人参加战斗；电话工人和邮电工人工会表示支持贝隆，商业雇员联合会领袖则要"推动一场支持贝隆的狂潮"。

10月15日，埃薇塔买通了一个海军官员，他同意埃薇塔可以去监狱探望一下贝隆，不过只能给半小时时间。

当监狱之门徐徐开启，贝隆惊异地看见了那张他如此熟悉和热爱的面孔。"你怎么会来？"贝隆惊喜地问。

埃娃温柔地抚摸着贝隆有点憔悴的脸庞，"我担心你，我来看看你，并且想告诉你，你受苦的日子不会长久了。"埃娃甜蜜地微笑着，继续说道："相信我吧，我的上校。我们并没有完，相反，我们的敌人倒是没几天好日子过了。我只要你再坚持一下，别丧失信心。"

10月17日早上，贝隆和埃薇塔真正开始"显示自己的力量了"。在埃娃·杜尔亚特、西普里亚诺·雷耶斯和多明戈·梅尔坎特的组织下，布宜诺斯艾利斯市和首都附近区域的工人们组织起来，开始大规模的示威。成千上万的首都郊区的工人乘火车、卡车、小汽车和徒步进入都市。大批无产者涌过布宜诺斯艾利斯各条大街，进入了五月广场，打碎政府大楼的窗户，扬言要"把贝隆的一切反对者打个落花流水"。他们高呼"还我贝隆！还我贝隆！"这愤怒的吼声震撼了整个广场，

埃薇塔和其他领袖们一起，也来到五月广场这个危险的地方。当工人们发现他们尊敬的埃薇塔也在与他们并肩战斗，五月广场沸腾了。人们跳着舞，脱下帽子和衬衫向她挥动，人群不断叫喊"贝隆—埃薇塔！贝隆—埃薇塔！贝隆—埃薇塔！"

人们尖叫着，情绪激扬。他们以保护者的身份高声对着埃薇塔宣誓，"我们要为贝隆，为您而斗争！"许多人不由自主地哭了起来。埃薇塔欣喜若狂，脱口而出："我们已接近胜利的顶峰了！这是我们所参加过的欢迎会中最令人振奋的一个。"她一次次将双臂高高扬起，像一尊昂然屹立的胜利女神雕像。

示威者表现的愤怒情绪使政变的军官们心惊肉跳，他们不敢命令部队拦阻暴动的群众。而贝隆的文职官员反对者甚至害怕得躲藏了起来。他们派人出面，与示威的群众领袖谈判，得到的回答是要么释放贝隆，要么发生内战，绝没有第三条道路。

反对派答应无条件释放贝隆，"十月事件"取得了胜利。

在这场政治风波之后，军队变得驯服了，虽然他们并未完全投降，还占据着政府中没有让激进党占去的所有主要职位。可是，他们确实也在一些主要问题上作出了让步，同意了贝隆提出的社会改革纲领。

追随贝隆的群众后来被称为、并自称为"无衫汉"或"衣衫褴褛的人们"。这个名称的来历颇有些偶然：10月17日，一批示威

者从布宜诺斯艾利斯郊区步行到市区。南半球的十月已经很热,他们脱去衬衫和鞋袜,把脚浸入广场的水池里。有记者拍了一张照片,加上"无衫汉"这一标题在报上登出来。起先,有钱人带着蔑视用这个名词称呼穷人,但后来这个称号很快就被下层社会用来称呼那些不穿袜子的无产者英雄了。埃薇塔十分欣赏这个名称:"不管那些贵族老爷们如何看不起我们这些无衫汉,我们要让世界相信,我们以衣衫褴褛为最大的光荣。"从此,她只用"无衫汉"来称呼她所至爱的劳工阶级。

这次事件不仅让贝隆成为最大的赢家,也让"埃薇塔"成为神话的一部分和无衫汉的偶像。她以坚强的性格和语言征服了广大劳动者的心,从而使她掌握了政治上的点石成金术。

当一个政治神话完整的诞生之时,一个爱情传奇也获得了圆满的结局。

10月18日,重返家庭的贝隆在他的住所里向埃娃求婚:"亲爱的,嫁给我吧!"他的声音十分虔诚。

"是的,我愿意成为你的妻子。"埃娃温柔地回答。

10月21日,即贝隆重获自由的第四天,贝隆和埃娃在夜幕降临时来到布宜诺斯艾利斯郊区一个已被废弃的礼拜堂,与他们同行的是几个忠实的战友:特塞雷、多明戈·梅尔坎特、安赫尔·博尔伦吉。小教堂黑沉沉的,他们点起蜡烛,在烛光摇曳下,依稀可见蒙着厚厚灰尘的皇像。埃娃穿一件淡蓝色波纹绸礼服,显出一种令人神摇魂销的惊人的美。

梅尔坎特主持了这个简单的秘密婚礼,新郎、新娘各自对着天主像发下庄严的誓言,承诺彼此忠实,永不离弃。贝隆雄浑的声音在黑暗中听来分外威严:"出于我们个人的意愿,我们在上帝面前结成伴侣。"

他给埃娃纤细的手指套上一枚 2.8 克拉的钻戒，然后给了她一个深情的吻。

朋友们鼓起掌来，然后，一个个轮流吻了新娘，并祝愿他们百年好合。

至于为什么要举行一个如此非正式的婚礼，埃娃说："一切仪式都不是必要的，从我见到贝隆第一天起，我就把自己视为他的妻子。我和他都认为，隆重的典礼并不如两个人心的结合重要。"

1946 年 2 月 24 日，贝隆终于战胜了激进党、共产党和社会党组成的民主联盟，取得了总统大选的胜利，登上了向往已久的权力宝座。阿根廷开始了贝隆时代。

埃薇塔·贝隆在她 26 岁的时候成为了阿根廷的第一夫人！

在这胜利的消息传来的时候，埃薇塔有些茫然了。她望着兴奋不已的贝隆，望着群拥而来向她祝贺的人们，又高兴，又有几

丝悲伤。她回忆着自己那些穷困潦倒的岁月,再看看那些恭维她
的达官贵人们,一丝微笑不经意间呈现在嘴唇上。"我不能忘记
自己曾经是个穷人",她告诫自己,"我要和贝隆一起,来实现我
儿时的梦想——让穷人生活得好一些。"

这一夜,埃薇塔辗转反侧,难以成眠。躺在玫瑰宫宽阔富丽
的卧室里,她想了很多……怎样做好第一夫人呢?怎样支持贝隆
的事业呢?怎样搞好社会福利呢?有数不清的问题向她扑来,她
的心兴奋地跳动着,恨不得马上去做好一切工作。夜深了,她也
悄悄进入睡眠。明天,明天还有更多的事情要她去做。

在埃薇塔的协助与鼓励下,贝隆行动起来了。贝隆登上总统
宝座后,确实为阿根廷的民族经济发展干了一番事业。

他上台后做的第一件事,就是于 1946 年 3 月把阿根廷中央
银行收归国有。这个所谓的阿根廷中央银行,原来都是由外国银
行代表来经营管理的。贝隆把银行国有化,无疑给了外国资本寡
头当头一棒。

其后,他又从美国殖民势力手中赎买了长达 2.4 万多公里
的铁路网,实现了铁路的国有化。

紧接着,他用付出 3 亿比索的代价,从英国垄断组织的手中
赎买了阿根廷的电话网。

贝隆亲手点燃的这三把巨火,为阿根廷的民族经济发展照
亮了道路。"无衫汉"认识到,他是真正为流汗的劳苦大众谋福利
的伟大人物。

阿根廷,请别为我哭泣

像阿根廷人热爱她一样,埃薇塔也热爱阿根廷人民,更爱千万受苦受难的劳苦大众。

她懂得如何争取民心,那就是:直接给他们实惠!作为第一夫人,埃薇塔首先向她最痛恨的寡头势力发难,她剥夺了贝雷拉家族庄园的所有权,这是一个大地主的庄园,因庄园内的百年古树而闻名,埃薇塔把这一乐园改造成对所有人开放的公园。

在埃薇塔的领导和政府的支持下,埃薇塔·贝隆基金会诞生了。这个基金会只有一个目标:帮助"无衫汉"解决实际困难。

基金会就像一个巨大的仓库一样,储备着数不清的物品,儿童长裤、足球、双人床单、鞋子、铁锅、奶酪或阿司匹林,人们想要什么,她就给他们什么。那些对她阿谀逢迎的诗人们常常称她为"万世之母"。基金会在全国各个城市里开设了廉价商品的连锁店。但还是有一部分孤立无援的人们,他们与这些储备清单、与这些社会措施无缘,他们被排斥在生活之外。他们享受不到去查帕德马拉尔营地的度假,进不了任何一家慈善场所栖身度日,去不了大理石盖的医院治病疗身,也买不起基金会商店里已经很便宜的商品,因为他们连一个农民、一个工人最起码的生活标准都没有达到,因为他们已被生活遗忘。这时候,他们给埃薇塔写信,要求见她,要求他们需要的东西。

她平均每天收到 12000 封来信,所有来信由一班经埃薇塔挑选的遭受过痛苦经历的女社会福利员来阅读和回复,不言而喻,只有了解苦难的人才会理解这些信。女助手们直接复信并给来信者送去包裹或用卡车运去所求之物。但这送去的不仅是东西,还有埃薇塔的关怀。是她把钱送到你面前,是她的耳朵在聆听你的倾诉,是她的脸使你相信美的存在。

当她财源枯竭时,她便到剧场为穷人募捐做演讲:"各位请听着,我现在连一个铜板都没有了,我要请那些人掏出一点来,明白吗,那些系领带的人?"她走到一位部长,一位非同一般的先生面前,对他说:"打开你的钱包。"从此以后,那些系领带的被通知与会的先生们都带着两个钱包,其中一个是空的,也就是他们将要打开的那一个,届时他们便有话可说:"抱歉,我已身无分文。"但是,这骗不了埃薇塔,"请把另一个钱包给我",说话时,她绷紧了手掌。"行了,你挣得钱够多了。想想以前没和我们在一起时,你的工资是多少?"

埃薇塔喜欢利用各种形式为穷苦人募捐。1949 年,在贝隆为她举行的庆祝她 30 岁生日的盛大宴会上,埃薇塔逐次向每位到访的宾朋致谢后,疾步走向会场中央,用她那动人的、充满感情的女中音说到:"亲爱的朋友们,我衷心地感谢你们前来参加我的生日聚会,这是我个人的极大荣幸,我本是一个极其微不足道的人，但我却幸运地受到大家的爱护。为此我无数次感谢上帝，感谢圣母的庇护。善良和爱心，是上帝赐予每个人的最宝贵的礼物，也是我本人极为自豪、极为推崇的两种品德。今天，在我的生日聚会上，我要为南部贫穷农民进行一场募捐，我认为这是庆祝我的生日的最好的形式，而今天到来的每个人，也将被我和平民大众们所记住和感谢，我相信，主将赐予我们更大的幸福和安慰，谢谢。"埃薇塔讲完后，走向前台上的一个大箱子旁边，从手上卸下钻石戒指、从脖子上摘下珍珠项链，从耳朵上摘下美丽的耳环放入箱内。然后走向她的贝隆，紧紧地挽住他，在她所有的饰品中，只剩下了结婚戒指还戴在她的无名手指上。贝隆亲吻了一下埃娃，回头示意侍卫把他的金烟盒投入募捐箱里。大家看到这对总统夫妇率先行动，也依次将自己的饰物放入箱内……这次募捐所得款项，拯救了大约 400 户农民，利用这笔钱，每户可买一小块土地和一头耕牛，如果自己再勤劳一些，这些农户基本上能解决温饱问题。

埃薇塔同样惦记着老人们的生活，在她的推动下，劳动部在 1948 年正式公布了老人权利宣言。1950 年 7 月，在科隆剧院里，泪如雨下的埃薇塔把第一批 1000 份养老金交给了那些同样老泪横流的老人们。

除了钱，阿根廷人还看到一个真正热爱她臣民的第一夫人。所有人都注意到那是一个因为梅毒才裂开的嘴唇，但是，埃薇塔却不顾疾病的强烈传染性，用嘴唇吻了带有豁嘴的女人。与她同行的诗人诺才·玛丽耶、卡斯帝奈拉·德·帝奥曾试图阻止她，但埃薇塔对他们说："您知道我拥抱她，对她意味着什么吗？"

"我看到她拥抱过麻风病人"，贝尼特神父肯定地说，"还拥抱过结核病患者和癌症病人……我看到她抱住衣衫褴褛的人，为他们捉去身上的虱子。"有一次，当埃薇塔拥抱了一个长满脓疮的男人后，随从人员想用酒精来清洗她的脸，但这位被越来越多的人称为"圣女"的人从他的手中夺下瓶子，朝墙上扔去，砸得粉碎。

通过基金会的运行，埃薇塔获得了她所需要的一切。她需要什么呢，她需要的是人们对她的热爱与崇拜，而她也确实得到了。

阿根廷贫苦人民把埃薇塔视为救星，在贫困艰难的岁月里，一个小小的灾难就可以把一个家庭击倒，粉碎他们对于生活的小小希望，有时命运的残忍与冷酷表现得淋漓尽致，尤其对于穷困人家而言，他们的命运真的是不堪一击。对于那些贫穷人家的孩童而言，等待他们的是与父辈一样的生活道路，因为得不到起码的教育，他们只有子承父业，继续悲惨的生活。埃薇塔的援助，使这些人一方面增强了生活的抵抗力，一方面也改善了孩童们的命运惯性——他们受到了基础的教育，可以重新选择另一种生活。他们感谢她，因为只有她为他们的生活四处奔走，只有她同情他们，真正在帮助他们，而且现实地改善了他们的生活。

这样体恤百姓疾苦的第一夫人，谁人不崇拜和尊重？"无衫汉"们热爱埃薇塔，妇女们也拥护埃薇塔，因为在埃薇塔的作用下，她们才获得了政治权力，才可以享受阿根廷国家对他们权利的尊重和允诺。她在阿根廷历史上第一次为妇女争得了同男子一样的选举权。

她是真正左右阿根廷的人，她控制了阿根廷强大的总工会组织，只要她振臂一呼，那就会万众齐应。

就这样，埃薇塔逐渐成为阿根廷人民心里的偶像。她周游全国，在各地均获得名誉。人们称她为"圣埃薇塔"，给她最高的尊敬和光荣。埃薇塔被深深感动了，她明白这些人才是她精神力量的来源。

很多外国观察家认为，军队和劳工是贝隆统治的两根支柱。诚然，在贝隆统治的岁月里，他给了军官们以优厚的待遇，然而，埃薇塔极力鼓励贝隆要更多地依靠下层的劳动者，在埃薇塔的影响下，贝隆的注意力更多地转向"无衫汉"，他曾不无骄傲地宣称，他拥有一支为数400万的劳动大军的全力支持，"无衫汉"更是他统治的基石。贝隆为了赢得"无衫汉"的信赖，在政府、参众两院和市政议会中都给"无衫汉"安排了一些席位。埃薇塔在世的岁月里，阿根廷驻外使馆里甚至派有工人参赞。

成为第一夫人后，埃薇塔更加注重自己的形象，她要让一个崭新的埃薇塔出现在人们的面前——她是美丽、聪慧、优雅的。

她把头发染成金黄色，并盘起了发髻，戴上了珍珠项链，穿上了水貂皮大衣。埃薇塔对自己的容貌十分自信，她有一双亮晶晶、光彩动人的眼睛，白嫩光滑的肌肤，红润可爱的嘴唇，而她自身所具有的那种独特魅力，那种曾经吸引了贝隆，倾倒了无数人的魅力，使她变得非常出众。

她的形象因她的声望而一日日被人所熟知。贝隆夫人成为阿根廷人民心中的崇拜偶像。每次刊有她照片的报纸一发行，销售额顿时猛增，妇女们把她的照片剪下来，和家中的耶稣像贴在一起，并竞相模仿她的穿着打扮——头发高高地紧盘在脑后，脸上几乎不搽任何脂粉，惟一的修饰是一对耳环，这就是她最新也是最恒久的"第一夫人"的装束。

埃薇塔开始成为布宜诺斯艾利斯和巴黎最著名的服装店和最豪华的首饰店的常客。这位出身于贫民的总统夫人，穿上巴黎最著名的服装大师做的服装，珠光宝气地漫游欧洲，旅行时只坐罗尔斯—罗伊斯轿车或飞机。在成为第一夫人到她去世的七年中，她对自己以前悲惨的命运进行着疯狂的报复，抓紧时间享尽奢华。

她经常身穿华贵的名牌服装，珠光宝气，带着劳方的代表去与资方谈判，她总是寸步不让，尽力为劳工阶层争取利益。也曾有工人代表对她的衣着奢华提出异议，她十分坦然地说："总有一天，你们也可以穿上这样的衣服。"

1950 年 7 月，一个晴天霹雳的消息袭进了玫瑰宫：埃薇塔被诊断患了子宫癌。每个人都惊呆了。贝隆总统无法想像这种可怕的厄运会降临到他亲爱的埃薇塔身上，她是那么美丽、活泼，而且年轻，她才年仅 30 岁啊!

　　知道这一消息后，埃薇塔心中就完全明白，自己在世的时间不多了，自己能做的事不多了。她望着墙上贴着的耶稣像，对生活前思后想，"也许真的没有什么时间了，我该去做些什么呢……去享受生活，去创造生活，哪怕我只能活到明天早晨……"

　　昙花一现的埃薇塔在每一天中狂热地工作着，她的工作每天不到七点就已开始。接见来访者，参加工人聚会，晚上很晚才回来。那些像戴盖尔议员一样在两个小时前与她告辞的人仍然是睡意朦胧，然而令他们吃惊的是她依旧那么艳丽，那么精神饱满。六点半刚过她便给每个人打来了电话："快！别跟我说你还在睡觉，冲个澡后立即过来！"而凌晨五点他们才刚刚离她而去。

　　埃薇塔仍旧每天都要接待络绎不绝的来访者。来访的人流中有成群结队的工人，工会的领导人，带着孩子的农民，外国的记者，有穿着南美牧人披风举家前来的高丘人，父亲留着又大又黑但却整齐的胡子，有冲破铁窗为逃生而来的在狱犯人，有波罗的海沿岸国家的知识分子和大学生，有牧师和修女……在这样的混乱重灾嘈杂的人群中，埃薇塔注意听着人们向她提出的问题和一切要求，大到增加工资、建设企业，小到家庭住房申请、需求家具申请、食品申请和要求在学校里设立邮局的申请等等。除此以外，还有拍摄电影的审批或各种各样的经济援助报告，以及滥用职权的投诉……

　　埃薇塔还确定了一项巡回医疗的工作，1951年，一列由"贝隆总统诊疗所"租用的专列在阿根廷的大地上纵横奔驰，无偿地为人们提供 X 光等放射科的服务。

1952 年元旦，埃薇塔又一次晕倒在玫瑰宫里。当闻讯赶来的医生赶忙为她诊治时，他们发现了一件最为可怕的事——癌细胞已经转移，病情恶化趋势十分严重。这就意味着，病情已到无法控制的时候，即便运用世界上最先进的医疗手段，埃薇塔生存的时间不会超过两年半。

对生命的渴望使埃薇塔又一次奇迹般地走出玫瑰宫，她依旧与往日一样，去基金会工作。贝隆总统站在大门口，看着步履稍有些不稳的埃薇塔离去，就像看着一朵随时要被风吹落的樱花，心疼不已，但又无法阻挡。

然而，二月份的一次发病显然是极其严重的，埃薇塔开始大出血，无休止地出血带走了埃薇塔生命赖以存在的根基。

1952 年 7 月 26 日，一个凄风冷雨的日子，年仅 33 岁的埃薇塔，永久地合上了她那双美丽的眼睛。贝隆痛失爱侣，追悔莫及的自责道："我没有很好地珍惜她，才让她过早撒手人寰，我应该多关心她，也许就不会发生这样的事情……"他呆在玫瑰宫那些熟悉的房间里，久久一言不发。这些房间以前都闪动着埃娃活泼的身影，处处可闻她悦耳的声音，但一切都已不复存在。

为她哭泣的，何止贝隆总统一人！

整个阿根廷在为她哭泣！

阿根廷举国上下沉浸在一片无限的悲恸之中。她是阿根廷劳工和"无衫汉"的一个不倦的战士，为他们而鞠躬尽瘁。许多人怀着深切的思念常来瞻仰她的遗容，群众追悼场面处处可见，全国各地到首都布宜诺斯艾利斯参加吊唁的人如潮似海，大家疯狂地拥挤着，希望一睹埃薇塔的遗容。上百万人冒雨从她的棺木前走过,与她作最后告别。

埃薇塔的葬礼十分隆重。人们为她穿上一件由黄金和白金制成的、点缀着 750 颗金刚石、红宝石和绿宝石的衣服。从美国买了一具 3 万美元的玻璃棺材,她的遗体不予埋葬,将永远保持下去以供人们瞻仰。

埃薇塔短暂的生命堪称人间奇迹,不仅是麻雀变凤凰的奇迹,而且是一位弱女子极限提升自我的奇迹。埃薇塔以同情为骏马,以爱情为雕鞍,异常奋勇地冲刺到权力世界的巅峰。极盛之时,她宛如玫瑰吐蕊,芳香四溢。无奈病魔相催,一代名花在风中凋谢。但她的勇气、野心、才智和美貌将永远留在历史的记忆里,永难磨灭。

> 别为我哭泣,阿根廷啊/真相是我从未放弃/我曾受过的伤/我曾遇到的艰难/走上那条荆棘路/永不回返……
>
> 别为我哭泣,阿根廷啊/我是阿根廷人/我属于你们/永远,永远……

你只要唱起《阿根廷,请别为我哭泣》这首歌,便能记住玛利亚·埃娃·杜尔亚特,一位神灵般的传奇女子。

破碎的童话——黛安娜

爱跳舞的幼儿园教师

故事的开头与我们从童话书中读到的一样，英俊善良的王子出现了，他帮助灰姑娘从苦难平凡的生活中解脱出来。但是，他们并没有幸福地生活一辈子。

1961 年 7 月 1 日，黛安娜·斯宾塞出生于英国伦敦的派克庄园。她的父亲是约翰尼·奥尔索普子爵，母亲是弗朗西斯·罗其，他们曾因黛安娜的出生而大失所望，因为他们一直想要一个男孩。黛安娜有两个姐姐，莎拉和珍妮，在她出生两年后，她母亲又给她生下了弟弟查理。

黛安娜的家庭可以说是一个富贵和睦的家庭，然而就在这个家庭中，却隐藏着巨大的危机。一切都源于一个名叫彼得·基德的富商。彼得性情开朗，幽默诙谐，豪放不羁，在黛安娜的母亲弗朗西斯眼里，彼得具有她所欣赏的、而丈夫所缺乏的一切特点。由于彼得的插足，斯宾塞夫妇在感情上越走越远。

1967 年，也就是黛安娜 6 岁的那年夏天，斯宾塞夫妇决定分居，弗朗西斯离开派克庄园，在贝尔格雷维亚租了一套公寓安顿下来。与此同时，42 岁的彼得离开妻子、三个孩子和他在伦敦的家，搬到南肯辛顿的一个地方独居，开始与弗朗西斯幽会私通。

1969 年 4 月，斯宾塞夫妇经法院判决离婚，黛安娜和她的弟弟查理由他们的父亲抚养。

这一家庭悲剧带给黛安娜的心灵创伤不言而喻，从此，黛安娜开始了她孤寂的童年。黛安娜除了爱，什么都有。对于一个健康的人来说，爱与被爱都是正常的心理要求，更何况她还是个无助的孩子。由于得不到亲人的爱，她便用对小动物、玩具、他人的爱填补心里的空缺。她拥有许多小宠物，她像照料孩子一样给它们喂食、洗澡，和它们嬉戏，搂着它们睡觉。她常骑着那辆蓝色的自行车在庄园的林荫道上驰骋，把玩具娃娃放在她坐过的童车里，推着它玩。热情、慈爱、体贴他人一直是她的个性特征。年仅 4 岁的弟弟查理无法承受失母之痛，每到临睡前总是哭喊着"我要妈妈，我要妈妈"。查理悲凄的抽泣本能地触发了黛安娜对爱的渴望，有时候她不顾黑暗的恐惧下床去安慰弟弟，哄他入睡。她常帮查理穿衣服，系鞋带，带着他到祖父和其他亲戚家玩，祖母弗莫伊夫人教孩子们玩纸牌、麻将和桥牌。

不仅如此，父母的离异更给孩子们的成长带来了巨大的影响。他们调皮的时候没有人约束管教，致使品性中有粗野放肆的一面，这也可能是导致黛安娜王室生活失败的一个因素。他们需要爱的时候又没有人给予，以至于后来她时时需要他人的抚慰，需要别人对她有格外的赞许褒奖和特殊的亲昵，以弥补她童年遭受的冷落。

在学校里，父母的离婚把黛安娜和其他的孩子隔开了，没有孩子和她一起玩。学习成绩本来就差的黛安娜更加自卑、窘迫，从来不在班上大声回答问题,不主动读课文。幸好她在舞蹈方面有着卓越天赋,多少为她争得了些自尊、自信和荣耀。

黛安娜 9 岁的时候,父亲把她转到雷德斯霍斯学校。在这所学校,黛安娜的两项特长——游泳和跳舞有了发挥之地,但她仍然是一个沉默、娴静、拘谨的小女孩。有一次,学校组织排练一部戏剧,有人推荐天生丽质的黛安娜扮演一位荷兰姑娘,她答应如果这个荷兰姑娘在剧中不需要说话,她就扮演这一角色。

其实热情奔放、活泼大方是黛安娜的本性,她的母亲就是一个热情开朗、执拗的人。在西希思女子寄宿学校的时候,她开始展露她活泼的天性。她喜欢笑,喜欢嬉戏,是个爱热闹的姑娘,在宿舍里她和朋友们吵吵嚷嚷,闹翻了天。她兴致勃勃地参加学校的各项活动,和大家一起游泳,打网球,疯狂地跳舞。在篝火晚会上,她还为大家表演了芭蕾舞,赢得师生们的啧啧称赞。在一年一度的基督诞辰戏剧节中,她精心地化妆打扮,穿着一新,人们注意到她其实是个很漂亮的姑娘。

1977 年黛安娜从西希思女子寄宿学校毕业了。父亲把她送到瑞士一家学费昂贵的礼仪进修学校读书,姐姐莎拉也曾在这所学校学习过。学校主要开设家政、制衣、烹调等课程,并且要求学生只讲法语,以便更好地掌握一门语言,而她和好友索菲·金博尔一直在讲英语。

黛安娜很不习惯学校繁文缛节的制约,她过惯了自由自在的生活,渴望摆脱这种束缚。她连续给家里写了几十封信,恳请父母接她回家,说像她这样读书实在是白花钱。后来,父母被她说服了,发了慈悲,接她回家。在那里黛安娜学到的惟一本领就是滑雪。

从瑞士学校退学回家后，黛安娜突然想嫁人。尽管在此之前她从未和异性有过深交，更不懂什么叫恋爱。也许，在这个天真纯洁的女孩眼中，婚姻就是安稳、幸福的代名词吧。学校在黛安娜眼中犹如樊笼，而一旦离开它，16岁的女孩子却又感到无所依附。在她看来，嫁人或许能改变目前的处境。

辍学之后的黛安娜想做儿童舞蹈教师，和孩子们在一起，于是就去学舞蹈。她在这方面有非凡的领悟能力，她爱好舞蹈，她可以连续几个小时一边听音乐，一边变换着跳踢踏舞和爵士舞。经过潜心苦练，黛安娜进步很明显。但在这时候，一件意外的事情发生了，黛安娜和朋友到瑞士阿尔卑斯山滑雪时，腿部严重摔伤，不能继续学习舞蹈了。这次受伤后，黛安娜足足花了三个月的时间来疗伤，她做儿童舞蹈教师的梦想也就这样结束了。

1979年7月，当黛安娜18岁的时候，父亲为庆贺她的成年，送给她承诺已久的礼物——柯莱赫尔住宅的一套价值五万英镑的三居室公寓。这可乐坏了黛安娜，她立即搬进这套漂亮的公寓。她让她的几位同窗好友也搬进来，和她一起分享这套公寓。她们把白色的墙壁刷成柔和的粉色，把起居室刷成淡黄色，卧室刷成红樱桃色。

黛安娜住在最大的房间里，睡双人床，她的卧室门上贴着"女主人"的字样。黛安娜的好友卡罗琳回忆道："她经常戴上橡皮手套，在屋子里咯咯地笑。这是她的房子，如果你有这么一套房子，你也会像她一样自豪。"作为居室的主人，她让住在她房间的每个人每周付18英镑的租金，她还雇佣他人，帮助她们做洗刷、打扫卫生的工作。

黛安娜的本性是洒脱开朗的，她经常按照电话簿上的号码和名字打电话，以此取乐，经常午夜开着汽车在伦敦城转悠，寻找恶作剧的机会。

与一大群姑娘住在一套公寓里的时光是她一生中最幸福的时期。天真浪漫的少女们像一丛鲜花，五彩缤纷，绚丽夺目，其中的乐趣是可想而知的。黛安娜的两样拿手菜是巧克力肉卷和俄罗斯菜汤，她喜欢亲自下厨为朋友们效劳，并把她做好的菜送到她们的房间，然而总是菜还没端出屋，同室居住的姑娘们就把巧克力肉卷吃了个精光。她们常吃高脂肪的麦片粥和巧克力，所以那段日子她们都发胖了。

搬进公寓后不久，黛安娜找到了一份称心如意的工作，她到维多利亚·威尔逊和凯塞恩·史密斯两人开办的"年轻英国"幼儿园当老师，教孩子们绘画、素描和舞蹈，和孩子们一起做游戏。星期二和星期四,她为一位美国石油公司老板照看孩子。工作之余她还受雇于姐姐莎拉，黛安娜非常崇拜莎拉，但莎拉把她看作逆来顺受的可怜虫。黛安娜以一小时一英镑的报酬，为姐姐吸尘土,抹桌子,熨洗衣服，并为自己的劳动而满足。

这时的黛安娜正是青春年少,在岁月的甘霖雨露浇灌下,像花儿一样,含苞欲放,清香四溢。她不再是粗笨难看的丫头,她慢慢地成熟了,体型略微发胖,她变得更加快活、更富有朝气,越发出落得楚楚动人。"她很有趣,漂亮迷人,善良可爱。"一位朋友这样评论道。

有几个不错的小伙子与黛安娜交往过,但无人有幸成为她的情人。许多人试图赢得她的爱——送她鲜花,求她约会,但她总是有礼貌地拒绝了。美丽动人的黛安娜在等待哪位有魅力的人士呢?一次,在参加完二姐莎拉的婚礼后,黛安娜和好朋友谈起各自的生活愿望。黛安娜说:"我愿意当一名成功的舞蹈家。"接着又开玩笑说:"或者说不定当上威尔士王妃。"尽管如此,当上流社会各式各样的夜总会或鸡尾酒会的请柬纷至沓来时,黛安娜还是拒绝了。她不愿意同老于世故的人们接近。

事实上,由于黛安娜出身于贵族世家,她的父亲担任过乔治六世和女王伊丽莎白二世的侍卫官,外祖母曾任皇太后的侍从,所以王子在她眼中不只是一种象征,而是活生生的人物。而且,黛安娜孩提时代就见过查尔斯,不过这个比王子小 13 岁的黄毛丫头,从没跃进王子的视角里。

王室相中的"金凤凰"

　　黛安娜最先与查尔斯王子相识是在 1977 年,当时王子正在对黛安娜的姐姐莎拉有意思,受邀参加斯宾塞家在北安普敦郡的奥尔索普庄园的一座别墅里举行的一次射猎聚会。

　　那是一个阴雨绵绵、寒风刺骨的下午,16 岁的黛安娜,身穿毛皮风雪大衣,足登长靴,下身是一件蓝色牛仔裤。她正经过这片狩猎场朝着这位英国王位继承人走来。接近黄昏时分,二人在诺布托树木附近相遇。

　　当黛安娜第一眼看到王子时, 心里想:"一个多么忧郁的人!"并被王子迷人的蓝色眼睛所迷住。她怯生生地称他为"威尔士亲王殿下",而查尔斯却可以直呼其名"黛安娜"。应该说查尔斯对黛安娜的初次印象不错,他曾评价黛安娜是"一个非常快活、风趣、迷人的 16 岁少女——非常有趣",但对这个不经世的小姑娘绝不存任何非分之想。情窦初开的黛安娜却受到了极大的心灵震动,她被英俊高贵的王子的目光迷得神魂颠倒。她把这份一厢情愿的情愫深深隐藏在心底,为自己的黯然暗自悲叹:"一个多么悲伤的人!"

黛安娜有一位女同学,她爷爷是报刊出版商,她赠送给黛安娜一幅威尔士亲王身穿授封大袍的肖像画,它就一直挂在黛安娜宿舍的墙上。对查尔斯产生爱恋之后,黛安娜经常独自对着画像发呆。

紧接着的那个周末,斯宾塞全家为王子举行了一次舞会,主角莎拉对王子大献殷勤,但一直站在角落里的黛安娜却引起了王子的注意。晚宴过后,王子请黛安娜带他参观庄园里长达115英尺长的画廊,据称这里拥有一批欧洲最出色的私人艺术收藏品,但在这位见过世面、漫不经心的来访者看来,这不过是一套愚蠢可笑令人乏味的斯宾塞家族前辈的油画集罢了。

1978 年 11 月,查尔斯王子在他 30 岁生日之际,邀请黛安娜及她的姐姐莎拉来白金汉宫参加他的生日晚会。随后,王子领着黛安娜到海军俱乐部跳舞,王子和她都没有怎么说话,只是跟着节奏缓慢的乐曲跳着舞。

随着 1978 年岁末来临,王室按照既定的生活规律迁到桑德里格姆过新年,斯宾塞家族在那儿也有一所房子,他们是邻居。女王出于对斯宾塞家族的友好和关心,邀请黛安娜姐妹俩前去做客。通过一段时间的彼此接触,黛安娜在王子面前已不再感到拘束,两人海阔天空地闲聊起来。王子很欣赏黛安娜的口才,觉得她直率开朗、谈吐不凡。她正是王子喜欢的那种女性:苗条的身材,优美修长的双腿,金黄色的头发和天真活泼的性格。特别是她那富有感染力的笑声,很有魅力。最让王子倾倒的恐怕是黛安娜表面的温顺和忍耐。连黛安娜的姐姐莎拉都感到奇怪:"王子向来是猎狐高手,怎么这次对绵羊产生了兴趣?"查尔斯喜欢和她在一起,他开始邀她去参加晚餐会或去参观在伦敦西区举行的展览。

王子三十多岁了还独身一人，王室期待着飞进一只"金凤凰"。黛安娜在王子身边的频频出现让王室暗中惊喜，她实在是目前处境下再合适不过的王妃候选人。她出身贵族，天生具有贵族气质；她有无可挑剔的外貌，漂亮迷人的脸庞，标准的身材，她天真可爱，年轻健康；她有单纯的经历，没有什么见不得人的事可供新闻媒介大肆渲染，她的叔叔甚至在她订婚那天对一家以刊登轰动性新闻为特点的小报发誓说她仍是一个处女，这是王室婚姻的必然要求。黛安娜的继外祖母芭芭拉声称："查尔斯命里注定会得到一个圣洁的年轻姑娘。我不认为黛安娜结交过男朋友，这在当今年代真是了不起。因为你们知道，现在的女孩子都成了什么样子了，她们几乎在摇篮里就有了风流韵事了，多么可怕！"

尽管存在着13岁的年龄差距这一明显缺陷，尽管她懒于学习，从没通过任何等级考试，但在其他方面，她的确是一个聪明活泼、善良诚实、年轻漂亮的女孩，总体权衡起来，她是合适的王妃人选。

王室准允并鼓励这场恋爱，皇太后和王后对黛安娜非常满意，她们俩早就认识黛安娜，黛安娜的祖母弗莫伊女士是皇太后的好朋友，她早就在皇太后面前多次提到黛安娜是多么的仰慕王子。查尔斯的父亲菲力普亲王过去从不过问儿子的恋爱生活，这一次也迫不及待地让儿子早点做决定。

与查尔斯关系特别友好的卡米拉和特赖恩女士都支持他。连王子的仆从们都说："我们全都竭诚赞成黛安娜。"

公众们也喜欢她，因为她看上去有点"脆弱"。她成为了大家的姐妹,甜美而谦恭的淑女。人们最喜欢的是她开怀大笑。有一名记者曾经问黛安娜怎样看自己,她哈哈大笑地说:"从来没有人问我这样的问题。可以告诉你,我是一个正常人,充满希望,热爱生活。"

王室观察家巴巴拉·格里格斯说:"人们一望而知,她正是大家期望查尔斯接受的那种淑女。如果他明天就宣布结婚,准会博得大家由衷的欢呼。"

黛安娜自己也曾考虑过与王子的年龄差异。在他们开始谈恋爱时,她就同自己的朋友谈起两人的年龄问题,因为王子本人也为他稀疏的头发开过玩笑。不过,人们认为他们俩明显的年龄差异并不是障碍,老夫少妻是传统的理想搭配,而且黛安娜健康年轻,正处于生育年龄的最佳期,在一个世袭的君主国家中,生育健康继承人的能力是对王妃最重要的要求。

急于为王室续嗣的愿望冲昏了王室成员的头脑,希望尽快履行结婚责任的查尔斯也疏忽了,没有人发现黛安娜极不稳定的情绪,没有人介意她今天说想尽快结婚,明天又声泪俱下地否认她有急于结婚的念头,没有人探微她不安分的、多情的眼神,这些都是悲剧的种子。

幸运的黛安娜开始涉入皇室家族的生活。1979 年圣诞节前,她收到了一份意想不到的惊喜:王子邀请她参加在桑德里格姆举行的皇家周末射击晚会。黛安娜在为莎拉和露辛达擦洗厨房的地板的时候,告诉露辛达:"猜猜我要干什么?我要去桑德里格姆参加射击晚会。"从她兴奋的神情可以想像她心中的喜悦。露辛达回答道:"天哪,你或许要做下一届英国王后了。"黛安娜拧着抹布,开玩笑说:"露辛达,我可拿不准。难道你没看见我戴着羊皮手套、穿着舞服跳舞的样子吗？"

王子的孤独激发了黛安娜温柔的母性。有一次周末，查尔斯到考德里公园参加马球比赛，黛安娜陪同前往观看。比赛结束后，他俩回到德帕斯庄园野餐，随后两人坐在一堆干草上，说了一些打趣的话之后，话题转到了蒙巴顿勋爵之死和威斯敏斯特教堂为他举行的葬礼上。在叔外公蒙巴顿勋爵的葬礼上，查尔斯曾放声痛哭。黛安娜说："你在教堂的走廊上显得非常悲伤，这是我见到的最悲伤的情景。我看到你悲伤，我的心也在为你流血。我想，这不公平，你太孤独了，应该有个人来照顾你。"

黛安娜这段体贴细腻的话触动了王子的心弦，她点燃了她心目中的英雄的万丈激情，这个比她年长 13 岁的男人爱上了黛安娜，对她殷勤备至，她感到幸福、激动、紧张、不知所措。他们继续交谈，直到夜幕降临，王子因要回到肯辛顿宫批阅重要公文，不得不离开她。临走时他约她第二天再来此相会，黛安娜调皮地说，未受到主人的邀请来到人家的庄园是不礼貌的。

在接下来的日子里，他们的关系更加密切了，双方心照不宣地接受了对方，进入了对方的生活。黛安娜的好友卡罗琳回忆说："查尔斯王子静静地来到她的生活中，她在心中给他留有特殊的位置。"

有一次，王子邀请黛安娜和外祖母弗莫伊女士一同前往阿伯特纪念堂听音乐会，并到他在白金汉宫的寓所共进晚餐。王子在给贴身男仆的备忘录上写道："请在我们外出射猎之前给安东尼·阿斯奎思上校打电话，告诉他我已邀请黛安娜·斯宾塞小姐星期天晚上去艾伯特纪念堂听音乐会，然后在白金汉宫吃晚饭。请问他能否安排这些活动,黛安娜小姐能否和她的外祖母一起去阿伯特纪念堂。如果可以,请叫她午饭时回电话,我们将在白金汉宫吃晚饭。"

黛安娜接到请柬时已经 6 点钟了,她冲着她的好友直嚷:"快,快,我 20 分钟后要去见查尔斯。"事不宜迟,她们赶快帮她洗头发、吹头型、找衣服。20 分钟后一切准备就绪。

像所有热恋中的女人一样,黛安娜总以查尔斯为骄傲。查尔斯曾邀请黛安娜到勒德洛赛马场,看到他骑马越过 18 道障碍。黛安娜说她打赌王子十有八九能成功,当王子越过最后一道障碍时,黛安娜高兴得尖声叫起来。有时,查尔斯王子和安德鲁王子一起出门打猎回来时,黛安娜就站在门口汽车道等着,一看见王子就飞快地迎上前去。

黛安娜是个纯情的女孩,她全身心地投入到了这场恋爱。她希望用自己的真情换取王子的真情,与他共度一生。这个从小被冷漠包围的女孩对感情的要求尤其强烈。查尔斯是她心目中崇拜得五体投地的英雄,如今她得到了渴望已久的王子的爱情,这个纯洁的姑娘被幸福所包围。她体贴关爱着王子,每次与查尔斯约会归来,她总是向公寓里的伙伴抱怨说:"他们让查尔斯王子那么劳累。""他们那样摆布他,真是太过分了。"不管日后他们的感情发生了什么样的变故,有过什么样的矛盾和冲突,应该承认,他们曾真心相爱过,这是不可否认的事实。

当王子带她去看过海格罗夫宅邸后,黛安娜比谁都清楚,查尔斯对她确实是认真严肃的。海格罗夫宅邸是为王子结婚安家所购置的住宅。

那么，王子本人是怎样看待他的婚姻的呢？直至 1980 年夏天，32 岁的查尔斯王子仍然独身，因为他根本不愿意结婚。他的一位好友曾说："尽管他已到了该结婚的年龄，但我并不认为王子想结婚。他和我们许多人一样，是一个有性格的人。他每天锻炼身体，无忧无虑。而且总有一个漂亮的女孩在他身边。他们经常到风景胜地去旅行。不论是紧张忙碌，还是清闲自在，都由他安排。总有许多朋友等着要见他，他要参加很多晚宴，他生活得很快乐。如果不是他的家庭和新闻界催促他结婚，他会一直这样生活下去。"

但王室和舆论的压力让查尔斯不得不重新思考自己的"终身大事"。女王与菲力普亲王经常讨论这个问题，他们明白，王子年龄愈大，就愈难找到一个纯洁的、信奉新教的贵族处女为王妃。在温莎古堡过圣诞节时，查尔斯的父母对他说：不能再拖延了，结婚的问题必须立即作出决定。

舆论也在提醒查尔斯："查尔斯作为世界上最标准的单身汉的时间太长了。他应该结婚，证明他是男子汉大丈夫，是英国的国王。""王子为什么不能娶我们清贫美貌的公主呢？让他玩马球，让他到野外去狩猎，但也应该让他追求我们的公主……"

查尔斯深知身为王位继承人

的责任。他应该尽快选择合适的新娘，尽快为王室生一位继承人，完成他对于温莎王室"必须而且应该做到但不一定是你想去做的"继嗣的责任。查尔斯似乎预感到自己的婚姻不会顺利。他承认他很难找到一个心爱又合适的理想新娘，他认为结婚和恋爱可以分离。对他来说结婚主要是履行对家人和国家的责任，这是王室婚姻不可更改的特性。他择偶的主导思想是履行结婚职责，个人的爱情和幸福是次要的，是可以为了责任而牺牲的。

而黛安娜和查尔斯王子的交往从一开始就罩上了一层第三者的阴影。黛安娜发现，王子每次带她出去玩时，总是邀请卡米拉夫妇同去。她第一次被邀请到巴莫拉尔宫时，卡米拉夫妇也在场。她被邀请到白金汉宫进餐时，卡米拉夫妇是座上宾。1980 年 10 月 24 日，查尔斯在路德洛参加业余骑手赛马会，黛安娜驱车从伦敦前往观看，赛马会后他们与卡米拉夫妇一起在威尔特郡共度周末。第二天查尔斯与卡米拉的丈夫出去打猎，卡米拉与黛安娜一起度过整整一个上午。在她俩的交谈中，黛安娜发现，卡米拉对她与王子为数不多的几次约会了如指掌，甚至连私下里说的悄悄话都清楚，还告诉她对付查尔斯的方法，这一切令黛安娜疑惑不解，并渐渐起了疑心。初涉爱河的黛安娜敏感地意识到，王子与卡米拉有不同寻常的亲密关系，一个男人绝不会轻易把自己的恋爱细节和盘托给另一个女人。通过观察王子与卡米拉的言谈举止，黛安娜对自己的怀疑更深信不疑，对此她耿耿于怀。

卡米拉在王子的一生中都产生着重要的影响。查尔斯与卡米拉于 1972 年在马球场上初遇，当时查尔斯 23 岁，卡米拉 25 岁，从此，查尔斯就再也没有忘记过卡米拉。卡米拉是个富裕的酒商的女儿,她的家族和英国的贵族世家有着密切的关系。卡米拉的曾外祖母爱丽丝·科普尔是英王爱德华七世多年的情妇,她曾说过一句形容自己工作的名言,"先行宫廷礼,然后跳上床"。有一次,爱德华七世送给她一件礼物,并对她说:"我在你身上花的钱,足以购置一艘战舰了。"而她的回答更妙:"你在我体内花的力气,足够将这艘战舰开动起来。"

卡米拉是个很有内涵的女孩,和查尔斯兴趣相投,举凡查尔斯喜欢的骑马、游泳、看书,狩猎、马球、钓鱼等等,她都十分喜欢并很在行,她的骑术是一流的,艺术造诣很深。这些相似之处使得卡米拉能与查尔斯一见投缘。卡米拉长得不漂亮,但性格活泼开朗、善解人意,正是查尔斯需要的女人。她的成熟女人特有的自信和风韵,使查尔斯为之神魂颠倒。她机智风趣,据说,1970年6月,他们在马球场上初识时,卡米拉对查尔斯讲的第一句聪明话就是:你知道我的曾外祖母与你的曾祖父有过一腿吗?查尔斯当即就对这位比他大两岁的年轻女孩刮目相看。让查尔斯深深迷恋的不仅仅是这些,更重要的是,从小在王室严格的教育制度下成长,缺少母爱的查尔斯从卡米拉那里得到了母亲般的关怀和庇护。

那时候,卡米拉已经有了一个男朋友,就是查尔斯的马球朋友安德鲁·鲍尔斯。查尔斯与卡米拉一起度过了许多美好的日子,他们彼此都深爱着对方,渐渐从精神和肉体上难以分开。查尔斯在叔父洛德·蒙巴顿的乡村别墅度周末时,曾向卡米拉求婚。可是女王否决了他的心愿,反对他们结合,因为卡米拉不是处女。女王不容置疑地说:"她是一个可爱的女孩,但她不具备做妻子的品行。"卡米拉对王子什么时候才能将他们的感情变成婚

姻并无多大信心。

1973 年,查尔斯要去海上服役 8 个月,临走前,没有给卡米拉任何承诺。当王子的船返回时,他得知卡米拉与鲍尔斯结婚,追悔莫及,情绪极其低落,甚至单独出海半年。然而,他们的恋情从没有中断过,即使后来貌若天仙的黛安娜成为王妃,也没能从半老徐娘的卡米拉那里夺回查尔斯的爱,甚至,在查尔斯的结婚人选上,也都是经过了卡米拉的筛选的。

曾经有人这样评价卡米拉:"她永远不会对王子说'不',她既是查尔斯的情人,也是他的母亲;既是他的顾问,也是他的仆人。"卡米拉一直像影子一样生活在黛安娜和查尔斯之间,是导致查尔斯和黛安娜婚姻失败的最主要因素。

黛安娜的外祖母弗莫伊女士最初曾撮合过外孙女与王子的姻缘,但发现他们俩真的热乎起来时,她便开始给黛安娜敲警钟，告诉她与王室联姻的巨大困难，她警告黛安娜："你必须懂得，王室成员的兴致和生活方式与众不同。我认为这对你不适合。"

与此同时，一些比较了解他俩的人委婉地提出了忠告，因为他们缺乏共同的兴趣。查尔斯性格内向孤僻，喜欢读深奥的哲理书，听古典音乐，对农业问题有深入的研究，他更适合做一名博学的思想者，而不是王子。他习惯于受爱而不是施爱，他不会是一位懂得体贴疼爱妻子的好丈夫。黛安娜讨厌读书，学识浅薄，年轻热情，有几分孩子气的娇气与任性，她享乐的方式是到骑士桥的高级商店去购物或戴上立体声耳机听流行音乐，她耐不住寂寞，深宫幽苑的生活对她来说不合适。遗憾的是这些宝贵的意见被盲目的狂热抛到九霄云外。

世纪婚礼:以神之名,结为夫妇

1981年初,王子和他的一大帮朋友到瑞士的克劳斯特滑雪胜地度假,黛安娜留在伦敦,王子每天都给她打来电话,问问她的生活起居。有一天,王子在电话中告诉他,过几天等他回来后会有重要的事情对她讲。本能告诉她,那重要的事将和她的终身大事有关。单纯的黛安娜既兴奋又紧张,这个恋爱中的女孩子对王子朝思暮想,期盼着他早日归来,带给她期待已久的承诺。

1981年2月3日,查尔斯王子从瑞士回到英格兰,他打电话给黛安娜,明天在温莎堡见她。他通知贴身男仆,叫他安排明天的活动。

1981年2月6日,查尔斯王子请黛安娜到白金汉宫去吃晚饭。黛安娜赴约前往时,对同宿舍的卡罗林·普顿德说:"我知道他今晚准会提出结婚的请求。我觉得,今晚对我来说很重要。"

王子的浪漫情调在这顿晚餐中充分显露出来,他把房间布置的鲜花锦簇,烛光摇曳,气氛宜人。饭菜已经摆好,王子要侍卫不要来打搅。长沙发椅子很窄,王子向她倾吐真情时,两人只好紧拥在了一起。。

不出黛安娜所料,王子向黛安娜求婚,"嫁给我,好吗?"黛安娜微笑着点了点头,算是答应了王子的求婚。

阅历丰富的查尔斯王子没想到黛安娜会如此轻易地允诺自己的一生,她还年轻,王子要她反复考虑一下,这一切是否来得太突然。因为他要确信黛安娜是不是真正已经明白了与王子结婚将意味着什么。后来的婚姻事实证明,黛安娜在接受王子求婚时的确没有想过自己婚后将怎样与王子和王室共同生活。

王子对于求婚的轻易成功并不怎么兴奋,对于他来说就好比完成了一件例行公事。当有人问他是不是在恋爱,他踌躇了一下回答道:"是的。"

单纯的黛安娜以为王子真心诚意地爱上了她,因为他将把威尔士王妃的荣耀和名位都给她,所有的竞争者都被她打败了。她忍不住要将这幸福与同宿舍的好友分享。她把这个令人振奋的消息告诉了她的同伴们。黛安娜的好友回忆道:"当我们刚听到黛安娜的喜事时高兴得叫了起来,后来我们都哭了。"而黛安娜则拥抱着姐妹们狂跳起来,想当王妃的梦想终于要实现了,她觉得非常幸福、满足。她开心地向世人宣布:"我对嫁给查尔斯王子从来没有犹豫过。"可她哪里知道,她得到名位的代价是失去自由和幸福,王室婚姻的动机往往不是爱情而是责任。王子的求婚只是他履行责任的第一步。

与黛安娜的盲目乐观相比,她的姐姐珍妮对妹妹的婚事十分冷静:"黛安娜并不知道她正使自己陷入一种什么样的困境之中。"一本德文杂志很快便出现了珍妮所说的事情。这本杂志的封面无中生有地登了一张查尔斯怀里抱着一个孩子的照片,在他的旁边还插了一张黛安娜的照片。标题是："要给王子生许多可爱的孩子"。黛安娜看到过,觉得人们无聊之极。

过了几天,查尔斯在白金汉宫他的私人起居室里以传统的方式正式向黛安娜的父亲斯宾塞伯爵提出求婚,伯爵欣然同意了。

为让黛安娜成熟地接受这门婚事,王子建议黛安娜离开英国一段时间,冷静地考虑这件事,结婚是人生中的大事,任何盲目与轻率都将造成痛苦的结局。黛安娜接受了这一建议,同时也意识到这将是她最后一次以自由的平民身份度假休息,她格外珍惜这难得的机会。她与母亲去了澳大利亚,她尽情地游泳、冲浪、睡觉,过得十分痛快。与此同时,黛安娜与母亲开始筹划有关婚礼的各项事宜,如客人名单、服装制作等。

在澳大利亚度假期间,黛安娜魂牵梦绕地思念着她心爱的人,然而王子从未给她打电话。最后,黛安娜实在忍不住思念的煎熬,给查尔斯打电话过去,可惜他并不在白金汉宫。几天后,王子才给她打了一次电话,随便聊了几句,便挂上了。对此黛安娜心中很不是滋味。

十天后,黛安娜回到伦敦的寓所,接受王子求婚的决心丝毫没有动摇。她刚走进房间不久,查尔斯王子的工作人员代他给黛安娜送来一大束鲜花,但并没有顺便捎来只言片语的问候,一点也没有情人久别重逢后的激情,黛安娜心中十分失望。

查尔斯和黛安娜决定于 1981 年 2 月 24 日下午 1 点正式宣布订婚消息。就在这前一天晚上,黛安娜打点好行李,按照王室婚姻的惯例,住进了白金汉宫。

然而,24 日上午消息就传出来了,整个英格兰沸腾起来。股票市场的行情猛涨，人们纷纷抢购纪念小彩旗和他们两人的照片。

在黛安娜准备告别独身生活之际，王室给黛安娜配备的卫士保罗对她说的一段话令她目瞪口呆，他告诉她："我只是想让你明白，这是你人生中最后一个自由之夜，所以你应该好好享受它、珍惜它。"这些话像一把利剑刺痛了黛安娜的心。直到这个时候，她才体会到了做储妃要付出牺牲的道理。

黛安娜进入白金汉宫后日子并不快乐。她从小习惯了自由自在，适应不了这个世界上最沉闷的王宫的繁文缛节。譬如，晚上 7 点 30 分必须准时下楼与大家共进餐前酒。当大钟敲响 8 下之后，高级仆役宣布晚餐开始，黛安娜得挽着王子，以高雅大方的姿态走到餐桌旁，肃然站立着等候女王先入座，而不能让女王等候别人。就餐时她不允许坐在王子身边，不能随意露出喜怒哀乐，更不能像在自己家中一样露出一副馋猫的样子。查尔斯从小就受这种教育，已经习惯用冷冰冰的理性控制自己的行为，可是黛安娜只会感到极不自在。

黛安娜和王室成员找不到共同语言。黛安娜有限的教育素质和见识使得她在欧洲皇家贵族和社会名流的聚会中很难找到和大家共同感兴趣的话题。在这样的聚会上，高贵的王室成员们不时变换着法语、西班牙语、德语、意大利语进行交谈，而黛安娜则成了一个不知所措的灰姑娘。本来，这种聚会就不是为平凡少女出身的她准备的，在人头攒动的大厅里，她找不到自己的位置。

于是，她更倾向独处。王子外出处理日常公务的时候，黛安娜常常独自一人在房间里编织花边、收看电视或看书。时间长了自然很乏味，黛安娜只好随身带袖珍单放机在宫里到处转转。没有人主动地带她去看白金汉宫的全部房子，没有人告诉她各个场所的具体位置和宫内执事人员的工作情况，没有人给她作过安排，给她讲历史和介绍礼仪、规矩、习惯，靠自己勤学多问，她才知道一些情况。孤单冷清是黛安娜生活的主色调。

黛安娜试图冲破这难耐的宫内生活。黛安娜爱活动，当她感到太无聊的时候，她就钻进自己的一辆红色小轿车，开车到外面去。可是当她兴致勃勃地对卫士保罗·奥菲瑟说"没关系，我自己能开"时，得到的是"对不起，我们现在要保护你"。这句话让黛安娜扫兴无比。

而卡米拉这个女人纠缠在黛安娜和王子之间，给本已不快乐的黛安娜带来了无数的沮丧、愤怒和悲伤。

有一天，白金汉宫王储办公室收到一个有王室密码的包裹，表明只有王子本人才能启封。当时只有黛安娜与王子的财务秘书迈克尔·科尔们恩在场，在好奇心的驱使下，黛安娜执意将包裹打开，发现里面是一个镶有蓝色宝石的金手镯，上面刻有"F"和"G"两个字母。黛安娜记得有一次，王储去探望病中的卡米拉，送去的一束鲜花上也使用了这两个字母。黛安娜立即猜到，这是查尔斯与卡米拉相互使用的爱称的首字母。婚期马上就要到了，而这个卡米拉仍和王子情意绵绵，她对王子的不忠诚感到气愤，为卡米拉的卑鄙行径感到厌恶，为自己的爱情输给已是昨日黄花的卡米拉感到可悲。她心碎欲裂，泪如泉涌。她就此事质问查尔斯，致使王储办公室的工作

几乎因此而中断，但查尔斯不作任何解释，无动于衷，依旧我行我素，他丝毫不在乎黛安娜所受到的伤害。婚礼的一切准备工作就绪，王室周围洋溢着一派喜庆气氛。然而就在这时，查尔斯王子亲自去给卡米拉送礼物，连他的贴身警卫约翰·迈克莱恩都没有带。

尽管黛安娜给她的同窗好友留下了自己在克拉伦斯宅邸的电话号码，并对她们说："看在上帝的份上，给我打电话吧。"但她进入白金汉宫后，很快同她的好友们失去了联系，这使得她更加孤独。

黛安娜在经历了几个月宫廷孤独冷清的生活，经受了王子难舍旧情、公然背叛的打击后，变得紧张而又苦闷，脸色苍白，黯自神伤。她在白金汉宫与两位姐姐共进午餐，告诉她们王子的欺骗行为，并说要取消婚礼。姐姐们只是怜爱地劝慰妹妹："太不幸了。泼出去的水，难以收回。"

婚礼的前一夜，查尔斯王子送给黛安娜一枚刻有查尔斯名字的结婚戒指，并附有一张情意绵绵的卡片，上面写道：当你出现时，我会为你感到骄傲，明天我在教堂等你。在观众面前别紧张，要敢于正视他们。这张卡片令黛安娜的心绪好转了许多。

1981 年 7 月 29 日，英国王子查尔斯和黛安娜·斯宾塞女士举行盛大的婚礼。那是"给暗淡无光的世界增添罗曼蒂克色彩"的一天，全世界在为这一天举杯同庆，欢呼喝彩。数以万计的人们暂时忘记了所有苦难和不幸，纵情享受甜蜜和幸福之光的照射。

黛安娜，这个曾经给顾客端啤酒的姑娘——那是她烹饪课程的一个实习项目，那天在众人的簇拥下，慢慢地走下克拉伦斯宅院古老的楼梯，留下光耀鲜明的足迹，猩红的地毯直铺到路边的玻璃马车前，然后像灰姑娘正在前去同一位英俊的王子结婚的途中那样，坐着玻璃马车行驶在林阴大道上。

在圣保罗教堂，大钟终于奏响了，持续了约 30 分钟，为这一举世瞩目的婚礼拉开序幕。黛安娜和父亲缓缓走向圣坛，另一端翘首伫立着英俊潇洒的查尔斯王子。黛安娜的内心有些紧张，但当她的目光透过薄薄的面纱与王储的柔情汇聚一起时，她的紧张和担忧不翼而飞，露出了浅浅的笑容。她非常庄重地走过通道，神态自如，步履适度。

大家默默地注视着黛安娜的脚步。这时唱诗班的歌声响起来，集会的人群沉浸在圣洁的气氛之中，仿佛天使来到人间。

世界上七十多个国家的 7.5 亿观众观看了这一场景，这是古老神话的伟大的现代阐释。坎特伯雷大主教说："神话由此产生了。"接着这位享有崇高威望的大主教向全世界郑重宣告："今天，就是神话故事中的两位主角:王子与公主大喜的日子。故事中的结局通常是:'从此他们过着幸福快乐的日子。'大家以为婚姻就是爱情的结局，但基督教的信念是，婚姻不是爱情的终点，而是爱情的开始。婚后能够面对现实生活，同甘共苦，才是真正的幸福。"

接着，查尔斯说道:"根据上帝意志结合起来的夫妇不让任何人拆散。"

黛安娜许下诺言要服从丈夫，在神圣的殿堂、在神的面前，公主和王子起誓,将永远"互爱、忠实、珍惜"。最后坎特伯雷大主教宣称:我宣布他们已结为夫妇。

查尔斯为黛安娜戴上精美绝伦的蓝宝石戒指，那是一枚周围镶满了 14 颗钻石的巨大的椭圆形蓝宝石戒指，价值 28500 英镑。此时的黛安娜显得有几分甜蜜的羞涩，当王子亲吻她那美丽的面庞时。黛安娜觉得自己是世上最幸福的人，拥有王子的浓浓爱意，拥有全英国乃至全世界人民的美好祝愿，她对于未来的美满生活充满信心和希望。

接着,查尔斯和黛安娜开始了他们的蜜月之旅，他们在布罗德兰兹住了两天，在那儿他们手挽手在河边的小道上散步，还兴致勃勃地去钓鱼。然后又到地中海去旅行了四个星期。这是王子和王妃一生共度的最快乐时光。他们乘坐着英国皇家"不列颠号"游艇，在地中海恣意徜徉。在纯净的蔚蓝色海水上看潮起潮落，依偎着共数星辰明月，看日出日落，感受生活的美好意义，发誓将永远厮守一起。黛安娜从没感觉到像现在这样心情愉快，她把处女般的纯情全部奉献给她心爱的王子，把全部的时间都投入到查尔斯身上，她从未领略到爱情像今天这样甜蜜，生活会如此充实而富有情趣。

黛安娜与查尔斯的蜜月之旅肯定是黛安娜一生中最美好的时光，但坎特伯雷大主教却认为，他们的婚姻不是到达了目的地，而是冒险的真正开始。

只要仔细地分析黛安娜与查尔斯的性格、学识、观念，就会发现存在于他们之间的极大隔阂。

由于地位和长期在特殊的环境中长大，查尔斯对哲学非常感兴趣。蜜月出游他特地带上一大堆哲学和探险书籍，他希望黛安娜也能读得懂那些高深艰涩的书籍，并与之亲密地讨论彼此阅读之后的收获和思考，甚至尝试通过一种活泼自由的形式使抽象的理论得以形象化。查尔斯没有考虑到黛安娜中学辍学，仅仅当过幼儿园的教师的学识水准。查尔斯以其智慧高雅在黛安娜心中激起的除了仰慕之外，别无其他。

作为学校舞蹈冠军的黛安娜更喜欢投入到热情的人群中，去跳舞、去交流闲谈。一位过去的仆人说："黛安娜会让查尔斯在舞池上跳上几个小时不停。只要她愿意跳下去，他就不会退场。"但查尔斯大多的时间是沉思、孤独的。他没有考虑到黛安娜更需要的不是遥远的哲学之思的映照，而是现实真切的关心、亲昵和爱护。在孤独的王子面前，黛安娜只会感到一种莫名的空虚和无聊。文化的积累绝非一天两天就能改变，兴趣的培养更非一日之寒。年龄的差距也使得两人关注的事有些不一致。有时黛安娜半开玩笑地对王子说："你去调一下电视节目。这是给老头们看的节目，你现在还不算老头呢。"

尽管他们在很多问题上相互妥协，他容忍她看芭蕾舞，她则容忍他看歌剧。两人仍然有不少冲突。关于查尔斯与黛安娜

婚姻不和的
传言在两人
婚后不久逐
渐传播开
来。人们甚
至亲眼见到
他们激烈争
吵。一次他
们在争吵
时，黛安娜
的美容师在

场，感到很窘迫。他只好把吹风机打开以冲淡吵闹声。

　　他们之间的这种隔阂只有两人共同的爱心和彼此的包容才能使之融化冰释。然而，查尔斯没有用爱来消解自己和妻子的裂痕，而是用泛爱来加大它的败落。这种隔阂更因为查尔斯的知名情人卡米拉的若隐若现而加深。

　　结婚前，卡米拉的阴影就曾深深地困扰过黛安娜，可是从婚礼中感受到的巨大喜悦使她对于新生活充满信心。只是令人伤心的事还是频繁出现。偶然从查尔斯王子的日记本里掉出两张卡米拉的玉照，黛安娜只有流着眼泪，愤怒地质问王储。但王储显然并不在意黛安娜的愤怒，轻易地敷衍过去。几天之后，黛安娜与查尔斯在游艇上款待埃及王国总统萨达特和夫人。王妃再度发现查尔斯的一对新袖扣是两个纠缠一处的"C"字。查尔斯事后坦然承认纽扣是卡米拉所送。卡米拉可谓用心良苦，查尔斯和卡米拉的名字开头字母都是"C"，纽扣的寓意一目了然。

除了爱,什么都有

　　黛安娜从入住白金汉宫的第一天起就感到寂寞、无奈和难堪,与查尔斯完婚后,仍是如此。婚后的查尔斯完全没有意识到应给妻子更多一点的关怀和爱护,在结婚的几天之后,他就曾撇下他的新娘,带着去世的叔祖父遗留下来的一根权杖,到遥远的特斯特河去钓鲑鱼。当他不能同王妃共进午餐而要同女王吃饭时,他不能理解王妃那失望的神态。他也不曾想到临出门时,应该温柔体贴地与王妃吻别。他像一阵风一样穿戴整齐地跨上专车,飞驰而去。即使在黛安娜怀孕后也是如此。

　　长期的宫廷生活让查尔斯不必费心去获得女人的芳心,他也养成了不顾及别人感受和想法的习惯。结婚后,他始终无法改变自己的行为举止,他甚至不觉得有必要去改变自己原先的生活方式,依然像单身汉一样生活。他履行自己的义务,满足自己的兴趣爱好。也许他对自己的妻子没有特殊的要求,因此希望妻子也能以同样的方式对待他。在他眼中,他的婚姻只有一个目的:英国需要一位王位继承人。其实,查尔斯的父亲也就是伊丽莎白女王的丈夫菲力普亲王早年曾愤怒地抗议道:"我只不过是一条变形虫,可怜、倒霉的变形虫!我的任务就是帮王室繁衍后代!"现在,比起公公来,黛安娜也是扮演了同样的角色。

刚开始恋爱时,查尔斯在少女黛安娜的眼中是完美无缺的。查尔斯王子的演讲、交谈、沉默和绵绵情话都是无可挑剔的,她用崇拜的眼神远远地凝视着这位英俊的王子,像许多怀春的少女一样。可是随着结婚之后的进一步了解,她终于意识到自己犯了个错误。查尔斯并非想像中那么完美,他不好相处,冷漠而固执,他与卡米拉旧情不断,对黛安娜缺乏最基本的爱与关怀。

有一天,黛安娜冲进查尔斯的书房,说自己身体不舒服,要查尔斯陪陪她。可是查尔斯不解风情地说:"亲爱的,赶快请个医生吧!"黛安娜说并不需要医生,只要王子陪伴就行。王子平静地说:"我得有许多公事要办,这是我重要的责任。"他忘记了抚爱妻子也是丈夫的责任。黛安娜顿时被激怒了,"责任,责任,你想到的就是你的责任。现在是你应该开始想到我的时候了,我是你的妻子啊!"话刚说完,已满面泪痕地奔出房门。

得不到爱抚的黛安娜开始变得有些神经质。1982年元旦,就是她首次在王室过新年的时候,便扬言要自杀,王子轻蔑地不以为意,依然故我地收拾行装赶赴桑德里格姆庄园骑马。

黛安娜左思右想,心灰意冷。一不小心,猛然从楼梯上直摔下来。一个仆役发现情况不妙,连忙跟女王和王子联系。

女王被虚弱不堪的黛安娜吓呆了,楼道上印下黛安娜的点点血迹,艳如梅花。女王赶紧召请御医入宫护理治疗,黛安娜的专门妇科医生也马上从伦敦赶到。幸好黛安娜所受的仅是些皮肉之苦,经过全面检查,确定胎儿命大,居然毫无影响。在众人忙得晕头转向的时候,查尔斯却若无其事,逍遥自在地奔驰在辽阔的草原上。黛安娜最严重的一次自杀是在与王子争吵之后,她用拆信刀疯狂地猛刺自己的胸膛和大腿。

黛安娜的朋友詹姆斯·吉尔比在分析她的自杀事件时曾这样认为:"这是在声明她已绝望,一次又一次地呼唤帮助。"自杀不是黛安娜的目的,而只是手段。她并不想这么快就结束自己可爱的生命。

也正因如此,查尔斯才把黛安娜的自杀当作儿童无知的把戏。他不是从事情中看到黛妃的寂寞无助,一个弱女人乞求爱怜没有办法的办法,而是把黛安娜看成无理取闹的泼妇。查尔斯的冷漠一次次把黛安娜推向绝境。黛安娜在一次次自杀之后所受到的白眼和更加深重的冷漠已经让她彻底地心灰意冷了,她已经没有一丝关于爱的幻想了。她已经绝望了。当她的姐姐珍妮看到黛安娜巨大的创伤时,忍不住心酸得落泪了,她为妹妹的遭遇而深感悲哀。

尽管黛安娜所选择的方式是激越的,但她的要求也是属于正当的。她是一个不幸的女子,就连用自己的生命作赌注的哀求也如石沉大海,等待千年也不会有回音。

而且,在王室这个新的家庭中,黛安娜同样感受不到温暖。王室成员之间很少交流,他们之间有分歧,几乎从来不交锋。他们之间大都靠备忘录、侍女、侍从官或私人秘书来交流,偶尔也通过电话来沟通情况。

黛安娜也曾试图在王室的工作人员中结交朋友。在婚礼后不久的一次,年轻的王妃无拘无束地跑进了厨房,想和那儿的厨师们聊聊,说说自己最喜欢吃的菜肴。可是没有人回答她的话,她觉得仿佛有一道无形的墙将他们和自己隔开了。在他们眼里，王妃是不应当亲自过问菜单的事的，对此有专门的人负责，更不应当跑到厨房里去。她要离开的时候，一个级别较高的仆人把她叫到一边说："女士，请您以后不要再到这里来了，您是王室的成员，您不可以和我们有直接的交往。我们明白我们自己的身份，我们希望您也一样。"黛安娜在走回自己房间的时候感到了比以往任何时候都更强烈的寂寞。

不仅是王宫里的生活让黛安娜深感痛苦，更让她悲伤的是，她突然之间不再是一个独立的人，而成为了这个国家里一个任何人都不能随意接近的家庭的一部分。时时刻刻都有人为她服务，对她行屈膝礼，她绝对不可以像以前那样发自内心地去拥抱别人。黛安娜虽然受到了精心的呵护，可是这却不是她所需要的。她是多么希望有人能够给她提出一些恰当的建议来帮助她，又是多么希望能被温暖的臂膀拥在怀中，寻找一些安慰啊。

她就生活在王宫的这个夹层之中，求上不能，求下不得，只有向查尔斯倾诉自己的痛苦，她感受到自己的青春在一天天被残酷地扼杀。黛安娜恳求王子带她回伦敦娘家去过一段日子，去会见旧时那些亲密的伙伴和朋友。每当她站在这高楼大厦的窗前向外张望的时候，她的心就不由地飞回到闺中的老家。为了不让媒介获得制造新闻的材料，查尔斯没有答应。黛安娜已尝够一个人被孤零零地抛在王宫的滋味。她开始怨天尤人，甚至在情绪低落的时候，会突然放声大哭。黛安娜的精神状态已走到十分危险的地步。

而身为王子的查尔斯如何看待黛安娜的这种状态呢？他不

能理解黛安娜的困扰和彷徨。王室的祖训是：你要么是王室中人，要么不是。对此，查尔斯已经习以为常了。查尔斯可能没有意识到，黛安娜会对进入王室的生活不适应，会需要帮助。王室的一切已经融进他的血液，他不明白黛安娜的感受，他认为黛安娜的无穷烦恼是一个小孩子的任性而已。如果双方多一些沟通和了解，也许会缓和些什么。

孩子的来临舒缓了黛安娜紧张的精神状态。1982 年 6 月 21 日，黛安娜在圣·玛丽私立医院生下了小王子威廉，小王子体重 7 磅 10 盎司，长着一对漂亮的蓝色眼睛。

产后疲惫的黛安娜虽然很累，但看起来仍然骄傲而满足，她满意自己所扮演的角色，并且恢复了自信，她知道她生了一位王位继承人。这位还差 10 天就满 21 周岁的王妃在小王子出生的二三个小时之后，就坚持要把他带回肯辛顿宫。医生认为，黛安娜在生产中消耗了太大的体力，不宜下地走动，更应该像大多数产妇一样十分惬意地躺在病床上，等候丈夫的缠绵爱抚和婆婆的关心体贴。黛安娜确实与众不同，她没有依靠任何人的搀扶，自己走出了圣·玛丽私立医院。她向早已等候在医院门外的记者们展示出，黛安娜绝非弱者。由此可见黛安娜个性的强烈。

查尔斯心里也十分高兴，这样的结局任何人都会满意的。在威廉以及次子哈里出世时他都守在黛安娜的身边。他对记者们说道："很显然，我很激动，很高兴。"

刚做爸爸的查尔斯还很兴奋，古板懒散的他竟然对护理婴儿产生了浓厚兴趣，连他那些朋友都感到奇怪。王子对私人秘书哈罗德·海伍德说："我这个人很固执，但固执办不了事，所以我

希望我会有所改变。"查尔斯十分喜欢小威廉,花很多时间陪儿子玩耍,甚至缩短了会客的时间来与家人团聚。他还亲手帮孩子换尿布,而他最喜欢的是给威廉洗澡。小孩子爱玩水的天性让他感受到许多乐趣。据说威廉稍大一点后,还调皮地把爸爸的鞋子扔进浴缸,在一边笑嘻嘻地十分高兴。

第一个孩子的诞生使王储夫妇紧张的情感冲突稍显缓和。黛安娜分娩三天后,女友卡罗琳·巴塞洛缪到宫中来看望,她发觉:"黛安娜对自己和孩子的状况感到很满意,情绪也大有好转。"威廉王子的降生让黛安娜变得更成熟,她的身份又多了一层新的意义。她除了身为王妃之外,还得多替自己的孩子着想。

然而,产下小王子后的黛安娜仍然得不到查尔斯的爱。孩子出生之前的那段时间,查尔斯还在医院陪伴着她,握住她的手讲一些轻松快活的笑话。但他一看到健康的儿子降世之后,马上便跑回肯辛顿宫睡觉去了。原来他一直关心的只是他的第一个孩子，而并非与他共创佳作的黛安娜。他对那些兴奋不已的记者说："小家伙看起来很棒，一头金发，尤为庆幸的是，他长得不像我。"不知他是自嘲还是真的幽默。

威廉王子的出生以及随之而来的生理、心理反应再次引发了黛安娜长期以来的忧患：查尔斯与卡米拉的暧昧关系。一次，查尔斯在浴室洗澡时，用手提电话与卡米拉浓情蜜意地诉说衷肠，"无论发生什么事情，我永远爱的是你"被黛安娜无意中听到。他指的是威廉王子的诞生这件事。黛安娜对此极为恼火。在她刚生下自己的孩子时，丈夫便与情人偷情；在她最需要丈夫的呵护时，查尔斯却与卡米拉重温鸳梦。对于查尔斯来讲，妻子只不过是一个名义上的王妃，而并非惟一的爱人。

查尔斯在与黛安娜的一次激烈争吵中，颇为自得地、颇有优越感地申述王室成员的特殊地位。他甚至对着黛安娜不留一点余地说出，他的父亲爱丁堡公爵同意，如果查尔斯婚后 5 年内生活得并不幸福，他就可以恢复单身生活。一时冲动泄露天机，竟然成为一句谶语。1986 年，她俩结婚 5 年之后，就开始了夫妻分居。从查尔斯的一席话中可以看出，黛安娜在查尔斯生活中只是一个小摆设，喜欢放在哪里，就摆放在哪个地方，不需要时，就可一脚踢开。

1984 年，黛安娜再次怀孕。她希望这次生育能是最后一次挽留查尔斯的机会。查尔斯也真诚地尝试着能与黛安娜重归于好，因为他也希望有一个幸福温馨的家。而现在他的婚姻和情感已危机重重，他知道是必须想办法的时候了。他与黛安娜都清楚，目前的状况已无法承受任何一次较大的冲突的刺激。他们相敬如宾,度过了自蜜月之后最美好的一段时光。但天空已乌云密布,远处的雷声电闪已若隐若现,暴风雨即将来临。就在黛安娜的孕期,深夜的电话、神秘的不辞而别和查尔斯身上的女人香水味等等仍在显示:他与卡米拉浓情似海。

9月15日下午4时20分,哈里王子在哥哥诞生的圣·玛丽医院降临人世。查尔斯一直想能有一个女儿,见到小王子出世后,说了句:"噢,又是一个男孩,他的头发更接近铁锈色(斯宾塞家族的特色)!"然后就径自玩他的马球去了,也不陪陪产后虚弱的妻子。或许是查尔斯太性急,只要自己愿努力,他们终究会拥有一个美丽而可爱的女儿。或许是他与黛安娜的感情维系已太脆弱,无法容忍任何一点不如愿的事情发生。从那一刻开始,黛安娜不再抱有破镜重圆的美梦了。

后来,又有一次,威廉王子受伤,须动风险较大的开颅手术,查尔斯王子再次置之不理,安安心心地去约克郡参加一个环保会议。这一回,连《太阳报》也动了义愤,质问查尔斯王子:你就是这样当父亲的?这时候的黛安娜渐渐明白:查尔斯根本就是个自私的父亲。同时,她也明白了,她要把忠诚放到儿子身上,而不是丈夫身上。

查尔斯无法从心底接受黛安娜的另一个原因就是,黛安娜受到全世界公众的疯狂爱戴。王子的朋友们说:"她是超级明星,人人都希望一睹她的风采。"一位意大利记者称她为当代王妃中最完美的一个:美貌、文静、高雅、笑容可掬。

婚后不久查尔斯王子就发现王妃的受欢迎程度要远远超过他和其他王室成员。《王朝杂志》十之八九以她作为封面,王室的其他贵族全成陪衬,甚至连本应属于查尔斯的镜头也全部集中在她的身上。的确，身着艳装，举止高雅的黛安娜在人们心目中留下了不可磨灭的印象。当查尔斯与黛安娜一同出行时，人们总是高呼着"漂亮的，漂亮的……美极了的，可爱的"来欢迎美丽的黛安娜，而把查尔斯撇在一边。新闻界和公众只把他当作一个配角。

一次，王子夫妇到澳大利亚的一所音乐学院进行访问，有人请查尔斯王子演奏一下大提琴，当记者把摄影机对准王子的时候，忽听到身边传来优雅的钢琴声，原来是黛安娜随意拨弄了琴键。摄影师马上放过查尔斯，而对准了黛安娜王妃。还有一次在1981年10月，新婚的王储夫妇对威尔士进行为期3天的访问，列队欢迎的人们沸腾着的感情哗地一下全部朝着黛安娜释放出来，群众对查尔斯几乎毫不在意。

当他俩一起漫步街头时，公众对查尔斯的招手致意反应冷淡，而对黛安娜的善意报以最热烈的欢呼。查尔斯只差没成为满街妇女都扔下石头来袭击的靶子了，王储满脸尴尬。"这些天我惟一要做的事就是接受鲜花，我明白自己充当的角色。"王室的一个见证人这样说："他从不希望公众有这种举动。毕竟，他是王储。他从汽车里走出，人们竟失望地抱怨，这深深地刺伤了他的自尊，难免引起他对黛安娜的妒忌。此后，他俩再没有一同出国访问。"

可惜的是美丽纯朴的黛安娜并没意识到自己已犯大忌。公众要呼喊她，追逐她，喜欢她，她又有什么办法。在这个宗教偶像破碎的时代，公众心目中太需要确立一个绝对完美的典范，来寄托自己遥远的理想。黛安娜有幸充当了这样的角色，因而她受到了万人空巷的热烈欢迎。善良的黛安娜不会摆出一副自以为是的面孔去刺伤公众的一片好心，从小到大，她就是这样平易近人，因为她只是一个普通、平凡的美丽女人。但这又成了她最大的不幸之处。

这里只说明一个问题，可亲可爱的黛安娜为人们广泛接受了，而尊贵的、高高在上的王室与普遍民众之间横着一道鸿沟，没有人愿越雷池半步。

查尔斯在公众的眼中越来越微不足道，难以与她的妻子相比。他曾是英国除女王之外的第一号人物，未来的国王，可是他现在受到了冷落，而取代他的正是自己的妻子、在自己眼中不值一提的黛安娜。他的自尊心受到强烈的伤害。这位从小就享受了尊崇地位的王储，却因为很少得到父母的爱抚而缺乏人情味，他不愿直面现实。他时而飞到高卢去钓鱼，时而又到农场去过隐居的田园生活。

在公众越来越关注黛安娜时，查尔斯却越来越鄙视甚至仇视黛安娜的存在。有一段录像，录的是查尔斯和黛安娜站在一起，面对记者群，黛安娜带着羞怯笑容，时不时含情脉脉地试图靠到查尔斯身边，或者伸手过去握他的手；查尔斯对记者保持冷淡礼貌，有些心不在焉，黛安娜靠近他时，

他不耐烦地站远一些距离，或者很快地将自己的手从她手里抽回。就连黛安娜的幽默，他也会认为是粗陋而浅薄的。

有一次查尔斯夫妇共进晚餐，有朋友开玩笑问："有什么东西比鲔鱼更难闻？"四下一片愕然，茫然不知所措。他只好自己揭开玄妙："是鲔鱼的屁股。"黛安娜和朋友们在一边笑得花枝乱颤，而查尔斯却愤然离座，他认为这是粗俗的幽默。

落空的吻

1986 年，王储夫妇分开居住了。王妃住在伦敦，王子住在他的乡间别墅。

查尔斯王子和黛安娜王妃不能相互欣赏、不能倾心畅谈，查尔斯没有容纳妻子备受媒介欢迎的气量，黛安娜的"学识"不足以匹配查尔斯，这些都为王储夫妇的婚姻投下了阴影，埋下了不和的注解。有一次，黛安娜在皇家歌剧院与芭蕾舞星韦恩·史立普即兴表演了一段比才的《阿莱城的姑娘》，令观众惊奇而且着迷，查尔斯王子却说她身形太瘦，表演不够端庄，有炫耀之嫌。

王妃的一位密友曾说"王储使王妃内心感到不安全，感到卑微。王妃的这种感受愈强烈，他就愈感到快乐"，而导致他们分居最根本的原因还是那个女人——卡米拉。凭着女人的直觉、敏感，黛安娜自然是深知这一点的。

查尔斯的乡间别墅距离他打马球的地方只有 8 英里，离他的妹妹安妮公主的住所也只有 8 英里，而离卡米拉的家就更近了。卡米拉经常陪伴查尔斯，甚至插手查尔斯的个人私生活。她像真正的女主人一样，为查尔斯主持午餐会和晚餐会，坐在王子身旁女主人的位置上。卡米拉的行为虽然看似有悖常理,但她却是名正而言顺的,因为卡米拉的正式职位是查尔斯王子的贴身亲信。按温莎王朝的传统,这是个名正言顺的正式职位,所有的王室成员,包括女王自己,都有贴身亲信,且大都是由异性担任。黛安娜不会不知道这个传统以及这个传统所意味着的内幕,但同样的命运落在了自己的身上,丈夫查尔斯要保留这种传统,黛安娜就难以忍受了。

夫妻分居的开始,脆弱的黛安娜简直不知道该怎样来应付。她哭泣、吵闹,甚至自杀,像所有的弱女子一样,黛安娜企图用折磨自己、虐待自己的方法来赢得查尔斯的同情和爱心,但结果更引起查尔斯的厌恶和反感。查尔斯认为黛安娜这些暴怒、自虐的行为实在有失教养,是做给别人看的。查尔斯对黛安娜不屑一顾,越来越多地住在他的乡间别墅,去陪伴年逾四十徐娘半老的卡米拉,而把青春美丽的黛安娜丢在伦敦的宫殿里,独守空房。似乎由此可见,美貌并非爱情中最重要的因素,而情感的魅力却是永恒的。

遭到打击的黛安娜也曾想挽回局面,她考虑过如何重新赢得丈夫的欢心,但查尔斯却冷漠以对。黛安娜愤怒、委屈、绝望和被遗弃的感觉将她残留的幻想粉碎了,在长期的痛苦和忍无可忍之后,她决定与卡米拉正面交锋。她在与查尔斯共同参加的一个晚会上,径直走到卡米拉面前,把事情直截了当地挑明了。当卡米拉试图为自己辩解时,黛安娜冷冷地说:"我不是昨天才出生的。"

当一腔苦水和愤怒化作冷冷的陈述后,黛安娜放弃争夺自己丈夫的努力了。在社交场合上,黛安娜和卡米拉互相回避。黛安娜和查尔斯开始各自单独的旅行和出访,各有自己的宫殿、阵地和亲信,他们也在互相回避。

黛安娜与查尔斯事实上的、彻底的分居是他们夫妇关系进一步恶化的产物。两人的不和关系在 1992 年 2 月正式访问印度之时被媒体炒作到了高潮,这次炒作使他俩走向了更加窘迫的境地。如果说,在访问印度时,王妃神情忧伤地一个人出现在世界上最大的爱情古迹之一泰姬陵前还不能说明什么的话,那么两天后发生的"落空的吻"事件则无疑是他们的婚姻走向穷途末路的极好表现。

那是王子在参加当地的一场马球赛后,王子俯身去吻王妃,谁知王妃却把头转开,面呈怒色,使查尔斯的吻落空,查尔斯一脸的笑立时僵在脸上,讪讪地离开。闹得极不愉快的印度之行几个月来被新闻媒介大肆渲染,人们议论纷纷。之后他们访问韩国,起初,王妃并没有打算陪同王子出访,王子再三劝说也无济于事;不得已,女王亲自出面劝媳妇前行。至此,王妃才勉强同意随同王子出访。出访途中,王妃情绪十分低落,还不时呕吐和流泪。一位随员后来回忆道:"王子一直在为她掩饰。"但随员们都坦言:"王妃无法再忍受这场婚姻,她会不顾后果地与查尔斯王子分离。"

出访归国后,王子并没有刻意在乎这次出访所发生的一切,开始着手准备在桑德里格姆的周末聚会,这是每年的例会,过去每次聚会王子夫妇习惯邀请 16 位朋友去度假三天,划船、射击或散步。这些聚会配合学校的周末安排,好让威廉和哈里都参加,夫妇俩举办这次聚会的意图是为了不让孩子知道他们的婚姻危机,他们要展示给孩子一个和睦的家庭氛围。

但这次情况却大不相同。查尔斯吃惊地发现，在举办聚会
的前一周，王妃态度坚决地要带孩子一起呆在温莎堡；即使女
王出面斡旋，王妃也坚决不动摇不去聚会的决心。后来孩子也
掺和进来，要求母亲去桑德里格姆聚会。虽然，她面临着极大
的压力，但她确实不愿与查尔斯呆在一起，没有丝毫的犹豫与
动摇。黛安娜最终还是没有随同前往桑德里格姆，而是独自去
了海古夫。

1992年3月29日，父亲去世了。正在澳大利亚度假的黛安
娜打算留下丈夫和孩子，独自一人去参加父亲的葬礼。王储提出
陪她前行，黛安娜表示拒绝，她明白地告知王储，他现在开始扮
演体贴的丈夫角色已经晚了。黛安娜又一次自作主张，她不想再
为王室的形象增添光彩，不想为履行一种虚伪的表面公务演
戏。虽然王储的私人秘书和新闻秘书激烈地反对，但王妃毫不让
步，结果只好让温莎堡的女王来裁决。在女王的命令之下，黛安
娜不得不与丈夫一起返回伦敦。王储夫妇刚一到肯辛顿宫，查尔
斯王子就去了海格洛夫的乡间别墅与卡米拉幽会，悲伤不已的
王妃一人为父亲悲泣。两天之后，黛安娜驱车前去参加父亲的葬
礼，王储乘的却是直升飞机。黛安娜认为在她为失去父亲而悲伤
时，起码应该允许她以自己希望的方式来表达她的心情，可她并
没能做到这样，虽然她力争过了。

在黛安娜感情受挫的过程里，黛安娜的个性愈益鲜明，她在
恢复她自己，她越来越能够冷静地看清自己的命运。1992年5
月，黛安娜王妃单独到埃及进行访问。在一次晚宴上她沉静地宣
布："我认为我仍然是黛安娜·斯宾塞。"惊奇的宾客一时都呆住
了，鸦雀无声。一个客人打破沉寂，小心翼翼地询问："假如您的

丈夫加冕当了国王呢?"黛安娜沉吟了一下,坚持说:"我想我还将是黛安娜·斯宾塞。"黛安娜的回答语惊四座,人们很难想像,一个在公众眼里当然的未来王后会坚持自己是黛安娜·斯宾塞。另有客人逢迎说,在埃及是总统制,每几年换一届总统。黛安娜毫不避讳地说:"在我们国家,我们困于一个王室!"黛安娜对王室没有愚忠。

11月20日,黛安娜接受了英国广播公司《真相》节目的专访。

记者问:"你认为你能当上王后吗?"

王妃答:"不,我不这样认为。"

记者问:"为什么?"

王妃答:"我希望当人民心中的王后,活在人民的心中,但我不认为我会成为这个国家的王后,我不认为有很多人乐意见到我当王后。"

1993年1月,一家澳大利亚杂志抢先公开了一段查尔斯与卡米拉1989年的谈情说爱的电话录音。1994年6月29日,查尔斯王子在电视媒体的贴身紧逼下,坦承自己与卡米拉的关系超越了友谊。查尔斯态度坚决地告诉他的臣民,尽管卡米拉是公众眼中的坏女人,但却是他的"生命之源"。他说,卡米拉是他最好的朋友,他们之间的友谊将终生不渝。

1996年2月28日,黛安娜作出了她一生中最痛苦也是最重要的抉择,与查尔斯离婚,离开王室对于她来说也是一种解脱。7月12日,查尔斯与黛安娜在法庭达成了离婚协议,黛安娜一次性得到1700万英镑赡养费,另外每年获得40万英镑,但失去"殿下"头衔,仍可保留"威尔士王妃"的称号,两个小王子由查尔斯抚养。至此，这场世纪级的婚姻正式宣告结束。

　　这一消息传出后，记者包围了卡米拉的家。但是她和以往一样保持沉默，而且说自己不比"大街上任何一个普通人"了解的情况多。"她的丈夫住在离他们伦敦的住所80公里的地方，他们秘密地分居着，只是在周末见一面。"知情人基蒂·凯利说。当一名记者指责卡米拉的丈夫说他的妻子是破坏王子婚姻的罪魁祸首时，他为妻子辩解道："不，这种说法是错误的，我要说多少遍才够，这些故事纯属捏造。"

永不凋零的玫瑰

黛安娜在与查尔斯结婚的十几年中，以她独特的魅力与气质深得普通大众的喜爱。综观黛安娜的处世风格，可以看出这是一个王室成员对社会变化与发展的适应。她接触外界处理事情时，从不带有王室原有的偏见，对人不是一副屈尊俯就的样子。人们眼中的黛安娜不是孤傲、冷峻，而是热情、平和。王室成员也必须以真情面对大众，而不是一副应付差事的虚情假意。

黛安娜最大的愿望是将她的两个儿子培养成仁慈善良的政治家，使他们成为英国人民的榜样。在英国王室的历史上，第一次有一位王位继承人离开了他所居住的金色的鸟笼，来到了人民中间。威廉慰问无家可归者以及艾滋病患者，他了解普通人的痛苦、眼泪和梦想，他亲眼目睹了母亲为穷人以及受苦受难的人所做的努力。黛安娜始终认为，两个小王子不应该在王室那冷漠无情、独断专行的氛围中成长，因为那里缺乏温暖与人情味。

在对两个小王子的教育中，黛安娜熔铸了自己的爱与真情。小威廉刚进学校时很让老师费心，他对管束他的老师大吼："等我当上国王，我让侍卫杀死你！"一句情急之中的自然道白，直接反映出威廉王子在宫中成长起来的飞扬跋扈的品格。黛安娜知道后，严厉责备了小王子，并让他向老师道歉。黛安娜还亲自督促威廉的各项课程。几个星期以后，小威廉就已懂事规矩的多，他会礼貌地称男士为"先生"，在女王告辞时主动为她开门，他很快成为一名既有人情味又有教养的小绅士。

小哈里上幼儿园比威廉上学时的年龄要小得多，他才3岁，黛安娜就让他去与众多的小朋友在一起玩。小哈里对集体生活适应很快，过不久他就能说出许多小同学的名字。在那种热闹的气氛中，小哈里有自己的要好朋友，每次在放学回家时总是恋恋不舍。小哈里没有威廉小时候调皮，但他更爱冒险求刺激。黛安娜带着哥儿俩滑雪时，哈里6岁时就敢大胆地往前冲，而威廉则显得小心谨慎得多。黛妃一直对两个儿子十分疼爱，有一次威廉与哈里向母亲说，与父亲一起在苏格兰度假十分沉闷，心疼的黛妃立即带着他俩飞到大西洋彼岸的儿童天堂——迪士尼乐园，在那里享受了3天无拘无束的生活。

在1996年查尔斯与黛安娜正式离婚之后，两个孩子的抚养权归属查尔斯。但两个小王子对母亲钟爱已深。威廉王子一有机会就会打电话给妈妈诉说思念之情，而电话另一端的黛安娜更是情难自已。自黛安娜离婚以后，懂事的威廉十分关注母亲的情绪变化和身体健康，一度成为黛安娜倾诉心事的对象。

黛安娜还把自己善良的母性播撒给身边的侍卫和世界各地受苦难的黎民百姓。长期以来，黛安娜一直对自己没有信心，她认为自己毫无价值，除了长相可取之外，对世界毫无用处。但是，

在远离高官显贵、远离媒介热点的医院、学校里，她发现自己是一个别人需要的人。有一次，一个小男孩向她献花，她不明白为什么他总是摸她的衣服和纽扣。工作人员告诉她，这孩子是个盲人，她当时"差点就哭了"。她让这孩子吃过午饭后再来找她。孩子的母亲说："她让这孩子摸她的腿和鞋。她握住他的一只手，他还要另一只，她也答应了。她甚至还弯下腰来让孩子摸她的脸庞。她深知做母亲的该有什么体会。"另一个小女孩向她献了三朵花，黛安娜柔声责怪说："你不应该为我花钱。"

黛安娜热心公益事业,且工作勤奋,作为王妃,她并不满足于安享俸禄、养尊处优的生活,她以饱满的热情和充足的信心撒播温暖,所到之处,皆得人心。同时,黛安娜也在这些工作中获得了生命的尊严感和付出的欢乐感。

1997 年 8 月 31 日凌晨,黛安娜与男友多迪·法耶兹在巴黎车祸中遇难。消息一传出,全世界为之悲恸,几百万英国人涌进了伦敦,肯辛顿宫的门前成了花的海洋。

在为黛安娜举行的葬礼中,许许多多曾经得到过她的援助的苦难的人民的代表跟在她的灵车后面,这其中包括了坐在轮椅中的,或拄着拐杖的地雷受难者、艾滋病患者、无家可归者、吸毒者和癌症患者。

伊丽莎白女王在葬礼上致了悼词,她很容易就能找出黛安娜的一些为世人所知的优点,她说道:"我对黛安娜之死致以深切哀悼。她天生丽质,与众不同。无论顺境逆境,她都能宽怀以对,而且还会以温暖的爱心鼓励他人。对于她如此乐于助人,尤其照顾两个儿子无微不至,我除了衷心赞赏之外,也要表示对她的敬意。"

葬礼后,黛安娜的保姆玛丽·克拉克说:"她身上与众不同之处就在于她能和所有的人都建立起一种友善的关系,无论这个人来自什么种族,信仰何种宗教,有着什么样的社会地位。在她的眼中,每个人都是一样的,她也是平等地对待每一个人,因此她成为了一个神话,也将是人们心中永恒不变的神话。因为她是一个非常正直的人,所以她赢得了人们的心,而且人们感觉到,她的感情发自于她的内心。"

自从 1977 年的打猎聚会上,年轻美貌活泼纯洁的黛安娜吸引了高贵的王储开始,黛安娜就被大众与传媒追逐。她走进了世界上最沉闷的英国王室,并且经历了人生中的风光与风波,而花容月貌、仪态万方、优雅高贵的黛安娜也不得不被公众的目光普照,无论是幸与不幸。如果说这一童话的破灭使我们明白了什么的话,那就是无数平凡女子获得了心理平衡:她们的生活居然比黛安娜王妃更幸福、更快乐!

总统的伙伴——希拉里·克林顿

耶鲁法学院的高材生

这是 1947 年的 10 月 26 日，希拉里·罗德姆出生在美国中部最大的工业城市芝加哥城的一户极普通的人家。这户人家既非名门望族、达官显贵，也非富豪商贾、书香门第，或许还有你家、我家或他家的影子和片段。她一出生，父母就给她起了"希拉里"这个名字，从此，一个男孩的名字便扣在这位小姑娘的头上了。

她的父亲休·罗德姆是一个果敢、自力更生的人，经营着自己的小生意。她的母亲多萝茜·罗德姆是一个亲切又不失冷静的家庭主妇，她爱她的孩子们。

休和多萝茜对他们的孩子的管教非常严格，无论是在生活上，还是在学习上。他们想把希拉里训练成一个强悍的孩子，让她能够面对生活中的任何挫折，能够为自己而战。

希拉里 4 岁的时候，邻居奥卡拉汉家的小女儿苏西总是欺负她，苏西有几个哥哥。每次希拉里总是哭着回到家。多萝茜不希望这样下去，她担心希拉里会懦弱成性。于是，当希拉里又一次哭着跑回家时，多萝茜命令道：回去！若苏西打你，我允许你回击，你必须学会保护自己，我们家容不下懦夫。希拉里抬头挺胸地走了出去,她的母亲则在餐厅的窗帘后面看着她。几分钟后,希拉里兴奋地回到家中,脸上闪着胜利的光芒:男孩子们愿意和我玩了,而且苏西愿意和我做朋友了!

希拉里上四年级时,她的父亲休为了让她在每周一次的数学竞赛上取得好成绩,就每天一大早把她叫醒,陪她练习乘法表。

希拉里13岁时开始在暑假打工,在帕克里奇公园做管理员。她也要在家里做家务,但不会得到零用钱。"我养了你,不是吗?"她的父亲说道。

也许正是父母如此严厉的管教为日后独立、坚强、充满智慧与个人魅力的希拉里打下了最初的基础。她的母亲教她学会了去抗拒同辈的压力。多萝茜从不听她谈论朋友的穿着或朋友对她的看法,她会说:"别人是别人,你是你,你要有自己的想法。我们跟别人不一样,你跟别人也不一样。"

希拉里15岁时,对宇宙探索和太空旅行着了迷,她甚至写信给国家航空和航天局,表明愿意参加宇航员训练计划。但她收到回信后才知道该计划不接受女性,对此她愤愤不平。这是她第一次遇到再怎么努力、再怎么有决心也冲破不了的障碍,她感觉受到了歧视。

1965年,希拉里进入韦斯里女子学院,开始了她的大学生活。她在这所老牌的、传统风气盛行的学校受到了师生的普遍肯定,以至于她成为了韦斯里学院有史以来第一位在毕业典礼上致词的学生代表。她身穿黑色校服,衬衣的白领子翻在外面,头戴扁平的学士帽,显得既庄重又精神。她双手扶着讲台,身体略微前倾,厚厚的镜片后面透出一种自信、坦然的眼神。她时而若有所思，时而口吻坚定，没有丝毫的做作和拿腔拿调。当然，她的讲稿事先已由校长、教导主任多次审改。

希拉里的演讲全文和发言时的特写照片被登载在一个很畅销的《生活》杂志上。对一个大学生来说，希拉里的这个"风头"出得可真不算小。

在毕业的那年夏天，希拉里单独去阿拉斯加做了一次旅行。她在阿拉斯加边旅行边打工，有一次，她在一家鱼类加工厂干活。希拉里干活不偷懒，很快就掌握了所干工作的技术，和同事们的关系也相处得融洽。"当一名雇员这么容易！"她对这份工作和谈妥的报酬感到很满意。

一天下午，她发现新到的一批鱼有点不对劲儿。出于对消费者负责的心理，她找到在闷头算账的老板："先生，您看这鱼有些发黑了，有的都腐烂发臭了，不应再加工成罐头了吧？"大腹便便的老板抬起头，把快掉到鼻尖的金丝眼镜向上支了支，瞪圆了眼睛看了看她说："是吗？知道了。"下班洗手时，老板背着手走到她身边说："到会计那儿去拿你的工钱，明天不必来了！""我才干了两天，不是谈好至少干一个星期吗？"希拉里有些发蒙，赶紧问。满脸横肉的老板冷冷地回答道："我看你还是到食品卫生检疫站去另谋高就吧。"希拉里恍然大悟，她不再多说一个字，把尝到的"苦头"默默地存入了"社会经验"的大脑库。

随后，希拉里收到了耶鲁法学院的录取通知。法学院中女生的比例不高，在当时只占全院学生的15%。希拉里进入耶鲁后一如既往，如饥似渴地吸收着知识。没过多长时间，老师和同学们就一致公认她有"当大律师的天分"。

1970年的春天，在一个阳光明媚的日子里，耶鲁法学院的告示牌上贴出了一个通知："玛里安·赖特·埃德尔曼律师明天上午9时将来我院演讲。题目是《保护儿童》，地点在主楼小会议室。"在一个大学里，类似的通知几乎天天都有。正处于"有劲儿没处使"状态的希拉里哪个讲座也不肯放过，她早早来到了会议室。

"如果你不喜欢这个世界的现状，你可以去改变它，这是你义不容辞的责任。干吧，一步一个脚印地干吧！"这位黑人女律师的开场白并没提"儿童"这两个字。

希拉里越听越爱听，越听越佩服。1992年希拉里在斯佩尔女子大学演讲时，回忆说："当时我有一种直觉——只能跟她一起干。"希拉里称埃德尔曼"是我所认识的人中最优秀的"，她决心追随埃德尔曼把自己的理想付诸行动。

春天的花苞在不知不觉中变成了夏日的繁花，蔚蓝的天空中舒展着像薄纱一样的白云。一身白色连衣裙的希拉里拼命地拨电话，她要到埃德尔曼的"儿童保护基金会"工作。好不容易找到了正在为筹备成立基金会而东奔西跑的"光杆司令"。"喂,玛里安,这个暑假给我安排工作吧!我不回芝加哥了。"希拉里诚恳地说。"工作多的是……唉,算了吧,我没法付给你工资,'基金会'没钱呀!"话筒里传来埃德尔曼无可奈何的声音。希拉里赶紧表白:"我不要报酬,没关系,白干我也愿意。"埃德尔曼没有客气,干脆地说:"那好,就这么定了,你赶紧到这儿来,这儿有一桩虐待儿童的案子……"

几十年过去了,今天的希拉里已经是儿童保护基金会的主席了。

与未来的总统相恋

希拉里进入法学院的第二年,耶鲁校园迎来了一批新生。一天,在法学院的学生休息室里,希拉里听到一个人对着一群听得出神的同学滔滔不绝地说:"不只那样,我们家乡种出了全世界最大的西瓜!每年都要举办西瓜节呢!"这个人体型高大,在红棕色胡须与一头卷曲浓密的头发衬托下还算英俊,他每个毛孔中都散发出活力,颇有维京大盗的味道。希拉里问她的朋友:"他是谁啊?"

"哦,他是比尔·克林顿。"朋友说,"从阿肯色州来,他只说过这些。"克林顿出生于 1946 年,比希拉里大一岁,这时候的他已经在英国牛津大学取得了硕士学位。

此后他们偶尔会在校园里碰上,不过直到次年春天的某个晚上,两人才在法学院图书馆正式打招呼。当时希拉里在图书馆学习,克林顿在走廊和另一位同学杰夫·格勒克尔交谈,杰夫希望克林顿能为《耶鲁法学杂志》撰稿。希拉里注意到克林顿不断回头看她,于是她一改几个月来的躲躲闪闪,起身走到他面前说:"如果你一直盯着我不放,我也会一直回瞪你,与其这样,不如相互介绍一下，我是希拉里·罗德姆。"克林顿的脸一下子红到耳根，结结巴巴地说："……我……惊魂未定……想不起自己的名字了……"其实，克林顿早想表达自己的爱慕之情，只是担心遭到姑娘的拒绝，面子上下不来，所以迟迟没敢开口。

克林顿为什么不理睬周围对自己暗送秋波的女生，偏偏对戴着厚眼镜、不修饰打扮的希拉里小姐感兴趣呢？她身上究竟有什么让他着迷的？或许他是被聪颖过人的希拉里那独特的气质深深打动了，克林顿曾说过：她有趣而深沉，是最棒的人。

坚冰终于打破，爱情之帆徐徐升起。

1971年春季最后一天，上完托马斯·埃莫森的政治与民权课后，希拉里与克林顿同时走出教室。克林顿问希拉里要去哪里，希拉里说要到注册办公室确定下学期的课，克林顿说他也正要去。两人同行时，克林顿赞美希拉里穿的花色长裙，两人随便聊了起来。到了注册办公室，排了好久的队才轮到他们，注册员抬头看了一下，然后说："比尔，你在这里干吗？你已经注册过了。"克林顿只好对希拉里坦言：想跟她在一起。希拉里笑了，接着他们便一块走了很久，就这样开始了第一次约会。

他们一起去耶鲁美术馆欣赏马克·罗思科的画展，不过因为劳资纠纷，美术馆被迫关闭。但是，克林顿有办法，他提出帮忙收拾美术馆院子里的垃圾，看门人同意让他们进去。这时候，希拉里发现她很佩服克林顿的说服力。整个美术馆只有他们两人，他们穿梭在各个展示厅之间，讨论罗思科与20世纪的画作，一直聊到天黑，并且都被对方的艺术修养与兴趣吓了一跳。

随后，希拉里邀请克林顿参加她们宿舍的派对，克林顿参加了,但说的话很少。两天后,希拉里因旅游着了凉,干咳不止,克林顿带着鸡汤和橘子汁来看她。希拉里不禁问他,那天在派对上为什么那么安静。

"因为我想进一步认识你和你的朋友。"克林顿答道。这时希拉里才开始意识到,这位阿肯色州的年轻人远比第一印象复杂。从此,他们开始相互了解,一起交流学习体会,讨论民权运动、越南战争以及各自的理想,越谈越融洽,越谈越有"相见恨晚"之感。这些看来与爱情不相关的东西牢牢地把两个人的思想和志趣拴在了一起。他们彼此倾慕,彼此尊重,更加钟情于对方。

在绿草如茵的草坪上,在野花烂漫的山坡上,法学院的这对情侣倾诉着衷情。

很多舆论认为,克林顿与希拉里的婚姻从一开始就是政治搭档的结合。这话并不全对。他俩之间既有每对情侣间的那种"如胶似漆、温柔缠绵"的情感,又有志同道合和事业上相互支撑、支持的"伙伴"关系。只是因为这对恋人政治上大大地强于一般人,所以他俩的婚恋中"志同道合"这一点就格外地突出了。

很多年后,一个电视访谈节目的主持人问希拉里:克林顿什么地方吸引了你?希拉里笑着说:"我发现他活像个北欧海盗,给我印象非常深刻。我还发现他的手非常漂亮,手指特别长。我也欣赏他的思考方式与神态,他能在思想与词语间编织出恰当的联系,言语精简灵活,至今还常令我吃惊。"

暑假很快到来了,希拉里计划到加州的一家律师事务所当助理,克林顿知道后,表示要和她一起去。希拉里感到很奇怪,她知道克林顿已经登记到麦戈文的竞选阵营去工作，那是他憧憬已久的一个机会。她问克林顿："为什么？"

"为了我爱的人"。克林顿说道。

在加州，希拉里为律师事务所工作，克林顿则在附近寻幽访胜。周末的时候，克林顿就会带希拉里去他事先勘察好的景点，

如电报街的复古服饰店、北滩的餐厅,或是两人消磨于厨艺。

暑假结束后,他们在法学院附近租了一套简陋的小公寓。他们一起去吃最喜欢的希腊菜,去林肯电影院看电影,去上瑜珈课或是健身中心,他们沉浸在爱情之中。

圣诞节过后,克林顿开车来到希拉里家。希拉里很紧张,不知父母亲会不会喜欢这位蓄着和猫王一样的络腮胡的民主党南方佬。在希拉里的父亲眼中,谁都配不上他的女儿。但很快的,克林顿就得到了希拉里的母亲的赏识,克林顿肯主动帮忙洗碗,尤其在他看到多萝茜埋首阅读大学课程指定的一本哲学书,于是就花了整整一个多小时和多萝茜讨论其内容。休属于慢热型,但在玩扑克牌、看电视转播的球赛中,也逐渐接受了克林顿。

在第二个圣诞节到来的时候,克林顿带着希拉里来到他的家乡,去见他的母亲维吉尼亚·凯利。克林顿是个遗腹子,他的生父威廉·布莱思在他出生前三个月死于车祸。他出生后,母亲维吉尼亚把他交给外祖父母,自己到新奥尔良进修麻醉护士专业,因为外科麻醉护士的工资比其他护士的工资要高。后来,维吉尼亚改嫁罗杰·克林顿,克林顿也就随了继父的姓。罗杰平时和蔼可亲,但酒后经常对维吉尼亚拳脚相加。家庭环境的不幸使小克林顿懂事早,疼母亲。克林顿14岁那年,一次罗杰醉后又动手打人时,小比尔勇敢地推开父母的卧室门,让醉醺醺的父亲站起来,对他说:"爸爸(这个惟一同他一道生活的父亲),如果你不能站起来,我可以扶你。但是,你必须站着听我讲话,今后不许你再欺负我妈妈……"从那以后,罗杰果真不敢再当着比尔的面殴打维吉尼亚了。

维吉尼亚是一个干练的职业女性，她穿着紫花闪光外衣，妆化得不淡也不浓。她看到希拉里戴着厚厚的镜片，穿着和克林顿一样的运动服，显不出线条来，不禁有点惊讶。

希拉里三年的法律学业即将结束，离校的日子屈指可数。这对热恋的情人相互依恋缠缠绵绵，谁也不愿离开谁。为了能和克林顿在一起多呆一段时间，希拉里决定继续留在学校，去"耶鲁儿童问题研究中心"再深造一年，直到克林顿毕业。

1973 年春，他们双双从耶鲁法学院毕业。克林顿带希拉里去欧洲旅行，他们参观了威斯敏斯特教堂、国会大厦与泰特美术馆，漫步于巨石阵，赞叹威尔士层层叠翠的山丘，凭吊被克伦威尔部队弃置的修道院遗址，流连于乡间古堡的花园之间。

一天傍晚，在英格兰风景如画的湖区，克林顿向希拉里求婚。希拉里知道自己深深地爱着他，但还完全不清楚自己的生活与未来，所以说"不行，现在还不行"。

克林顿是一个办事有板有眼，目标非常明确的人。他一再向希拉里求婚，希拉里也一再拒绝他。最后克林顿说："我不会再向你求婚了，如果哪天你决定要嫁给我，请你务必告诉我。"

希拉里和克林顿陶醉在爱情的时候并没有忘记各自的追求。他俩的相爱促进了彼此的事业。这大概就是人们所说的，这对情侣从一开始就是一对前所未有的"政治搭档"吧。

毕业后，克林顿回了他的家乡阿肯色州，希拉里则来到华盛顿，在刚刚成立的儿童保护基金会做专职律师。两地分隔使得他们只能在电话中诉衷肠，希拉里的薪水多半花在和克林顿的电话费上。冬天的时候，克林顿来到华盛顿看望希拉里，这时候，由约翰·多尔主持的对尼克松总统的弹劾调查也展开了。多尔邀请克林顿和希拉里参与此事，希拉里愉快地答应了，克林顿因参选联邦众议员没能同行。

为了事业，这对热恋中的情侣不得不再次依依惜别。

在弹劾调查小组里工作，是希拉里一生中最辛苦也最不平凡的经历之一，她是四十多人的调查小组中仅有的两位女性之一。希拉里负责的是研究美国弹劾案例，她每周工作 7 天，每天工作 16 到 18 个小时。

水门案之前，约翰逊总统是美国历史上惟一被弹劾的总统。

水门是美国首都华盛顿的一个高级社区的名称，坐落在托马克河畔。民主党总部就设在水门办公大厦内。

事情发生在 1972 年 6 月 17 日，即民主党总统候选人提名大会召开前夕。这天深夜零时许，水门大厦的夜班守门人威尔斯进行最后一次巡逻，同往常一样，平安无事。当他最后来到地下室停车库时，发现门的锁舌和锁眼被塑料胶带粘上了，所以门虽然关着但没锁上。"可能是白天工人保养大楼后忘了撕去吧。"威尔斯没有疑心。他动手撕下胶条，锁好门，开车到附近的一家小店喝咖啡去了。

当威尔斯回到大厦时已近凌晨两点了。令他吃惊的是车库的门锁又被粘上了。"事情不妙！"他马上意识到"出问题了"！他毫不迟疑，大步流星地走到传达室拨通了警察局的电话。几分钟后一辆警车到了，警察们蹑手蹑脚地走进民主党总部办公室，当场捉住了正在往电话里安装窃听器的麦科德等五名罪犯。这五个人全是尼克松总统竞选连任委员会的特工人员。美国历史上最大一桩政治丑闻的序幕从此拉开。

水门事件内幕的彻底揭开，关键是有了尼克松的录音磁带。为了日后写回忆录，尼克松一直对自己的各个办公室进行录音。这些录音尽管在被迫交出前已经部分地做过"处理"，但还是提供了尼克松亲自插手此事的证据。

尼克松执政期间外交上卓有成就，为结束越南战争和打开中美关系大门做出了一定的贡献，但是水门事件使得他当时一下子名誉扫地。为了避免受到弹劾，1974年8月9日，尼克松不等众议院的表决和参议院的审判便宣布辞职了，成为美国有史以来第一位自动辞职离任的总统。

弹劾调查结束了，希拉里也就面临着抉择：是去阿肯色吗？为了爱情牺牲自己的事业值得吗？去阿肯色能实现在法律界大显身手的计划吗？所有的朋友都劝她不要去阿肯色，一位年长她18岁的老律师忍不住泼她的冷水："阿肯色2300万人口，总共占纽约市的四分之一，面积不小，相当一个纽约州。可是人均收入名列全国第49位。你去那儿干什么？这就如同别人硬叫咱们上

月球一样,不现实!"

　　但是希拉里还是决定去阿肯色,这次她要顺着自己的感情而非理性。希拉里的好友萨拉开车载着她和她那好几箱书驶向阿肯色,萨拉为希拉里放弃自己的未来很不解,一路上不断地劝希拉里,在她眼里,希拉里为了一时的爱情冲动把自己流放到"西伯利亚"去了。

　　其实,希拉里搬到阿肯色,一方面缘于她对克林顿的感情,想和克林顿相依相伴,同时也缘于她勇于挑战陌生事物,她也想到一个缺少朋友、亲人相伴的陌生地方去尝试一下,看自己能否无论在哪里都过得充实精彩。

　　在阿肯色,希拉里在大学里教授刑法、诉讼辩护课程,并主持研究法律援助所、监狱项目。希拉里很快就投入到新工作中去了,她忙得不可开交,越干越有精神。

　　希拉里还交到了很多新的朋友,善于交际是克林顿和希拉里的共同特点,他们每到一处,除了和人们保持一般的友好关系外,还能和少数知音建立起友谊,在阿肯色也不例外。而这些知音又都有自己的精英圈。这样,雪球越滚越大,有胆有识的群贤毕至,彼此尊重,彼此帮助,对克林顿后来入主白宫、希拉里展露峥嵘都有很大助益。

　　希拉里在阿肯色度过了快乐的一学年,学年结束,她飞到芝加哥去探亲访友,那时她对于她的未来仍不能确定。她拜访了很多在芝加哥、纽约、华盛顿的昔日韦斯里和耶鲁的同学们,"在大城市是不是比在小地方成功得快呢?"希拉里还搞不清楚。经过数周的旅行与思考,与朋友们畅谈收获与体会后,希拉里的结论是:任何地方都不如我和克林顿所在的偏僻小州更具挑战性和深远意义。她决定回到阿肯色与克林顿一起生活。希拉里回到阿肯色州后，克林顿对她说："你记得那间你喜欢的房子吗?我已经买下了，现在你最好嫁给我，因为我不想一个人住进去。"那还是在她走之前，克林顿开车送她去机场，途中，希拉里看到大学附近一间红砖房子竖着"出售"的招牌，不经意地说道：这是一栋可爱的小房子。

比尔骄傲地将车开进房子前的车道，下车后拉着希拉里进去参观。房子前面有一个露台，起居室的屋顶架高且装了大凸窗、壁炉，卧室够大，另外有一间浴室，厨房则需要大修。克林顿在当地古董店挑了一张锻铁床，还到沃尔玛买了床单与浴巾。

这次希拉里回答说:好的,我们结婚吧。

1975 年 10 月 11 日，克林顿与希拉里在他们的起居室里结了婚，由当地卫理公会的牧师维克·尼克松证婚。希拉里穿了一身镶花边的维多利亚式套装，高盘的发髻上别了几朵白绸花。休·罗德姆挽着希拉里走进屋，牧师说道:"谁将这位女士交给新郎?"大家都充满希望地望着休，可他却没有松手。最终，牧师只好说:"罗德姆先生,现在请你往后退一步。"

婚礼结束后，大家乘车一起前往美丽宽敞的亨利别墅。亨利夫妇帮助操办了婚庆喜宴，数百位宾客前来庆祝。席间，亲人、朋友共同举杯，祝愿这对新人相亲相爱，白头偕老。然后他们开始蜜月旅行。

墨西哥南部的海港城市阿卡普尔科是一处国际旅游胜地。20 世纪 70 年代每年约有 50 余万人到此地观光游览。类似希拉里和克林顿这样的新婚旅游者在这里数不胜数。然而，这对新人的"尾巴"长了一些，后面多了两位老人和两个小伙子，所以招来了不少游客的回头和注意。原来，老休和多萝茜互相搀扶着，希拉里的弟弟休吉和托尼背着行囊前后照应着也参加了克林顿夫妇的新婚旅游活动。在西方，家庭单位的发展趋势是越"分"越小，小得一般只剩下夫妇两个。望着乐融融的这六口之家，很多"观众"投来羡慕和赞叹的眼光。

婚后的克林顿与希拉里生活上夫妻恩爱，事业上并驾齐驱。

克林顿在竞选州众议员仅以相差三个百分点落选后，他丝毫没有放松冲击政坛的任何一个机会。1976年，他成功竞选到阿肯色州检察长一职。同时，希拉里也进入了阿肯色州最负盛名的罗斯律师事务所。在当时的阿肯色州，女律师可以说是少而又少的。

这对夫妇搬到了阿肯色州的首府小石城，住在市郊的"雅皮士"住宅区。雅皮士指具有高收入、稳定的家庭，生活上追求高雅消费，政治上趋于保守的青年和知识分子。邻居几乎全是中青年学者和教授，与朋友聚会、畅怀聊天是克林顿和希拉里最重要的业余活动之一。

身为政坛人物的太太和律师，抛头露面难免有人指指点点，但希拉里很少被认出来。一次她和另一位律师包了架小飞机到同州的哈里森开庭，降落之后才发觉没有出租车，希拉里走向停机棚附近的一群人，大声问："谁能开车送我们到哈里森？我们要赶去开庭。"

一个家伙连头都不回："我送你们去。"

他开了一辆载满工具的货车，他们只好一起挤到前座。收

音机传出新闻播音员的声音："州检察长比尔·克林顿今天表示，将对某某法官渎职的行为展开调查……"身旁的司机突然说："比尔·克林顿! 你们认识那浑小子比尔·克林顿吗?"

希拉里打起精神来说："是的，我认识他，实际上我嫁给他了。"

这下他来了兴致，他转头打量着希拉里，接着说："你嫁给了比尔·克林顿?哈，我最欣赏这浑小子，我是他的飞行员!"

这时希拉里才注意到他蒙了一只黑眼罩。原来他绰号"独眼杰伊"，的确曾当过克林顿的小飞机驾驶员。这会儿，希拉里只希望他开车的技术和开飞机一样好。幸运的是，虽然一路颠簸，他总算把他们平安地送到法院大门口。

1978 年，克林顿终于如愿以偿地当了上阿肯色州州长。

希拉里和克林顿非常喜欢孩子，只是两人一直忙于工作，把生育孩子的大事一再推后。1979 年，正在法律服务公司和法律事务所忙得热火朝天的希拉里怀孕了。希拉里和克林顿为孩子的到来做了充分的准备。希拉里甚至说服克林顿和她一起参加"助产爸爸"课程。这可是绝对的新鲜事，很多人都很好奇，州长干吗想来接生？有一次，希拉里跟法官聊起克林顿每周六都和她去上"接生"课程。法官大惊失色："什么？我一向很支持你丈夫。但我不相信女人生孩子跟丈夫有什么关系！"

分娩的阵痛提前三个星期来到了，希拉里被抬进了医院。马上要做父亲的克林顿州长闻讯赶来，向院方提出在产房陪希拉里，这种事情史无前例，院方最后同意他进去。

切尔西·维多利亚·克林顿在 1980 年 2 月 27 日晚 11 点24 分来到世间。切尔西的名字来自朱迪·科林斯唱的歌曲《切尔西的清晨》。这首歌是希拉里和克林顿在一个美妙的圣诞夜晚听到的，他们都非常喜欢这首歌。那时克林顿就对希拉里说："假如我们将来生个女儿，就取名切尔西。"

切尔西的出世让希拉里和克林顿以及他们的家人都欣喜若狂。刚当上爸爸的克林顿经常把切尔西紧抱在怀中，以父女相依的姿态在院内闲逛。他对她唱歌，把她摇来晃去，拿着她四处炫耀，似乎全天下只有他当过爸爸。

女权主义者的妥协

切尔西落地后，阿肯色州地方报纸的头版头条出现了这么一个通栏标题：《州长比尔·克林顿与希拉里·罗德姆生下一女》。一些上了岁数的老百姓一看就愣了：莫非州长和哪个女人，而不是和自己的太太生了个私生女？他们眉头紧锁，赶紧戴上老花镜，严肃地阅读报纸后反复地琢磨。当弄明白这位生孩子的女人正是州长夫人时，他们更火了：嫁鸡随鸡，嫁狗随狗，嫁给克林顿不随克林顿姓，搞什么大女子主义？一些保守思想浓厚的选民甚至给州长写信：你的婚姻出问题了吗？你老婆到底爱不爱你？爱你为何不随你的姓？

希拉里一直是一个坚持自我的人，她在 1975 年和克林顿结婚后，仍保持着"女权主义者"的冲劲，一直不在希拉里后面冠以丈夫克林顿的姓，她没想到自己的这一举动引起了保守的阿肯色州人的反感。

阿肯色州的老乡们对希拉里早有不满，是因为希拉里的穿着打扮。希拉里自幼注重内在的东西，不慕虚荣，很少花时间打扮自己。她认为穿着打扮是小节问题，所以，她依然戴着又厚又大、像瓶底儿一样的眼镜,平时连口红都不抹。在阿肯色州的男人眼里,一个女人首先应该把自己打扮得漂漂亮亮,叫男人们称赞,叫女人们羡慕,然后才可以谈别的。当这些男人用同样的观点看事业心很强不注重打扮的希拉里时,自然就有很多不满。现在,他们发现希拉里居然不随夫姓,对希拉里更是不满了。希拉里成了阿肯色州人茶余饭后议论的焦点,一些尖酸的小报把身材修长的她称为"刺眼人物"、"有碍阿肯色景观的避雷针"。

希拉里没想到自己的这些坚持自我的做法给克林顿的政治前途带来了障碍。

1980 年,克林顿竞选连任州长失败,希拉里和克林顿痛心疾首之后,开始回想和总结在这个农业小州走过的道路和各自存在的问题。希拉里反省了自己。这个女权主义者首先开始"旧貌换新颜",把头发染成适合自己肤色的金色,换上高级的隐型眼镜,又请哥伦比亚电视公司的服装制作人给自己量身定做了一衣柜的各式四季服装。然后,她还做了一个重大决定:改随夫姓。不等克林顿开口,她在所有的场合都改以希拉里·克林顿自称了。尽管希拉里本人说,她是因为被克林顿善解人意的一句"你的事你自己拿主意,不要违心"感动而痛痛快快地随克林顿姓,但从 1972 年就认识并追随克林顿夫妇的贝齐·怀特女士讲:"听到希拉里决定改随丈夫姓的消息,我的喉咙好像被什么东西堵上了,我流泪了。我知道,她一直想保持真正的独立,她是一个女权主义者。"随夫姓,这是女权主义者希拉里做出的第一个让步。

希拉里放弃了自己所坚持的一些习性,但她并没有放弃自己的事业,她不想做一个仅仅在家里带孩子、烧饭的家庭主妇。

1982 年克林顿重新登上州长宝座后，希拉里继续为罗斯法律事务所和多项公益活动忙得一分钟掰成两半使。希拉里先后被冷冻酸奶公司和世界上最大的零售集团之一——沃尔·马特公司聘为董事会成员。在参与公司经营方面的法律事务的同时，她没有忘记妇女解放事业。她敦促沃尔·马特公司多招聘女职工，改进并及时提拔工作出色的女职工。

1987 年希拉里被华盛顿地区大法官亨利·伍兹指定为特别小组负责人，同年，她又被全美律师协会主席罗伯特·麦可雷特任命为新成立的"妇女和专业"小组组长（成员 12 人）。她从基层干起，在各地的律师事务所、法院、法庭、法律教研机构举行大大小小的座谈会，听取意见，订出改进计划。在她的努力下，律师界改变了男性一统天下的局面。罗伯特·麦可雷特这位如今已经退休的法律界元老说："人们告诉我，我任职期间所做的最成功的一件事是任命希拉里当了那个 12 人小组的组长。"

职业改变一个人的气质。长期严谨的律师职业生活使希拉里成为一个标准的女强人。女强人显现出来的气质是干练、睿智,这与传统女性的温柔妩媚大相径庭。而一个无论多么开明的男人,在欣赏老婆聪明能干的同时也希望老婆有点女人味,克林顿也不例外。

1988 年,希拉里和克林顿的婚姻走到十字路口。希拉里经过反复思考,决定挽救婚姻。他们找神父忏悔,到婚姻咨询处咨询,然后按专家的建议去做。据说,希拉里在这方面下的功夫主要是在增加女性美上:减肥 9 公斤,变换发式,并且花了很多钱购买性感的浴衣和睡袍。而且,人们发现希拉里这位赫赫有名的大律师时不时地在公众场合"放下架子"拥抱亲吻克林顿,增添了不少娇妻的温柔和妩媚。这应该是女权主义者希拉里做的第二个让步,它说明希拉里已经意识到男女虽然是平等的,但还是有区别的。

1992 年克林顿竞选总统的时候,希拉里提倡女权的思想又一次遭到许多人的抨击。希拉里曾经当众表示:"如果比尔成为第 42 任总统,我一定努力改变第一夫人的形象,投身公务,解决疑难。而不会只呆在家里烘烘蛋糕、插插花,或像芭芭拉那样为自己的爱犬写本回忆录。"她的言论激怒了过着平静生活的家庭主妇,甚至有的选民对竞选班子说:"我们不投克林顿的票,因为他有一个进攻型的夫人。"共和党人炮制各种尖酸刻薄的话向希拉里掷去:"喜欢会议桌胜过喜欢厨房的女人"、"传统家庭价值观的破坏者"、"美国政坛的温妮·曼德拉"、"偏激的女权主义者"。这种攻击连家庭主妇的典型代表,当时的总统夫人芭芭拉都看不下去。

事实上，希拉里非常珍惜自己的家庭。她是一位好母亲。女儿出世时，她曾发誓：要向自己的母亲多萝茜学习，把孩子的事放在首位。可是希拉里和多萝茜不同，她毕竟是职业女性。但她深信："我忙工作、忙事业不会影响对女儿的爱。"因为工作的原因，她没有多花时间陪切尔西，对此，她总是想方设法补偿。一有时间，她就带切尔西去看电影，陪切尔西逛街，做切尔西爱吃的苹果酱。有时特别忙的时候，希拉里把自己最喜欢的娱乐节目——和朋友聚会的次数减少了，专门陪切尔西。切尔西送给希拉里一条从小商贩手里买来的"真正的珠宝项链"，希拉里就跟得了稀世珍宝似的，"正儿八经"地戴着它出席了好几次州长主持的正式宴会。

许多人不看事情的另一方面，不看希拉里为女儿切尔西所做的一切，不看希拉里为克林顿所做的改变。他们才不信希拉里

的这番话："我不认为提倡女权就意味着不要尽母亲、妻子的责任。相反，女权主义者重视婚姻、家庭，关心丈夫，照顾孩子。不谈这些女性的天职对我来说简直不可接受。"因为人们总是把女权主义者和家庭、婚姻对立起来。

听着人们的无端攻击，希拉里苦恼极了："我怎么让人形容成那个样？自己听着都可怕。我爱家人、爱丈夫、爱女儿、爱朋友，我的宗教教诲我去爱所有人。"为澄清自己，希拉里大方地在电视台"妈妈俱乐部"节目上露面，和其他母亲坐在一起讨论家政，交流育儿经验。然后，她出现在"家庭"电视节目中，介绍自己如何配置高蛋白、低脂肪的糕点，最后边说还边搅和面粉、鸡蛋、巧克力等配料，示范性做起来……

这些都向人们表明希拉里在成功地做着职业女性的同时，也成功地扮演着女性的天职。但这并不意味着希拉里一生的目的是想当个成功的家庭主妇。希拉里所做的一切，只是证明女人不是男人的附庸，如果一个女人有能力想干事业，那她就能和男人平起平坐。她曾说："我希望今后的人们会记得我曾经来过这个人世。"她一直想通过将自己的才能发挥到极致来达到这个目的。这是她的愿望：努力绽放生命的华彩。

她并不否认女人也有选择自己生活方式的自由，自由地选择做家庭主妇或做事业型女性也体现了女性的权利。正如希拉里在母校韦斯里女子学院给毕业生做的演讲中所说："你有权根据自己的爱好做出选择，可以当公司老板、宇航员、公务员，也可以呆在家里养育孩子。总之，你可以自我塑造，走自己的路。我使自己的生活内容中有帮助儿童这项事业，你们可以选择各种不同内容来充实自己未来的生活，可以为政府制定政策，也可以在家烘烤糕点。"

　　的确，女性不必硬学希拉里，也不必硬学芭芭拉。你若是一朵白云，就去点缀那浩瀚无垠的天空；你若是一溪清泉，就去滋润周围的土地；你若是花中之王，就去万花丛中争奇斗艳；你若是一盆小小的米兰，就静守在起居室的窗前喷吐沁人心脾的芬芳。总之，根据自己的爱好和特长去自由选择，做一个愉快的你，充实的你，最好的你吧！

家是宁静的港湾

1998 年 1 月，美国报界以显著位置详细描述了克林顿与她的女儿差不多大的白宫实习生莱温斯基的亲密关系，那些天无疑是希拉里最黑暗的日子。

关于绯闻对希拉里和克林顿这艘婚姻之船的冲击，希拉里不是没有经历过。在结婚后不久，希拉里就发现克林顿"颇具才华，但可能不是一个对婚姻忠贞不渝的人"。早在阿肯色州时，克林顿同一名女人长期保持的暧昧关系曝光后，希拉里和克林顿的婚姻几近破裂。但是，希拉里回想起与克林顿相识、相恋的过程，想到女儿切尔西，在当时毅然地选择了挽救婚姻。的确，从克林顿同珍妮·弗洛尔斯的丑闻结束后到 1992 年克林顿当选总统之前，希拉里和克林顿曾经有过一段非常幸福的时光。希拉里说："我和丈夫喜欢躺在床上看老电影，就是用那种可以放在腿上的小电视。"希拉里以为克林顿进入白宫以后已经改邪归正了，没想到，事隔十年，克林顿又"旧病复发"。

但是这一次的情况非常严重，首先由琼斯案引起。

早在 1994 年，克林顿就面临着一件令他烦恼的事情，那就是琼斯的"性骚扰"指控。葆拉·琼斯是阿肯色州的一位少妇，曾经是克林顿州长的下属雇员。1991 年遭到克林顿的性骚扰，琼斯一直对此事闭口不谈。但 1993 年的《旁观者》杂志刊登两名警察指控克林顿指使他们找女人一事时，却提到琼斯与克林顿约会一事。琼斯要求《旁观者》杂志撤回那篇文章，并要求总统道歉以挽回她的面子，否则她将诉诸法律。由于总统和杂志社都没有理会琼斯，因此，1994 年琼斯向一家地方法院指控前州长克林顿对她进行过"性骚扰"。1997 年，美国最高法院宣布受理琼斯案。后来琼斯案由于没有非常过硬的证据，1998 年 11 月，克林顿的律师以 85 万美元的赔偿金同琼斯达成庭外和解协议。

克林顿以为事情就此结束，没想到在琼斯案的审理过程中，却牵出了莱温斯基。琼斯的律师一直希望能找到一些和总统有过关系的女人来出庭作证，他们找到了前白宫实习生莱温斯基。莱温斯基的确与总统发生了不正当的亲密关系，当她听说要在琼斯案中作证，非常紧张，于是打电话给总统。总统让他的朋友弗农·乔丹出面为莱温斯基找了一位律师，于是，1998 年 1 月 7 日，莱温斯基在宣誓书上表明自己与总统从没有过不正当的关系，并声明"上述讲话是真实无误的，如系伪证，甘受惩罚"。

力图查清克林顿性丑闻案件的独立检察官肯尼思·斯塔尔也注意到了莱温斯基。当斯塔尔掌握了莱温斯基与总统有过"不正当关系"的确凿证据后，以莱温斯基在琼斯案中做伪证为威胁，要求莱温斯基说明自己和总统的关系。为避免因作伪证而坐牢，莱温斯基将自己与总统关系的真实情况告诉了肯尼思·斯塔尔。

1998 年 1 月 24 日，关于克林顿通过打电话对白宫前实习人员、24 岁的莫尼卡·莱温斯基进行性骚扰的事件曝光。克林顿面临严峻的考验，关键时候他采用撒谎的办法。他怒气冲冲地向媒体重申，他同"那位前白宫女实习人员"没有发生任何性关系，也没有强迫她对此作伪证，但他拒绝回答有关这起丑闻的提问。他不仅对公众撒了谎，也对希拉里撒了谎。克林顿告诉希拉里，两年前莫尼卡·莱温斯基在白宫西翼做志愿者时，他曾对这位实习生以朋友相待。他和她聊过几次，而她曾请他帮助自己找工作。他们只是朋友关系。希拉里早知道克林顿的待人接物方式与自己的不一样。克林顿随和、合群，对仰慕自己的女性，克林顿也乐意接近她们，有时还邀请她们。在反复质问了克林顿后，希拉里相信了克林顿的话。她以为，莱温斯基案只是政治对手炮制的又一个恶毒的丑闻。毕竟，自从竞选公职以来，克林顿一直受到各种各样的指控，从走私毒品和到小石头城的一个妓女生下私生子，希拉里已经习惯了。

希拉里意识到他们又要面临一次恐怖的调查。为了摆脱困境，根据夫妻俩一直以来的对策，希拉里为丈夫辩解——的确，在这件事上，没有谁的话比作为妻子的信任更让人信服的了。她像往常一样，在各个媒体出现，澄清丈夫的冤屈。她用一贯的手法，将性丑闻调查和"党争"画上等号，这是他们参加公选以来的重要反抗手法。她仍然坚信她的丈夫是清白的，至少对家庭、对丈夫的责任是其奋争的动力，她内心的支柱没有倒塌。正如她后来所说："我原以为这个问题 10 年前就解决了。我以为他已经克服了这个缺点。我以为他知道该怎么办。但他没有进行足够的深刻反省。"

希拉里 1998 年 1 月 27 日接受全国广播公司《今日》节目的采访时说，人人都知道比尔经常给他的下属送一些小玩意儿，他多年来一直是这样的。希拉里在接受电视采访时坚决站在她丈夫这边，使有关克林顿丑闻的争议发生重大转折。希拉里说，她相信丈夫没干这事，并指责斯塔尔参与了右翼集团旨在把总统搞下台的"巨大阴谋"。

希拉里的话"像国情咨文一样有力和有效"，她使得人们倾向于克林顿，而对独立检察官斯塔尔无休无止的调

查感到厌倦，克林顿一度下降的支持率直线上升。但是，事情并没有结束。事态的发展，大大出乎了希拉里的预料。她没有想到，对丈夫的信任，只会让她更受伤。

在沉寂半年之后，1998 年 7 月 28 日，性丑闻案件的调查再次出现重大突破。莱温斯基向斯塔尔提供了与总统有染的两个重要证据。8 月 6 日，莱温斯基正式出庭向大陪审团承认她与克林顿有染。克林顿被迫传唤出庭作证。克林顿到了山穷水尽的地步，他向希拉里坦白了一切。对希拉里来说，这是一个残酷的事

实。

　　希拉里简直不敢相信这是真的。像大多数妇女刚发现丈夫有外遇时一样，她无法控制自己的感情。不过希拉里在短暂的伤心之后，她马上清醒，权衡再三，她还是决定帮助丈夫渡过危机。就像他们的老朋友杰克逊在事后说："在克林顿最困难的时候，希拉里和女儿给他的是爱和支持，而不是去折磨他。许多女人可能会自我'养伤'或独自躲起来，但希拉里却在屋子里帮他策划如何作证。"

　　在这个事件中，希拉里向世人展示的是一位坚强、支持丈夫的妻子形象，很少表露出这一众所周知的丑闻给她内心带来的伤痛。

　　但是希拉里毕竟不是铁打的，她忍着痛出谋划策之后，立即离开了华盛顿，躲在一个角落让受伤的心愈合。在马萨诸塞州的葡萄岛上，希拉里被压抑的情绪得到了很大的宣泄。她卸下坚强的面具，深陷在悲哀、失望和无法抑制的愤怒中。她只好每天读书，沿着海滩散步，以排遣郁闷的心情。克林顿不断地解释和道歉，希拉里却心乱如麻。对婚姻，对未来，她想了很多。在朋友的安慰下，希拉里的心情有些好转。

　　25 年来，希拉里在克林顿的私生活面临考验的时候多次原谅了他。这次也不例外。9 月 10 日，希拉里通过自己的新闻秘书透露，对于克林顿的不忠，希拉里已经原谅他了。后来在白宫举行的抗癌活动中，新闻秘书又向媒体表明："她（希拉里）强调自己支持他，爱他，并原谅他。""她对总统有信心，对他的爱充满怜惜而又坚贞。"

　　心痛已远去，爱意却再难生。希拉里每每想起斯塔尔描述总统在 1997 年 7 月 4 日与哭泣的莱温斯基相会的情景就心生悲哀。在那次约会中，克林顿希望有更多的时间与莱温斯基相处，又说在他卸任后也许会"感到孤单"。一个丈夫不将心事讲给并肩战斗 25 年的妻子听，而对一个俗不可耐的女子大吐心事，这不能不让希拉里对自己的婚姻产生了怀疑：它还有存在的必要吗？

后来，希拉里决定去心理咨询所，决定是否挽救他们的婚姻。最初参加婚姻咨询时，希拉里依然十分感情用事，容易冲动。咨询持续了数月，希拉里和克林顿渐渐开始讨论一些其他问题，而不是成天陷在"是否分手、是否离婚"的泥潭之中。1999 年 8 月，希拉里向她的一位私人朋友透露了婚姻的现状。并肯定地说，她不忠实的丈夫正在努力修复他们的婚姻。她在专访中谈到她的婚姻生活、莱温斯基丑闻造成的痛苦。她也承认她和克林顿生活了半辈子，知道他是一个非常非常好的人。

希拉里认为自己能渡过难关靠的是朋友们的帮助加上自己的自省，支持她的朋友向她提出忠告，对她的婚姻进行了长时间和深刻的分析。

后来，希拉里再次对记者谈起 1998 年的莱温斯基事件说："每个家庭都会出现某些小毛病。人们必须面对它。如果你爱那个人，就不能轻易走开。你必须帮助他。我认为回避不能解决问题，要面对问题。他对这次丑闻感到羞愧吗？是的。他感到对不起我们吗？是的。但这些并不能抹杀他作为丈夫、父亲和总统所做的一切。当然，他有缺点。是的，他需要增强责任感，更加严于律己。"

希拉里说，她原来曾表示只同克林顿保持名义上的夫妻关系,但现在她让步了,她说:"彼得三次背叛耶稣,耶稣虽然知道,但仍然爱他。"不过,希拉里把未来婚姻的责任都放在了克林顿的肩上。希拉里说:"他是成年人,他必须对他的行为负责。没有人能代替他履行责任。"

许多人都怀疑,尤其在发生莱温斯基事情后,是什么力量促使希拉里还同克林顿站在一起。他们认为她自己的权力欲——而不是总统——是这场婚姻得以维系的原因。

希拉里的婚姻中存在着互相合作的因素。有人甚至认为希拉里和克林顿的婚姻,与其说是爱情的结晶,不如说是政治情趣的融合。克林顿夫妇是很强的政治联盟,彼此互补。克林顿需要希拉里的纪律性、明确的目标和野心;希拉里需要克林顿具有策略的头脑。所以,他们谁也离不开谁。协助克林顿写回忆录的历史研究员特德也说:"他们各取所长。因为他们在一起实在太久了,彼此非常了解,知道对方需要什么。"

希拉里是怎么看待自己的婚姻的呢?

和克林顿结婚20周年时,希拉里曾说:"我们现在比结婚时更加深爱对方。就像任何相处多年的夫妇一样,为了使我们的婚姻更加巩固、深厚,我们一直付出努力和忍受痛楚;一直相互鼓励,相互促进,并且也有不少欢乐。当然,最重要的是,我们有爱女切尔西。"

"没有哪桩婚姻是完美无缺的。因此,因为不完美就放弃它,不是解决问题的方法。夫妻关系在不断地变化和发展,我们不能因为这不行或那不行就干脆离婚。我为自己的婚姻感到自豪。我不少的女朋友有的选择了单身,有的选择了婚后不要孩子,有的选择了离异,我尊重她们的选择。但是,我的家庭——比尔和切尔西是我个人的郑重选择。"

"多数夫妇们懂得,美满的婚姻生活不是轻而易举或在毫无痛苦的情况下得到的。我与克林顿的婚姻关系越来越巩固,是因为我们俩全心全意地为这一目标而努力,即使在最艰难的时候,我们也不轻言放弃。我们已经学会妥协和在某些时候保持缄默。同很多夫妇一样,我们懂得在事情未到无可挽救的境地之前,千方百计地寻求解决方法。"

"我和克林顿早就摈弃了婚姻中夫妻各付出一半的观念,而是认为应付出百分之百。双方都要付出一切,咬紧牙关,共度婚姻生活中必然出现的危机和挑战。有人问我,和总统结婚有什么感觉,我回答,我不是嫁给了一间办公室而是一个人,和他结婚感觉很美妙。"

听听希拉里对婚姻的看法,我们会了解,这个女人为什么多次忍辱负重,多次委曲求全,其目的不仅仅是权力。

她曾说:"任何人都需要一个温暖的家,需要一个生死相依的伴侣,越是历史长河中的弄潮儿,就越渴望在家庭这一宁静的港湾中休养生息。"

为了维系这个宁静的港湾,希拉里一直努力着。

敢与江山试比高

——辛普森夫人

贝尔维迪尔行宫的第一夫人

辛普森夫人，一个美国女人，一个英国绅士的妻子，1930年结识英国王储威尔士亲王。四年之后，她击退了亲王另外两个长达数十年的情人，成为亲王贝尔维迪尔行宫的第一夫人。关于她，亲王常说："在这个世界上，她是惟一与我情投意合的女人，我的生活离不开她。"而其他人，则是像亲王的父亲乔治五世那样在心中发出疑问："她究竟是一个什么样的女人？"

她究竟是什么样的女人？

辛普森夫人，在她没嫁给欧内斯特·辛普森之前，人们叫她沃莉斯。她出生于美国的巴尔的摩，她的家族——沃菲尔德家族在当地声名显赫，拥有规模宏大的企业和银行。只可惜她没有机会享受财富带来的舒适安逸，因为她出世不久她的父亲便去世了，没有留给她母亲多少财产。在那些富有的亲戚们的资助下，她受了教育并学会了社交本领。这一切她并没有虚度枉费。

沃莉斯的童年是寒伧的，所以她从小就立志要出人头地。她刻苦学习，门门成绩都是优。她为参加垒球队而发奋锻炼，后来果然入选。她聪慧颖悟、机敏幽默、为人随和、性情可爱、做事认真，如果当时流行的范尼·法曼食谱上说，烹制芦笋时要系两道绳子，那她一道不会多也一道不会少。她的容貌并不出众，但她有一双深邃明澈、颇含魅力的黑眼睛，这为她在舞会上吸引了不少年轻的舞伴。不过，如果豆蔻年华的她收不到参加单身联谊舞会的邀请或者无法参加交际舞会，那她的迷人之处也就枉然了。没有让她失望的是，雪花般的邀请信向她飞来，这使她感到自己可能会实现嫁给有钱人的愿望。

沃莉斯20岁时嫁给了一个名叫厄尔·斯宾塞的海军军官。厄尔·斯宾塞是个嫉妒心极强的人，经常把沃莉斯一个人锁在房子里，一锁就是几个小时。而且他还是个酒鬼。沃莉斯不得不承认自己在婚姻上犯了个错误，选了没什么远大前程的人做自己的丈夫。尽管家里人以沃菲尔德家族绝无离婚之例来反对她离婚，她还是义无反顾地离开了他。离婚之后，她出没于华盛顿的外交界，先后到巴黎、上海、北京旅行。不过与欧内斯特·辛普森邂逅是在纽约。

辛普森是一个沉默寡言、颇有学者风度的船舶公司代理人，他从他父亲那里不仅继承了家业，还有英国人的优雅和睿智。如何窥见他的优雅，不妨可以做这样的假设：如果旅馆里的火警器厉声大作，那最后一个出来的必定是他，因为如果衣冠不整、领带不系、不拿起雅致的手提箱和折好的雨伞，他是绝不出门的。沃莉斯决定嫁给他，想必不是因为他的优雅。

不论如何，他们结婚了，把家安在伦敦，起先住在上伯克利街，后来又搬到勃良斯顿庭院。他们常去看芭蕾舞、听歌剧，周末出去游览观光。为了选择古玩装饰房间，他们时常在肯辛顿和切尔西广场逗留好几个小时。他们还举办晚宴,餐桌上的牛排是辛普森夫人照搬当时美国流行的范尼·法曼食谱细则,吩咐肉店如法切制的。沃莉斯把从前学的一切用于起居往来之中,生活美满平静。

辛普森夫人与威尔士亲王初次相遇是在 1930 年的秋天。她接受朋友康休罗的邀请,参加康休罗的姐姐西尔玛·弗内斯在家举行的鸡尾酒会。住在伦敦的任何一个交际广泛的美国人,都有可能成为西尔玛在客厅里举行的鸡尾酒会上的座上宾。西尔玛有两个妹妹。西尔玛嫁给了英国贵族,她的两个妹妹都嫁给了美国富翁,其中康休罗和摩根家族的人结了婚。在她们三个人周围聚集着一大批旅英侨民和大使馆的美国人。

酒会开始后不久,辛普森夫人被西尔玛介绍给威尔士亲王。辛普森夫人虽然神情有些紧张,但没有忘记与亲王握手的同时行屈膝礼,这个礼仪她来参加酒会之前曾经预习过。西尔玛向亲王介绍说:"这位是辛普森夫人。"不等亲王开口,她便插口纠正:"是沃莉斯·辛普森,殿下。"她早就听说亲王不是那种拘泥于礼节的人,并且挺喜欢美国人。

亲王有点好奇:"华莱士,这不是男孩子的名字吗?"

她一个字一个字地拼出自己的名字:"W—A—L—L—I—S。"

"我的名字是贝西沃莉斯的缩写,我不喜欢两个名字叠在一起,这是一种愚蠢的美国习惯。所以我总喜欢忘掉贝西。"辛普森夫人说。

"是吗?"王子随口应着,尽管眼前的女人颇为动人,但他不想在酒会上呆很久。就在他想着向辛普森夫人告别的时候，听到辛普森夫人接着说："如果您不觉得贝西沃莉斯这个名字很傻气的话，那么您至少该对我的一个朋友表示同情。他的母亲叫罗斯巴德，父亲叫埃德温，结果他的名字成了巴德温。"

"哈，真有意思。"王子笑了起来，摇晃着脑袋，他明白了辛普森夫人所说的"把两个名字加在一起有点傻"。他觉得她直率幽默，就像自己喜欢的许多美国人一样。在跟她点头告别时，王子脸上还挂着笑容。

接下来的两次见面所谈不多。辛普森夫人对王子的了解除道听途说的闲话外，其他的都是西尔玛告诉她的。一年半过去了，辛普森夫人的记忆里只有王子那张笑意荡漾的脸庞和他那无懈可击的风度，还有令她陶醉的一句话："虽然我答应忘掉贝西，可我仍然记得沃莉斯。"但王子并没有过多地意到她，因为他正迷恋着另外两个女人。

威尔士亲王，后来的爱德华八世，是个豪放不羁的王子。他把自己看做是那一代青年人的代表。那一代青年人不仅将他们的幻想丢在粉碎一切的第一次世界大战的泥浆里，而且把父辈们乏味的礼仪和过时的偏见丢掉了。尽管他是乔治五世的长子，但除了在第一次世界战争中与官兵们一起并肩战斗，"炮声响处，必有威尔士亲王"表现出令士兵们激动的大无畏精神外，没有其他的可让父母拿出来作为弟弟妹妹的榜样。

他身材瘦小，如果去检阅士兵，可以清楚地被人看出他比队列中的任何士兵都矮几英寸。在众人面前，他通常是深沉严肃，显出若有所思的样子，不过他那双闪烁着稚气、快活的眼睛暗示着他是假装严肃。他有时会盯着穿衣镜，堆出哑剧演员般的微笑，自嘲自乐地说："请笑一笑，殿下。"他知道面对臣民需要长时间保持微笑。有时他也不会委屈自己的个性，比如他很想随心所欲地戴帽子，于是在阅兵的时候，他便将那顶军便帽戴得不那么正。要知道，这在纪律严明的现代化英国军队，是肯定行不通的。可他就那么做了。了解他个性的士兵就会以欣赏的眼光看他：瞧！我们的亲王，他戴帽子的风格多么潇洒，多么别具一格。第一次见到这种情形的士兵则在嘟囔：这可不是一个好榜样。

他渴望自由，一旦脱离需要严肃的场合，他便立即像犯人被人松了绑似的，快活地东蹿西蹿。他会一屁股坐到沙发上，自己给自己点上一支香烟，筹划着去大英帝国的哪个领地好好放放风。不过，总有人来扫他的兴。比如他的私人秘书皮尔斯·乔埃·利，总是给王子带来无穷无尽的视察、出席。王子一边听他说，一边用"天啊""喔唷"来表示他的不满和无可奈何，偶尔会喜形于色，是得知自己要出席有赛马的运动会。在这种情况下，王子会不惜一切手段，软磨硬施，让私人秘书同意给自己也配一匹马。王子喜欢骑马，在赛场上常常是与最优秀的骑手并驾齐驱，有时还会占上风。但家里人、政治家以及报界总是喋喋不休，以他的前途为由，要求他放弃这一运动。王子不甘心，因为他有好些参加过越野障碍赛的马，如果一年只有几天骑着它们打猎，真是巨大的浪费。"怎么样才能让那些老朽们满意呢？"王子问私人秘书利。"殿下，您可以去打高尔夫球。"王子不禁来气："我才三十岁呢，就去打一点也不刺激的高尔夫球！"

反正许多事都不如王子的意，幸好王子可以在邦德大街的使馆俱乐部找到快乐。在那儿，王子可以脱掉累赘的衣服和斗篷，系上白领带，穿上夜礼服，自由自在。在那儿，和一帮子以享受为人生目的的公爵、伯爵、政客、演员、实业家、作家等喝茶聊天打牌，当然还有和同他们在一起的女人们跳舞。在那儿，王子常能见到自己最重要的人，她就是达德利·沃德夫人。

达德利·沃德夫人的丈夫是一个兢兢业业的自由党下院议员，但他们已经合法分居了。她有两个女儿，王子非常喜欢这两个小姑娘，就像他倾心于他们的母亲一样。她与王子在第一次世界大战期间的一次空袭中相识，十多年来，王子和达德利·沃德夫人几乎天天见面，通常在下午 5 点钟。如果他有公务缠身，不能来看她时，他一早就会打电话给她的。"面包师还没来电话吗？"达德利·沃德夫人的家里人总是这样称呼王子打来的电话。

达德利·沃德夫人对王子的吸引不仅仅是她那小巧玲珑的身材，秀丽端庄的容貌，自然真挚的妩媚，聪明睿智的大脑，主要还是她母亲似的体贴。达德利·沃德夫人十分了解一个已婚的女人，特别是自己使王子如痴如醉的原因，因为只有这样的女人能给王子母爱，愿意把王子当人，而这些正是王子望子成龙、循规蹈矩的父母所缺乏的。她比任何人都明白王子的孤独和忧郁。她知道王子是在一种冷漠的环境下长大的：严格古板的父亲急于培养一名完美的继承人，很少赞扬孩子们；性格内向的母亲把生儿育女当作肉体上的折磨，因而压抑了天伦之乐；保姆恨不得把他们永远锁在王宫里，免得他们沾染不好的习性；亲朋好友皆无，有的只是常年不断的义务、应酬等各方面的压力。在这样的环境下长大的王子，还像在孩提时代一样不停地寻觅他未曾得到过的母爱。他在达德利·沃德夫人那里找到了。当他自负自恃时,她调侃他;当他刚愎自用时,她和蔼可亲地嗔怪他;当他心情不好需要安慰时,她把他亲切地挽在手里。她似乎是王子心灵歇息的港湾。

达德利·沃德夫人给王子的感情路开了一个先河,并深深地影响了王子选择情人的倾向。正如王子的另一个情人西尔玛·弗内斯所说:"一切是达德利·沃德夫人开的头。她使王子习惯于同已婚女子来往。她给王子提供了现成的家庭,让王子感受到婚姻所有的乐趣却不受任何羁绊。"所以,后来王子有更多的机会接触到同样是已婚女子,同样具有无限母爱的辛普森夫人时,他坠入爱河就不可避免了。

说起来,在短暂的相遇之后,辛普森夫人能继续有机会出现在王子面前,得益于王子的情人西尔玛·弗内斯。西尔玛是典型的雷厉风行的美国人,当初王子邀请她去伦敦圣·詹姆斯宫进餐,她二话没有,专程赶往伦敦。她也深得王子喜欢。如果说达德利·沃德夫人是一朵娴雅的百合花,适合欣赏和从她那得到安慰;那西尔玛就是一朵热烈的红玫瑰,适合带出去一起游玩。事实上,王子去东非打猎时,就是带着西尔玛。

西尔玛时常和辛普森夫人谈王子,谈他们的相识相恋,言语之中不无炫耀的成分。在一次聊天时,辛普森夫人笑着问西尔玛:"说不定你也可能破天荒地邀请我和欧内斯特到贝尔维迪尔行宫做客?"

"哦,这没问题。"

"你真好!"辛普森夫人说。

西尔玛只是想炫耀自己在王子心中的地位,也是为了自己的同胞快乐而答应辛普森夫人的要求，哪知道却在给自己树情敌！因为辛普森夫人正是王子喜欢的那类女人。她有达德利·沃德夫人的母亲似的体贴，也有西尔玛那样的直率，甚至比西尔玛更胆大。当西尔玛说按英国王室的规矩，王子当了国王以后就得和她那样的人停止来往时，辛普森夫人认为西尔玛在有些方面英国味太浓。她说："如果我是你，绝不会这么情愿地把他丢掉。我的内心保留着美国人的性格。"后来的事实也证明当她和王子相爱后，她难以放弃王子。

后来辛普森夫人真被邀请到贝尔维迪尔行宫做客。贝尔维迪尔行宫是 18 世纪修建的一所豪华的山中别墅，经过修整，重新恢复了它富丽堂皇的面貌，王子快乐地生活在那里。对辛普森夫人来说，周末比她预期的更为愉快。殷勤好客的王子第二天下午陪她参观了花园和城堡。两人相处得十分愉快，所以王子在奎戈林诺饭店举行生日宴会时又邀请了辛普森夫妇。辛普森夫人欣喜地发现，王子与她同一天生日：6 月 19 日。

1933 年初，西尔玛去美国旅行。临行前叮嘱辛普森夫人照顾王子，西尔玛怕王子孤单寂寞。辛普森夫人笑着说："只要我能见到他，我会尽力而为的。"于是，黄昏时分邀几个朋友到家里喝几杯开始成为辛普森夫人的习惯。当然，王子是常客。每当这时，她心里总是乐滋滋的。有时王子比别人呆得时间长，辛普森夫人就请他吃顿便饭。王子流连在辛普森夫人那里，因为辛普森夫人给他带来的安慰超过了以前的任何女人，这种安慰正是他热切追求的，对辛普森夫人的感激和爱慕使他忘掉了与自己有着十多年情分的女人：达德利·沃德夫人和西尔玛。

当王子在辛普森夫人家里吃晚饭的时候，也是达德利·沃德夫人等王子电话的时候。王子已经三个星期没打电话过来了，最令人疑惑的是大女儿做了阑尾手术，在医院躺了好几个星期，一向深爱她们的王子竟没有来探望。一切都那么反常，达德利·沃德夫人17年来第一次这么长时间没听到王子的声音，不过后来她习惯了没有王子的电话，因为王子已经找到了新的爱人。

不过西尔玛难以接受这个事实。在她没从美国回来之前，辛普森夫人偶尔会在王子面前提起她："听说西尔玛在美国忙得不可开交。""她这人很浮，我看她本人也未必清楚自己在干些什么。"报纸上的小道消息说她和一个叫阿利·卡思的人纠缠不清。对此，王子不会生气，但对她已有疏离之心。所以当西尔玛回到贝尔维迪尔行宫见到王子时，发现王子和辛普森夫人在喝茶。辛普森夫人坐在茶几旁，像"母亲"一样指挥王子脱下被露水打湿的鞋袜防止感冒。当王子伸手拿糖吃时，辛普森夫人轻轻地把王子的手从糖盒边拿开，笑嘻嘻地说："不行，你太淘气了。"天啦，对已经四十的王子说"淘气"，她是不是疯了？西尔玛被辛普森夫人的言语举动惊呆了。很快她明白自己不适合再呆下去，她放下还没来得及喝的茶，迅速走到门外，驱车直返自己的住所。雷厉风行，一如她当初接受王子的邀请立即赶往伦敦。只是这一次的方向相反。

辛普森夫人在结识王子四年后，击退王子两个长达数十年的情人，成了贝尔维迪尔行宫的第一夫人。这不能不说是她的魅力所致。

比弗布鲁克勋爵，《每日快报》和《旗帜晚报》的业主，有很多机会接触到辛普森夫人。他认为她不漂亮，但却讨人喜欢，谈吐不算睿智但绝对聪明得把每件事打理得妥妥当当，而且非常自信。有一个例子是在贝尔维迪尔行宫她自信地接受女客们的热吻，但从不以吻回报。辛普森夫人"从容自如，落落大方"的自信举止是许多见过她的人常常称道的。连败在她手下的西尔玛都承认辛普森夫人具有明显的魅力和幽默感。她那双会说话的眼睛是她容貌中最突出的。尽管对那些没有感到她的魅力的人，以及在抵御她的魅力的人来说，她可能显得"不吸引人"，但没有人否认她的率直、欢快、举止优雅、端庄。总之，这个38岁的女人在伦敦成功地将智慧和魅力结合起来，就像20年前她在美国社交场合所做的那样。

浪花撞到的第一块礁石

　　辛普森夫人，这个贝尔维迪尔行宫的第一夫人，开始主宰王子的住宅，不过这个单身汉喜欢被人温柔的爱着，管着。

　　辛普森夫人布置家具，监督住宅管理，用范尼·法曼食谱安排饭菜。她把精明用在那些她力所能及的方面，主要是改变王子孩子似的脾气上。因为吸烟对身体不好，她坚决反对王子抽烟，在剧院、聚会等正式场合更是不允许王子点燃香烟或雪茄。她以身作则教王子对名人显贵和蔼可亲、彬彬有礼，改掉以前不理不睬的态度。她要求王子改掉不遵守时间的坏习惯，看戏剧幕间休息时她就不断地催促王子："快一点，王后陛下等着你出席招待会。"边说边帮他把衣领和领带整好。

　　她十分注重纠正王子的社交礼节，如果举办聚会，在聚会进行的过程中，她悄声细语，不断用胳膊肘亲热地碰着王子，暗示他该做些什么：在这儿该点点头，在那儿该聊会儿天，有人要走了，该去道别。如果王子兴致来了，吹着风笛走进客厅主动使客人高兴时，她头一个夸奖他，甚至带头鼓掌。有时王子会特别积极为客人服务，掺和、斟用鸡尾酒，不停地跑来跑去为客人们拿汽水、端土豆,她就特别高兴。因为这些,每一个来贝尔维迪尔行宫的客人都是乘兴而来快乐而归。贝尔维迪尔行宫的聚会比以前更奢华,更热闹了,因为急于结识辛普森夫人的人都来凑热闹。

辛普森夫人又是如此的被王子宠爱,以致王子希望事事如她所愿。如果辛普森夫人想修指甲,王子便会在两分钟内气喘吁吁地给她送来修指甲的工具。辛普森夫人建议首席厨师做些美国式的鸡肉三明治,告诉厨师是双层的面包里夹鸡肉、莴苣、蛋黄酱、熏肉、鸡蛋。厨师们没听辛普森夫人的建议,王子看到了辛普森夫人的失望表情,于是严厉的吩咐厨师:"辛普森夫人提出建议,你必须执行。现在你给我马上找人通知首席厨师为全体客人准备鸡肉三明治。"

对王子来说,除了辛普森夫人,其他的事物都是微不足道的。有时,辛普森夫人也曾琢磨王子为什么这样迷恋她。她既不是绝代佳人,更不是妙龄少女,在老家巴尔的摩,甚至有人认为她是个永远嫁不出去的老姑娘。但现在,她坐在英国王子的身边品茶,这个男子不仅有魅力,而且掌握着金光闪闪的权力。这种权力可以使一切梦想变为现实。一流的游艇为他们出游做好准备,汽车、飞机等着将他们送往任何他们想去的地方。她仿佛进入了一个迷人的世界,她曾在日记里写道:"新的大门向我敞开,我仿佛被一朵上升的巨浪托浮着,又兴奋又激动。现在我才懂得伦敦生活的光辉和奥秘。"

事实上,在后人看来,她对王子的确独具魅力。她像对待孩子那样,给王子一个温馨的家,教王子一些好的习惯。在很多人看来,她的爱是如此的普通,但对于出生深墙幽宫的王子来说,他或许在这种平实的家庭生活中找回了他所需要的温暖。

王子的痴情在社交界掀起了风波，在王子40年的生涯里，还从未引起这么大的风波，一时流言四起。陶醉在爱情中的王子无心顾及此事，再说他向来是一个被女人娇惯坏了的任性的孩子，他走着自己的路，心想让流言传去吧。

1934年8月，王子带着辛普森夫人和辛普森夫人的姨妈去比亚里茨度假。辛普森夫人的姨妈是去当陪伴人，可王子一到度假地就撇开老太婆，和辛普森夫人去海边、去夜总会吃晚餐，惹得老人怨言连天。不过，就像王子的新私人秘书劳埃德·托马斯所说："私生活对于王室来说简直是一种特殊享受。他只不过想得到一点私生活而已，犯得上受这么多指责吗？"辛普森夫人有时也觉得他们一起溜出来在礼仪上说不通，王子就劝慰她："我们总想让人人都高兴，但是，这样一来我们就不高兴了。我们让他们高兴了那么久，总该留一点时间让我们快乐吧。"

历来一玩就有点忘形的王子，不顾众人的反对，带着辛普森夫人乘莫因勋爵的"罗索拉号"在地中海兜风。白天，王子喜欢穿一件肥大的花格短裤，顶着地中海的骄阳在甲板上做日光浴。辛普森夫人则穿着泳衣躺在躺椅上。王子的装束引起劳埃德·托马斯的反对，说王子太随随便便。王子反问他："为什么我不能像其他人那样，热天穿热天该穿的衣服？而且我在度假！""有谁不满意吗？"王子转过头，笑着对辛普森夫人说。辛普森夫人看着王子被阳光晒成古铜色的胸膛，忍着笑点头。王子还觉得不够好玩，他骄傲的摸着自己的胳膊和大腿；"瞧我多随便。"他又拍拍肚皮。"有谁不满意吗？"他对着蔚蓝的大海大喊。晚上，在令人陶醉的舞会结束后，王子和辛普森夫人携手在甲板上散步。不远处港口的灯光依稀可见，与满天璀璨如钻石般的星星交相辉映。习习的晚风，阵阵的涛声，一切都那么舒心。

不过麻烦正悄然到来。远在伦敦的乔治五世听说了儿子种种令他吃惊的举动之后，不禁十分迷惑："她究竟是一个什么样的女人，能使他干那么多的蠢事？"他希望了解那个叫辛普森夫人的女人，更希望了解儿子的意图。因为国王知道自己时日不多，如果儿子继承王位后还是如此引人闲言碎语，他如何能放心。

与此同时，直率的辛普森夫人也向王子提出了自己的疑问。这个疑问在几年前王子的情人西尔玛也问过王子，那就是："在英国王室，王子真的不能和自己心爱的女人结婚吗，如果那个女人离过婚的话。"王子给的答案是肯定的。"难道只能如此保持我们的关系，否则就一无所有？"辛普森夫人不相信王子对此事无能为力，她无法接受这样一个事实：一个将来要统治一个国家的男人竟不能和自己心爱的女人结婚。她忘了英国从很早起就不是一个国王说了算的国度。

辛普森夫人的疑问还是起了一定作用，王子决定勇敢的挑战皇室的习惯和观念，准备跟国王直说："我需要辛普森夫人，并想使她成为我生活的一部分。"但辛普森夫人一直提醒王子：不能贪求太多，否则什么都会失去。虽然她希望王子和国王好好地谈一下，但鉴于国王的身体太差，辛普森夫人建议王子不要用国王不理解的东西烦扰国王。

皇室的阻挠是辛普森夫人这朵被巨浪托浮着的浪花继续上升时撞到的第一块礁石。国王和王子没有开诚布公地就辛普森夫人的事情交谈，双方都不知如何谈起。作为王子，他很难把握与父母交谈的时机，因为他的家庭不是一个互诉衷肠的家庭。而国王则害怕自己的话一出口，就引来儿子的嘲弄，并导致儿子轻率的反抗，这是他不愿意看到的。尽管他很想看看辛普森夫人是什么样的女人，但当辛普森夫人终于成为国王陛下的客人时，国王只是对那个向自己行礼的女人冷淡的点点头，敷衍的聊了几句就去见别的来宾。直到乔治五世逝世，都没有和儿子谈过那个使皇室头疼的女人。

1936 年 1 月 20 日，乔治五世逝世，身为长子的威尔士亲王继任王位，被尊为爱德华八世。

引发轩然大波的离婚案

　　王子变成国王后，就不再顾及皇室的阻挡，他们快乐地生活在贝尔维迪尔行宫。尽管国王的秘书频繁地向爱德华八世的母亲玛丽太后抱怨国王不理朝政，全部心思都花在辛普森夫人身上，国王依然我行我素。他们一起去看赛马，继续在贝尔维迪尔行宫举办宴会。

　　有时，辛普森夫人也和国王谈起两人的将来路如何走。刚当上国王的爱德华八世踌躇满志，对于内阁和教会对他们的事情支持与否没有太放心上，他等着加冕后再做决定。辛普森夫人心里十分清楚，他们要费很大的周折，才能得到内阁和教会的同意。

　　辛普森夫人没料到很快就要让国王面临王位和爱人两者只能选一的抉择。

　　辛普森，这个对妻子和国王的恋情一清二楚的男人，在经历痛苦、无奈、平静的心理过程之后，在辛普森夫人的老朋友巴特卡普·肯尼迪那得到了安慰。他觉得必须做出选择，为自己也是为沃莉斯。不愧是一位英国绅士，他非常坦诚的向国王说明了自己的想法。辛普森认为沃莉斯必须在自己和国王之间做出选择，而且他深信沃莉斯会选择国王。

辛普森夫人早就想结束这段毫无生气的婚姻，既然辛普森说，如果她提出离婚他会配合，于是，她准备离婚。这也是国王所希望的，因为如果两人要走到一起，辛普森夫人的离婚是十分必要的，而且，离婚需要花费六个月，在国王的加冕之前办好这件事，可以大大缩短国王和辛普森夫人结婚的时间。但辛普森夫人和国王都没想到，就是这样的离婚，使事情变得更复杂，使国王陷入要江山还是要美人的两难选择。

许多人对辛普森夫人提出离婚十分不满，这其中有许多是国王的好朋友和支持者。其中之一是沃尔特·蒙克顿。沃尔特·蒙克顿是国王在牛津大学时的同窗好友，也是一名高级律师，他将为国王和沃莉斯充当顾问并推荐一位初级律师，然后由这位初级律师邀请另一位高级律师在离婚法庭上为沃莉斯辩护。沃尔特·蒙克顿被国王请来帮助做辛普森夫人离婚案中的一些法律工作，但他认为辛普森夫人提出离婚是不明智的。他对辛普森夫人说："您显然没有必要这么做，你们现在如此逍遥自在，何必自找麻烦去离婚。您也知道，在我们这个守旧的国度，离婚不是件容易的事。"沃尔特·蒙克顿认为这件事会产生流言蜚语，甚至有损害国王声望的可能性。辛普森夫人向沃尔特·蒙克顿保证自己心中绝没有和国王结婚的荒唐念头。沃尔特·蒙克顿只好苦笑。因为这件事的意图太明显不过了，大英帝国的臣民们如何才能不去这样猜想，辛普森夫人离婚，是为了和我们伟大的国王结婚。臣民们可以睁一只眼闭一只眼的容忍国王有情人，但不能容忍一个离过两次婚的女人公然成为这个国家的王后。臣民需要一个完美无缺的理想化形象供自己崇拜。

国王的支持者丘吉尔当时还不是首相，一从沃尔特·蒙克顿那听到辛普森夫人要离婚，顿时火冒三丈。"我已经花了很长时间去维护国王的声誉，如果这件事发生了，我肩上的担子就更重了。"丘吉尔知道，如果辛普森和辛普森夫人在法律上仍是夫妇，如果国王不在众目睽睽下过度张扬他和辛普森夫人的恋情，一切好办得多。一旦辛普森夫人离婚，国王的支持者就失去了一面防身的盾牌，各种谣言毫无疑问会四处蔓延开来。

其实，早在国王公开和辛普森夫人的恋情时，流言就满天飞了，只是沉醉在爱情中的两个人没有理会。一向做事稳妥，考虑周全的辛普森夫人也被宠爱迷昏了头。她曾称自己是一朵被巨浪托浮着的浪花，这朵浪花在浪尖上只顾着刺激和兴奋，忘了许多事要去做。比如她应该采取措施减少人们的好奇。她除了规劝国王（当时还是王子）不要把事情闹大，其他的什么也没做。不仅如此，她毫不掩饰国王对她的宠爱，带着国王送给她的价值五万英镑或六万英镑的首饰在社交场合出现，全然不顾其他女人的嫉恨。王子成为国王后，嫉恨辛普森夫人的女人们已将谣言传遍了整个英国，甚至到了美国。美国人对此非常感兴趣。如果说，英国的报纸上还没有大张旗鼓的宣扬辛普森夫人和国王的恋情是因为皇室的压力的话，美国人就没有这方面的顾忌，何况一个美国女人征服了英国国王，这让许多美国人骄傲。

所以，当辛普森夫人接到美国的朋友们寄来关于她的各式各样的剪报时，她不感到意外。但仍有些吃惊。从剪报上看，似乎整个美国都对她，巴尔的摩的沃莉斯，以及她和英王爱德华的关系议论纷纷。他们整个夏天呆在一起的照片几乎可以贴满一本影集。流言的无边无际使她感觉到了事情的严重,她头痛不已。不过她也不能做什么,她只是在巴黎呆着,静观其变。

有一个人比任何人都头疼这件事,他是英国当时的首相斯坦利·鲍德温。1936 年的英国处于内外交困时期。国内,经济衰退使两百五十万人失去了工作,靠救济所每天发的一点小面包改善不了失业人们的生活。国外,法西斯的幽灵在欧洲大陆游荡,英国的外交处于左右为难的境地。而在这最需要国内团结一致的时候,他的国王给他的内阁出了一道难题。因为按照宪法的规定,国王选择配偶的权力是有限的,或者跟经过首相和政府同意的女人结婚,或者是与被认为适合做女王的女人结婚,而离过婚的女人绝对不行。给国王加冕的新教主教也不会同意,新教不容许教徒离婚。

斯坦利·鲍德温起初还有一些侥幸的心理,他想或许国王只是一时意乱情迷,自己给国王分析一下其中的利害关系就能让他回心转意。可是从种种迹象表明,国王对辛普森夫人是越来越神魂颠倒了。斯坦利·鲍德温不得已亲自出马。斯坦利·鲍德温曾得到国王的"可以对他无话不谈"的保证,他想,如果就这件事对国王直言不讳应该不会冒犯国王。

斯坦利·鲍德温给国王讲了目前英国所面临的严峻形势。

斯坦利·鲍德温说:"英国正处在新老交替的过渡之中,我们需要您引导来度过目前这一过渡时期。"当然,斯坦利·鲍德温忘不了恭维国王:"您身上的一切使您的人民热爱您并且信赖您。"最后,他指出国王要谨慎处理和辛普森夫人的关系,不然英国王室三代苦心得来的崇敬就会消失殆尽,这对大英帝国的根基——君主立宪制十分不利。

国王十分不解："所有的一切仅仅是因为我有一个特殊的朋友？"

斯坦利·鲍德温一针见血地指出："您可能觉得我迂腐，但我自信懂得英国国民的想法。尽管战后道德规范松弛，但正因为此，人们期望他们的国王能够成为楷模。人们不会过多的干涉别人的私生活，但却无法原谅一个知名人物出这样的事。"斯坦利·鲍德温希望国王能阻止辛普森夫人的离婚。

国王拒绝了。他坚定的对斯坦利·鲍德温说："在这个世界上，沃莉斯是惟一与我情投意合的女人，我的生活离不开她。"斯坦利·鲍德温非常失望。

不爱江山，爱美人

　　1936 年 11 月 6 日，辛普森夫人离婚案开庭审理，法庭判决限期离婚。6 个月内若无人提出反对理由则离婚自动生效。在出庭的前一天晚上，辛普森夫人辗转反侧，夜不能眠，她不知道自己这样做是否对，也不知道这样做给国王带来的麻烦有多大。她只知道，当法庭宣判的时候，她有如释重负的感觉。她重新成为沃莉斯，可以选择新的路走了。当晚，国王和她一起聚餐庆祝。

　　沃莉斯的离婚让国王更坚定自己要和沃莉斯结婚的想法。他跟自己的好友，高级律师沃尔特·蒙克顿说："我要和沃莉斯结婚。"沃尔特·蒙克顿十分尴尬，他想起辛普森夫人不止一次跟他说她没有和国王结婚的荒唐想法。

　　沃尔特·蒙克顿建议国王在明年 4 月份加冕之后再考虑和沃莉斯结婚的事。国王坚持要开诚布公，他认为他的信誉要求他这么做。他说："我不能在加冕之前一方面打算与她结合，一方面却又瞒着政府和人民。"而且他想在加冕之前和沃莉斯结婚，也就是离婚判决书一旦生效，就立即举行婚礼，这样就可以避免加冕宣誓时的尴尬。他说："主教赋予我君权和神权，可我又要违背教会的婚姻法,这岂不是一面宣誓,一面撒谎吗? 我一定要在加冕宣誓之前和沃莉斯结婚。"

事实上,如果国王耐心一点,稍稍掩饰一下自己的情绪,也许可以有时间去酝酿一个奇迹。问题就出在事情的发展让国王失去了耐心。一些地位极高的文职人员自发地起草了一份声明,要求国王"立即与辛普森夫人中断关系,否则,政府就会辞职"。最后激怒国王的是国王的私人秘书哈丁少校的一封信。

作为国王的私人秘书,哈丁少校一直密切的关注事态的发展。他注意到对国王的举止表示不满的呼声越来越高,议会不能容忍,各个政党也不能容忍,他们认为这与全国的清教徒的精神背道而驰。在明眼人看来,这些政治派别的反对并不是自己的生活有多道德,他们不过是拿国王的私生活做政治文章,作为拉一派下马或扶一派上台的契机,这注定沃莉斯和国王争取爱情的战斗是一个艰辛的过程。

但反对的呼声对国王来说是客观的, 对哈丁来说也是客观的。哈丁还接到加拿大总督的一封信,信上写道,加拿大人民特别是年轻人感到失望,他们觉得他们的"偶像"受到了玷污,而这污点来自美国,这是更可怕的事。哈丁在看完这封信后觉得是应该严厉警告国王的时候了,这也是他义不容辞的责任。于是他写了一封信给国王, 指出为避免新闻界灾难性的公开报道和解散议会的不智举动,惟一的途径是让辛普森夫人立即离开英国。

哈丁的信伤害了国王的自尊心,国王决定和政府摊牌:如果政府同意他和沃莉斯的婚姻,那他就不当国王。

沃莉斯在看到哈丁的信之前,并不想离开英国。在那一段时间里,有不少自称为朋友的人没完没了的劝她离开英国,告不告诉国王都无所谓。沃莉斯不同意:"如果我这么做了,国王会不顾一切来追我的。这样,事情就闹得更大了。"但当她看到哈丁措辞严厉的信时,理智告诉她,应该按哈丁说的去做,离开这个国家。她只能这么做,否则会导致悲剧。可她刚一谈出自己的想法就被国王回绝了。

"他们不能阻止我。我要和你结婚,不管是当国王还是被废黜。"国王说。

"你疯了,大卫。"她大喊起来。她不能让国王失去权力。她感到心如刀绞,这种情形让人愁肠欲断。

沃莉斯想到了国王手中的权力。她对国王说:"他是你的首相,你是他的国王。你手中有一个国王应有的权力。"

国王深知在这个国度,实权不在自己手中。但他想,努力一下或许有奇迹。他召见了总检察长汤纳德·萨默维尔爵士,想了解自己在宪法中的地位。他问萨默维尔:"英国国王有挑选自己的配偶的自由吗?"

萨默维尔的说法和鲍德温的一样:"一是国王只能跟经过首相和政府同意的女人结合。二是他可以跟被认为适合做女王的女人结合,这一点并不十分明确。"

"什么样的女人不适合做女王呢? 平民就不合适吧?"国王说。

"那倒不一定,陛下。"接着萨默维尔坚定地说:"离过婚的妇女就不行。"

国王不甘心地问:"如果碰到了类似离过婚这样的技术性问题,可首相和政府还是同意联姻,那该怎么办呢?"

"他们不能同意。"萨默维尔严肃地说:"而且宪法规定他们不能举行有牧师主持的婚礼。如果他们结了婚，坎特伯雷大主教就会拒绝给他们加冕。"

"要是在加冕之后举行婚礼呢？"国王似乎还抱着一丝希望。

"那么国王您就会声名狼藉。"萨默维尔加重了那个字眼。

一个国王，如果他的权力中不包括他与自己心爱的女人结婚的权力，那还有什么别的权力可言呢？国王与鲍德温又谈了一次话。

"国王不能随意挑选自己的朋友吗？"国王问。

"陛下，国王与别人不同，他准备与之结婚的女子，将成为女王，从这一点上看，国王并不享有绝对的权力，他需要倾听人民的声音。"鲍德温说。

"我只听到了内阁的声音。"国王说。

"陛下，内阁是人民选出来的。"鲍德温不愠不火。

"您和沃莉斯的关系引起了人民的不安和疑虑，您要谨慎。"鲍德温告诫国王。

"我要和沃莉斯结婚，这是我的职责；我同样可以把英格兰国王的职责完成得更好。"国王有点生气。

"您不能既和她结合，又继续当国王。"鲍德温十分坚定。

"那么好办，我先跟她结婚，然后再退位。"

国王终于对鲍德温说出了自己的重大决定。鲍德温十分震惊。他希望国王再考虑考虑。但国王心意已决。国王爱沃莉斯，希望给予她正当的名号，如果政府和议会不同意，那么他只好放弃王位。尽管国王生性豪放，不拘小节，不喜欢堆积如山的公文，不喜欢王室的繁文缛节，但放弃权力，这不是一件容易的事。正

如他对鲍德温说："我下这样的决心并不容易。"这时的国王还有
回头的余地，如果他对首相鲍德温说："好吧，我放弃她。"那政府
和议会会热烈欢迎他"迷途知返"。一切因为爱情。理智的人权衡
爱情与权力之后，多半会选择权力；感情丰富的人面对同样的选
择，则会选择爱情。爱德华八世一直是个感情丰富的人，所以，在
选择的天平上选择了爱情。

国王把自己的决定告诉了母亲玛丽王后。玛丽王后不能原
谅儿子做出这么草率的决定。面对儿子口口声声"自己的幸福"，
玛丽王后痛惜不已。"为了一个女人，你要放弃这些，你难道不知
道自己的责任吗?"玛丽王后责问自己的儿子。不过，国王没有听
从她的教诲。国王已经在做退位的准备工作，他已经想好让位给
弟弟约克公爵。

国王的朋友们开始为国王的其他事奔波。蒙克顿敏锐的感
觉到国王的草率绝对不可挽回时，他担心会有更尴尬的事发
生。假如王室要改变局面，要求监管王室法律事件的王室讼监插
手沃莉斯离婚案，宣判离婚判决书无效，那国王虽已逊位，却仍
不能和沃莉斯结婚，这无疑是丢了夫人又折兵。于是，他建议同
时向议会提交两份议案，一份是批准国王逊位，另一份是使离婚
判决书立即生效。他的提议得到了首相鲍德温的赞同。

国王的另一个朋友建议国王向内阁提出想采用贵贱婚姻的
方式与沃莉斯结婚。这种方式的不好之处是沃莉斯不会因这个
婚姻而得到皇族的地位和财产，与成为王室成员不一样，她只能
得到一个稍低的头衔。沃莉斯同意了，于是，国王向鲍德温提出
这一要求，希望鲍德温为此事做一个提案。

内阁的态度正如蒙克顿所预料的那样，他们对于国王的一

意孤行十分失望。他们认为,这样一个人,即使呆在王位上也是不适合的。他们放弃了国王。所以,当首相鲍德温就贵贱婚姻向他们发表讲话时,唏嘘和沉默代表了他们的态度。

鲍德温说:"国王提出贵贱婚姻方式,我首先需要征求大家的意见,其次征求自治领地其他内阁的意见。请每一内阁就以下三种方法发表意见:其一,国王应该与沃莉斯结婚,承认沃莉斯为王后……"结果会议桌上响起阵阵抱怨声。鲍德温继续说:"其二,国王应该和沃莉斯结婚,但她不该成为王后……"又是一阵抱怨声。"其三,国王陛下应该让位于约克公爵殿下。"内阁一片寂静,这是一种无声的、绝望的赞许声。鲍德温在国内内阁已经得到答案,几天后,各个领地的内阁意见陆续通过电报传过来,绝大多数领地态度明朗。他们认为国王的做法与皇族王室的观念相违背,是大英帝国的巨大震动和永久伤害,国王的此举使国王失去民心,从此不能再建立起威望和统率信心。这些意见很明显,国王应该退位。

鲍德温把意见给国王说了,国王沉默不语。数天前,他对鲍德温提出贵贱婚姻时说:"我一定要娶她,知道吗?我们相亲相爱。这比世界上所有的内阁都重要。"现在他听说各领地内阁的意见之后,他难以理解他的臣民的想法:他们竟然不让自己伟大的国王拥有幸福!

接下来的日子,国王与沃莉斯在贝尔维迪尔行宫朝夕相处。但是,行宫不再是过去那令人心醉神驰的场所,外面的世界把国王将要退位的消息炒得如火如荼,灰蒙蒙的新闻报道和耸人听闻的流言让两人的耳根无法清净。沃莉斯到姨妈家度假时,接到不少来信。那些来信都是匿名的、恶意的,有的甚至就是赤裸裸的恐吓。一个女子,如果她爱的不是国王,就不会招来这些麻烦。但沃莉斯和一个帝国的国王相爱,于是成了政治家们的猎物,成了一个背着恶名的人。

沃莉斯一向是一个聪明的女人。她希望得到国王,但情况对国王如此不妙时,她开始做一些事挽回国王的声誉。她同意签一份政府希望的声明。声明上说,沃莉斯一直谨言谨行,想方设法维护国王的声誉以及皇位的尊严。她将一如既往,如能避免一场危机,她愿意退出这一令人尴尬和无法收拾的境地。这个声明让国王更加怜惜沃莉斯,她为了他背负国人的辱骂,为了他的声誉,不得不发表口是心非的声明。国王更加坚定了自己的心意,他对自己的弟弟,未来的国王,约克公爵说:"我倾心于这个女人,纵然牺牲一切,也要和她在一起。"

沃莉斯还做过另外一件事。她授权律师戈达德撤消离婚案。在那份授权书上写着:"沃莉斯表示,她过去、现在都完全同意授权戈达德律师撤销离婚诉讼,并真心诚意表示愿意想方设法劝阻国王逊位。"这无济于事。正如国王对她所说:"亲爱的,事情的发展远远超出了你的预料。"并且国王告诉沃莉斯,不要收回离婚诉讼,因为他要和她结婚。

国王也曾为爱情与权力兼得做过最后的努力,在内阁中发展"国王帮",失败了。准备发表广播讲话争取人民的体谅和支持,被拒绝了。也不是没有希望,只是国王疲倦了,他不想再战斗了,于是,在最后一次与鲍德温谈及此事时,他重申了自己的想法。谈话结束,已是晚上。国王和鲍德温来到餐厅。席间,他兴高采烈,谈笑风生,不断地给客人添菜斟酒。晚餐后,他给客人们演奏他最擅长的风笛。他知道自己将要引退,所以才那么快活。

1936年12月10日上午，英国国王爱德华八世签署逊位契约。下午，下议院议长宣读了国王的逊位诏书。同一天，他终于以一个平民的身份在广播上发表讲话。他说："我逊位的原因众所周知。请相信我，离开我所倾慕的女人的支持与帮助，我将力不从心，无法日理万机，履行国王的职责。"不同的人在听到这样的话时有不同的想法。

逊位之后的爱德华被封为温莎公爵，按王室的规定离开英国一段时间，到法国居住。不过，爱德华的待遇有点出乎他意料的差，每年的进账都不够送给沃莉斯一个价值5万英镑的首饰。今非昔比。

不管怎样，他和她在一起了。在心的天平上，左边是权力，右边是爱情，爱德华·温莎选择了爱情——沃莉斯。

1937年1月，爱德华和沃莉斯在法国结婚。按照英国的贵族法，沃莉斯没有纳入王室，只是名义上的成员，并不享有皇衔，不能称为殿下。这让温莎公爵很失望，在以后的几年，他常为爱妻的封号向英国王室和内阁呼吁。

1941年，英国王室请温莎公爵回国居住，温莎公爵又一次向王室提出爱妻的封号问题，但被王室和内阁拒绝了。于是，温莎公爵没有接受邀请回国，他和没有得到封号的沃莉斯一直都生活在法国。

当了十三年美国第一夫人
——埃莉诺·罗斯福

忧郁、消沉的丑丫头

　　1894 年，埃莉诺·罗斯福降生在纽约的蒂奥利庄园。她的母亲安娜·霍尔是一个醉心于自己美丽的容貌、显赫的家世、名望和财富的妇人，她美丽异常，令人过目难忘。她的父亲叫艾利奥特·罗斯福，是西奥多·罗斯福总统的弟弟，他有着迷人的微笑和充满魅力的性格。

　　安娜喜欢不厌其烦地向别人讲述她有两位祖先：罗伯特·霍尔是华盛顿总统就职典礼的主持人，菲力浦·霍尔是美国《独立宣言》签字人之一。她在选择配偶时，首先打听对方的家族史，是不是属于开国元勋？美国独立战争的将帅？南北战争的功臣名将？ 她最终选中了艾利奥特·罗斯福，因为，他不仅是纽约富商和投资人的继承者，而且其哥哥西奥多·罗斯福当时是纽约州州长。这一切都符合安娜的择偶标准，并且，艾利奥特·罗斯福本人也喜欢安娜，并正在向安娜求爱。他们是天生的一对，绝世无双，两人很快就堕入了情网并结了婚。埃莉诺是他们的第一个孩子。

　　但好景不长，安娜很快发现她的丈夫只能做一个默默无闻的人物。他既不能像哥哥那样从政,也不能像父亲那样经商。她无法理解,她越来越烦躁,越来越难以容忍……。她把自己的身体搞垮了。艾利奥特也是一样,婚姻的责任以及3个孩子,女儿埃莉诺、儿子小艾利奥特和霍尔的出生使他渐渐地厌倦到了极点,他开始喜怒无常,酗酒成性。

埃莉诺8岁生日还未到的时候,便被领去参加妈妈的遗体告别。她看到妈妈象睡觉一样安静,美丽,表情显得格外和善,但她也知道妈妈对她很失望。

也许安娜从小就把美丽和魅力看作女人最重要的资质,所以她本能地对相貌平平的女儿感到反感。埃莉诺两岁的时候,她还是个"腼腆而严肃的孩子",完全"缺乏天性的或者小孩子的快乐"。而且她天生是一个撅嘴,像画面上失误的一笔,她那水亮亮的眼睛与金色的秀发也挽救不了这一缺陷,别人管她叫丑丫头。从她能记事起,她就感到美丽的母亲对她这个平淡无奇的女儿失望至极。

在很多个傍晚,安娜和两个小男孩坐在门廊里,一个坐在她的身边,一个坐在她的腿上。而埃莉诺则站在门口,看着他们,嘴里含着手指,这种举止当然是不允许的。埃莉诺能看出妈妈的眼神,也能听出妈妈说话时的语调:"行了,我的老奶奶。"如果有客人在场,她就会转过身去说:"这孩子真古怪,真顽固守旧,我们都叫她老奶奶。"这些话令埃莉诺羞得无地自容,想找个地缝钻进去。由于脊椎弯曲,埃莉诺不得不在几年里带上桔具矫正。而且她知道,一个孩子也能意识到,她的母亲试图通过教她一些良好的举止来弥补她相貌的不足,但是这只使得埃莉诺更敏感地意识到她的缺陷。

母亲死后,埃莉诺和她的弟弟们被送往外祖母霍尔那里,这时候她的父亲已因酗酒过度被送到弗吉尼亚的疗养院去了。其实,比起她那冷漠,专注于自我的母亲来,埃莉诺更爱温暖慈祥的父亲。在他不喝酒的时候,他充满了慈爱和温暖,他身上有埃莉诺需要的一切。"我的父亲在世的时候一直是我生活的主体,在他去世多年以后,他还占据了我生命中的爱。"很多年后,埃莉诺说道。她记得的最早的情景之一是身着盛装跑下楼来为父亲的各个朋友跳舞。他们都热情地为她的表演鼓掌。然后,当她跳完后,父亲把她抱起,高高地举到空中,这一刻无论对于父亲还是对于女儿都是一种胜利。

在他和女儿在一起的宝贵时间里,艾利奥特为女儿描绘了一幅他所期待的形象,一个勇敢、聪明、正直的小姑娘。这使得埃莉诺意识到自己虽然相貌丑陋,而且有许多缺点,但她还是要竭尽全力使自己成为"父亲所描绘的那个相当美好的形象"。埃莉诺把她的父亲当作偶像。在他被送到各种各样的疗养院接受各种治疗时,她就责备她的母亲。

但是当他喝醉酒时一切都变了。生活的习惯已不可能保持,相互指责成了家常便饭。日复一日地,他吃晚饭迟到,许多晚上,他竟夜不归宿。他曾使家里的女仆怀孕,丑闻见诸报端。有时候,他酒醉后伤心欲绝,就以自杀相威胁。在这种情况下,他会完全忘记前一天向妻子和女儿许下的诺言。一天下午,父亲带着她和家里的3条狗去散步。当他们走到尼克波克俱乐部的门口时,他让埃莉诺带着狗稍等片刻,他很快就回来。一个小时过去了,又一个小时过去了,又过了4个小时,埃莉诺还在门口等待,手里耐心地牵着狗。终于父亲出来了,他喝得酩酊大醉,不得不被几被几个人架着走路。看门人最后把埃莉诺也送回了家。

埃莉诺在外祖母家住到10岁的时候。艾利奥特多年的酗酒终于酿成恶果,他因酒精中毒,从马上摔下而亡。埃莉诺不相信父亲死了,她哭呀哭呀……终于睡着了,第二天又开始像往常一样生活在梦幻般的世界里。

父母可悲的生活让埃莉诺逐渐明白,诺言是可以违背的,得到的爱是会失去的。童年时代接连不断的不幸使她到了成年也无法摆脱周期性的精神消沉。消沉就像埃莉诺的一个黑色伙伴,时刻待命。

童年的不幸遭遇使她具有了坚韧的力量。不管父亲多少次让她失望,埃莉诺心里都知道,他深深地爱着她,他把她看作他最喜爱的孩子。这种信念无论是酗酒还是死亡都无法摧毁。是父亲让她认识了忧伤,也是父亲给了她理想,她一生都为这种理想而奋斗,努力使自己成为他为自己描述的形象——高尚,勤奋,虔诚,仁爱,善良。

"我们不需一夜成为英雄,"埃莉诺曾说过,"只要一步一个脚印,不回避任何困难,不要为它的貌似强大而吓倒,要知道我们有信心战胜它。"因此,埃莉诺一步一个脚印,努力使自己成为父亲所期待的有成就的女儿,成为一个他引以为自豪的无所畏惧的女人,她人生道路的每一步都充满了危险和焦虑,但是她从来没有退缩过。

在父母死后,埃莉诺在外祖母家受到了严厉的管教。埃莉诺总是把书藏在床垫下面,半夜醒来后阅读,因为外祖母有训令说她只能在规定的时间和地点读书。好在西奥多伯伯和伯母经常来看望她,这在她孤独、悲哀的心里,增加了一种新鲜的希望和快乐。埃莉诺的父母死后，西奥多就成了他们姐弟的保护人，他们继承罗斯福家族的遗产部分，完全由西奥多委托律师代管。

西奥多伯伯为她推荐来一位家庭女教师——一位居住美国的法籍犹太人，埃莉诺开始接受系统的教育，她学习法语、历史、文学、音乐、艺术等。就在这样孤寂

的环境中，她成长为一个身材苗条、文静腼腆、有独立生活本领的姑娘。

在她 15 岁的时候，外祖母和西奥多伯伯商量后，把她送到了英国伦敦的一所寄宿学校。这家学校是由一个受神灵启示的教师苏维斯特小姐办的，从埃莉诺到达伦敦并看到这个 70 岁的校长含笑的眼神那一刻起，她就感到自己开始了"一种新的生活"，摆脱了早年所有的困扰。在苏维斯特小姐身上，埃莉诺找到了她童年从未享受过的母爱，在这种爱的力量中，她在各方面都干得非常出色。苏维斯特小姐办学的热忱，和她那人道主义的教育思想，给埃莉诺以启迪和思索。她回想起很小

的时候，爸爸曾带她去参观罗斯福家族举办的慈善机关，为无家可归和被遗弃的儿童办的"报童之家"，她知道自己周围有遭受各种苦难和不幸的人。在这所学校的学习生活中，埃莉诺形成了她自己的人生观。1902 年，在伦敦度过了一生中最丰富、最愉快的 3 年后，埃莉诺带着新的思索回到了美国。

与堂兄有约

　　回到蒂奥利庄园的埃莉诺引起了周围的人的极大兴趣，总统的侄女，大笔遗产的继承人，富有、显赫的家族……，人们期待着她参加社交舞会和茶餐会。

　　但是埃莉诺可没有想到这点，随着她的成长和所受的教育，她认为一个人的价值要看本人对社会的作用。家庭的社会地位、社会关系无非是人身上的奢侈的装饰品，女人脸上的脂粉总也掩饰不了缺陷。她从来不喜欢化妆品，也没有想到参加社交活动的必要。

　　但是，这丝毫不能影响优秀的青年认识她。一天，埃莉诺在纽约的姑姑家，一个高大、英俊、潇洒的青年来到她的面前：

　　"埃莉诺，你还认识我吗？"

　　她诧异地仰起头："你是谁？"

　　"难道忘记了，堂兄富兰克林·罗斯福。"

　　"堂兄！对不起，我真没有想到，也没看出来，你长的更高了！"

　　"你也长高了，高了很多，我还是一眼就认出了你。"

富兰克林·罗斯福是埃莉诺的远房堂兄，正在哈佛法学院读书，他是一个诙谐幽默、具有抱负的青年。

富兰克林眼前的这位文静的姑娘，带着英国女学生的优雅风度，目光、神态中再也看不到当年第一次见面时的那种局促不安、拘谨胆怯。

他们第一次见面还是在 3 年前，那时候埃莉诺还没有去伦敦上学。那是在西奥多州长举办的宴会上，埃莉诺孤零零的、若有所思地坐在角落里，她好像是一个不会笑、不懂情趣、过于严肃的姑娘，完全没有一般十四五岁少女的活泼、欢朗。快活的罗斯福发现了她，热情地邀请这位小妹妹跳舞。埃莉诺欣喜若狂，一曲难忘。

现在，罗斯福那闪着智慧、思索的沉静目光，望着她的飘洒的金色长发，再次发出邀请，请她到他家的海德公园村做客。埃莉诺笑着答应了。

罗斯福对这位表妹非常感兴趣，在他眼中，她庄重，聪明，冷静，又具有智慧，他非常喜欢和她在一起。他夏季请她到坎坡贝洛去，秋天请她到哈佛去跳舞、看橄榄球赛，春天请她到海德公园去，在那里他们在树林中骑马，黄昏时分则坐在门廊里朗诵诗歌。

他们散步、谈天、游泳，在谈天中，堂妹丰富的历史知识，对社会问题的关注和精辟的见解，令罗斯福倾慕，他们也常常会争论起来。同时，罗斯福也感到奇怪，一个 18 岁的姑娘的脑子里怎么会有这些严肃的想法。

他在日记中写道：这位女士不漂亮，也不装扮。她反对装扮，还有一套理论，上帝没有赋予你美的妆奁，听其自然，何必打扮？我相信,她会慢慢的变得柔顺。

这时候,埃莉诺已经来到纽约的莱英街上的一个街坊文教馆。在那里她指导一班移民学生跳舞和健美操。这份义务工作对她来说充满了刺激,能够对人有所帮助使她非常高兴。罗斯福以耐心和尊重对待埃莉诺和她的事业。一次,她带着他去看一个生病的学生。当罗斯福进入那个孩子所住的冰窖般的陋室时,他惊呆了:"这是美国的人间吗?我从没想到我周围会存在这些。"

埃莉诺在罗斯福面前感到无拘无束。她不再局促不安,她过去的消沉也荡然无存。她相信在他的眼里她是世界上最好的、最有趣的女人,她在男人面前一向表现出的那种自卑感也顿然消失,恋爱中的她无比快乐,每时每刻都想和她的恋人在一起。

她知道,他也深深地爱着她。1903 年初,埃莉诺应邀到海德公园村,参加罗斯福 21 岁的生日宴会。罗斯福附在她耳边说:"但愿我今生每个生日都有你参加。"

埃莉诺以娴静的微笑作为回答。

他俩在赫德森河边、在蒂奥利庄园的小森林里、在海德公园村漫步,时间一天天、一月月地过去,埃莉诺逐渐意识到,他们在一起的时光对她而言是最重要的,和他在一起她感到非常幸福。

当罗斯福请求埃莉诺嫁给他的时候,她毫不犹豫地答应了,她完全相信,这种选择是正确的,因为她知道她爱他。此后的很长时间里,埃莉诺心里仍然充满了快乐。"我昨天晚上在想,现在我的一切都变得……我多么幸福。"

罗斯福在这期间写给了埃莉诺很多信，信中是年轻的他发下的始终不渝、白头到老的誓言。这些信一直是埃莉诺珍藏的至宝，虽然在1918年她亲手烧掉了它们。

　　1905年3月17日终于来到了，罗斯福与埃莉诺在海德公园村举行了婚礼。这时候罗斯福刚刚满22岁，还没有结束在哈佛的学业。新娘显出惊人的漂亮，她穿着镶着花边的白缎子礼服、长长的飘飘洒洒的披纱。

　　新婚夫妇亲手在庄园里开辟了一方玫瑰花圃，作为新婚纪念。玫瑰颜色繁多：艳红、鹅黄、浅绿、淡白……。埃莉诺说："以后每年3月，我们就回到这里看玫瑰，以纪念我们的幸福日子，这里，也将成为我们最后的墓地。好吗？"

　　罗斯福答道："好！我诞生在这个庄园，我结婚在这个庄园，我们最后的墓地也将在这个庄园！"

　　新婚夫妇在海德公园村只住了一周，就回到纽约，罗斯福继续在法学院的课程。

　　婚后的这对爱人仍然像以前一样的交谈、辩论，埃莉诺努力克制着自己的古板、固执，但无疑她是丈夫的一位健谈的对手。她完全敞开了自己的心胸，不失节制地向丈夫微笑、质询。

　　富兰克林经常深情、惊奇地望着她，有时他像置身在哈佛大学的宿舍，同学间在谈笑，在辩论……。

　　有一次，罗斯福买了一些书。

　　"书，是我的营养品，也是装饰品。"他说道。

　　"你能全部读完吗？"

　　"只是浏览一遍。我只记每本书中的闪光段落，记下哲理名言，还记下那些幽默趣闻轶事、历史掌故……丰富我的头脑。"

"我的书不多，但每本书我都精读过，正像我的朋友不多，但都是知己。"

"谁是你的知己？"

"我最知己的朋友,好像在作品中。马克·吐温笔下的哈克,是童年中我最好的伙伴。我宁愿跟随他们逃进森林做侠盗,也绝不愿意当一辈子美国的大总统。"

"小姑娘的时代过去了,愿望也会变的。"罗斯福大笑。

"你这位哈佛人难道不喜欢马克·吐温?"

"你给我读过的,我都喜欢;我最佩服他的,还是1900年11月,在纽约勃克莱博物馆举行的公共教育协会上的演说,我去听了。那是一篇对中国义和团运动的声明。他说:'我和中国人站在一起。我也是义和团。我也主张把外国人赶出自己国土。……'我当时被深深地感动了。"

"你崇拜他?"

"不是崇拜,是景仰,我还景仰杰斐逊——"

"对杰斐逊这位民主政体的元勋,我有意见。他爱上一个黑奴姑娘,让她怀上孩子,却没有同她结婚。"

埃莉诺的惋惜逗得罗斯福哈哈大笑起来:"埃莉诺,这点小事也记在心间,还如此多情地为黑奴姑娘鸣不平!"

"不。富兰克林,你怎么能说这是小事?对那位黑奴姑娘就是小事么? 她一定热爱杰斐逊,愿为他贡献自己的一切。"

"嗨,黑奴姑娘不会有这种想法呵!她原本就属于主人,杰斐逊就是她的主人。主人的宠爱对她是无上的幸福,怎么会痛苦?更不会遗憾什么。"

"杰斐逊主张人生来平等,怎么对黑奴姑娘就不平等了? 他还不是一个身体力行的民主革命家,我的遗憾在此。如果,他娶了黑奴姑娘,也许会大力促进后来的黑奴解放运动,也许避免了南北美战争。"

到 6 月间的时候,他们乘船"大洋号"去欧洲,进行了蜜月旅行。最让罗斯福开心的是报纸发了消息,因此,他们在欧洲各处都受到盛情款待。埃莉诺忐忑不安,不仅不习惯在陌生的社交界应酬,更不愿享用西奥多伯伯的声望。她很奇怪罗斯福竟这般兴致勃勃。

在归途船上,海面没有风浪,埃莉诺却晕眩,呕吐不止。经医生检查,她怀孕了,罗斯福开始意识到生活不再是嬉戏。做丈夫、做爸爸,是躲不开的生活责任。

埃莉诺和罗斯福结婚后,她不能进一步参与社会活动。她在生孩子和照看孩子中忍受着煎熬,她要学会管理家务,可她没有这种兴趣,她小时候连布娃娃也没玩过,她逐渐感到空虚、茫然。她想到了自己的事业,她一度表达了重返文教馆的愿望,但是,为了孩子,罗斯福家族的人劝阻了她。

焚毁爱的誓言

　　1911 年元旦，罗斯福和埃莉诺带着长女安娜、长子詹姆斯，次子埃莉奥特，保姆和三名仆人一起离开纽约城，迁到奥尔巴尼，在国家街 248 号每月花 4 百美元租了一所 3 层楼，房子离议会地点很近。他在纽约州参议员席位竞选中获胜了。

　　罗斯福以他高大的身材，英俊潇洒的外貌，哈佛人的典雅举止，不到 30 岁的美好年华，再加上他那带有政治魅力的罗斯福的姓氏，从一群默默无闻的政治活动家中间露出头角了。

　　丈夫从政给埃莉诺带来了新生，罗斯福在家里举行会议，朋友们的聚会，谈天……给埃莉诺上了政治启蒙课。政治如何在国家的机器中起作用，政治抱负如何通过竞选活动去实现，竞选活动是不寻常的政治课堂，不仅有施政的设想，对选民的许诺，也包括着难以想像的耍手腕，玩花招，收买、交易、摆平复杂的关系以及如何妥协，妥协的限度……。埃莉诺的头脑活跃起来，她感到了自己的存在。

　　1913 年，结婚 8 周年那天，罗斯福被任命为海军部助理部长。他们也迁到了华盛顿，开始了他们在首都的官场生活。

罗斯福象搜集邮票一样搜集来自各方面的信息。他广交朋友,进出首都知名的俱乐部,参加各种宴会、舞会,很快便成了华盛顿官场的知名人物。埃莉诺参加丈夫事业所需要的社交活动,成了丈夫的助手。

埃莉诺举办各种午餐会、茶会、晚会,招待海军部的军官家属,并挨门挨户去拜访,对困难的家属给予帮助……把从家属间收听的消息一一反映给丈夫。她在丈夫的事业中找到了自己的位置。她没有任何个人计划、想法,一心服从丈夫的工作需要。该做什么,如何去做,她努力地去熟悉、去适应、去学习,把每一件该办的事办好。她喜欢工作,也喜欢这样帮助丈夫,她终于突破了家庭的小天地。

很快,10 年过去了,10 年间,他们拥有了 5 个孩子。毫无疑问,这是一桩美满的婚姻,埃莉诺和罗斯福都很聪明,生育了许多子女。但他们的婚姻缺乏一点情趣。

1914 年冬,埃莉诺听从朋友的建议,聘请了一位社交秘书。于是,端庄秀美、24 岁的露茜·梅瑟出现了。她每周来家里 3 个上午,帮助埃莉诺处理信件。

露茜·梅瑟出身于一个高贵的天主教家庭,这个家庭曾涌现出马里兰州的一个创立者。露茜的母亲明妮曾被一位友善的记者评为"华盛顿当之无愧的最佳美女"。露茜具有良好的教养,从幼年就住在华盛顿,受上流社会的熏陶。在华盛顿、纽约的社交界仕女名单上有她的名字。由于家道中落,父母双亡,她不得不在社会上谋求职业,对她最适合的工作莫过于在高阶层家庭中任职。

露茜个子很高,美丽端庄。她长着一双蓝眼睛,浓密的棕色头发,有着属于上流社会客厅里的浑厚的女低音。她生性快活,笑容可掬,亲切随和。她属于那种在激情中仍能自持的女性,有着一种含蓄、持重的美。而且在她温暖的深色眼睛里还隐藏着一团火。

埃莉诺、孩子们以及仆人很快被露茜小姐的教养、风姿、和蔼可亲、工作认真的态度吸引住了。

埃莉诺没有意识到,请了这样一位漂亮的女秘书进入家庭,就意味着"风险"。露茜在众人的赞美中,悄悄地吸引了一位异性成员的灼灼目光,这就是当年那位双腿灵活舞步翩翩的富兰克林·罗斯福。

这时候的埃莉诺34岁,已是5个孩子的母亲,人们从她的脸上再也找不出讨人喜欢的地方了。青春是一种无偿而有限的优惠。青春的光彩已在她身上消失了,更重要的是她精神上、心理上都过分严肃。对她来说,每日,每时都要陷身于各种劳心的事项,生活变得那么沉重,没有别的形容词,只有沉重的生活本身。

与露茜的感情纠葛,给罗斯福提供了一种从生活中消失的冒险与刺激。他们两人几乎是毫无察觉地从一种亲切的友谊滑向一种爱恋之情的。爱的因素是多样性的,那是理性难以企及的领域。

露茜是个很出色的听众,她知道如何提出恰当的问题,她有"心有灵犀一点通"的天赋,在与人交谈时显得驾轻就熟。她很聪明,不用提出意见就能作出反应。虽然埃莉诺会常常用"我想你错了,亲爱的 "之类的话来打断罗斯福,而露茜则觉得根本没必要去纠正罗斯福所说的事情,或是改换话题。她喜欢罗斯福所说的一切——不管这些事是琐碎的还是高尚的，是愚蠢的还是严肃的。

罗斯福被风流韵事激奋不已，他想出不少点子与露茜呆在一起。在下午五六点钟的时候，他俩会在弗吉尼亚山碰头，一起驾车穿过尘土飞扬的道路和郊外的小村落。他们也常常由一圈朋友陪伴着，乘船在河上兜风，晚上则去参加小型的晚餐会，到森林里去野餐。

埃莉诺有一颗纯朴的灵魂，婚姻、誓言对她是神圣的，5个子女的家庭是她坚固的堡垒。罗斯福风流倜傥，谈笑风生，是他的天性，埃莉诺早已习惯丈夫在酬酢时的戏谑，尤其和年轻仕女们的往来，她认为这是无伤大雅的正常交际。她不擅长此道也不大欣赏，但她尊重丈夫的这种爱好和习尚，从不多疑善嫉。正如她不喜欢用化妆品，不讲究穿着打扮，只求干净利落，但她却尊重仕女们的盛装艳抹。

1917年底，埃莉诺的社交秘书露茜辞职了。她志愿参加海军任"文书女军士"，迁到海军部助理部长罗斯福办公室工作。

火焰已烧到屋檐，埃莉诺偶尔也听到了身边佣人的闲言闲语，她虽然怀疑可也不愿意受闲话愚弄。

1918年秋天，埃莉诺的怀疑被证实了。罗斯福因患肺炎自欧洲考察的旅途中打道回府,就在那时,埃莉诺打开他的汽车后箱,偶然发现露茜写给他的好大一捆情书。

埃莉诺明白丈夫爱上了年轻美貌的露茜,神圣的婚姻、庄严的誓言无法阻止露茜的青春、美感、魅力在罗斯福心上燃起烈火般的爱情,她感觉受到欺骗、愚弄和侮辱。她再次正视自己,就像十几年前她就知道自己不是一个漂亮的姑娘时一样。自己从来不漂亮,现在结婚 13 年了,老了。埃莉诺感到自己正像被狂涛淹没了的小艇……生命只剩下了残缺不全的碎片,她亲手焚烧了珍藏 10 多年来罗斯福写给她的情书,这些打了"问号"的情书,一文不值了!

埃莉诺不能接受这一事实,她对丈夫说,她愿意跟他离婚。

但是他并不需要离婚,或者说,离婚至少还不是他所能做到的,尤其当他的母亲萨拉警告他说,如果离婚他就要失去继承权。她无法阻止她的儿子坚持为了别的女人而抛弃妻子儿女,从而给罗斯福家族抹黑。但是他应该明白,他将再也不能从她那里得到一分钱,也不要再指望继承海德公园的家产。还有一个问题:露茜信奉天主教,这就不允许她和一个离了婚的男人结婚。

然而,最关键的是:离婚将会使他的政治生涯戛然而止。

罗斯福答应从此与露茜断绝来往,这对于他是很痛苦的,他与露茜之间是挚爱与情爱的结合。其后的几个月间,罗斯福努力讨好埃莉诺,他傍晚回家比平时更早,花更多的时间和孩子们在一起,还陪埃莉诺一起上教堂,以补偿过去给家庭带来的不幸。而埃莉诺则使自己在晚会上尽可能地快快乐乐,像罗斯福所期望的那样,成为他愉快的伴侣。他俩的生活出现了转机,表面上看,一切都已恢复如故。

然而事实上,无论是他们各自的生活,还是夫妇俩相互之间的关系,一切都变了样。

尽管埃莉诺对罗斯福的移情别恋网开一面,但是她再也不能依从背叛感情后的任何亲近。她说:"我记性特别好,我可以宽恕但不能够忘却。"她提出了分居,露茜出现在他们中间这个事实,成了她和丈夫正式分居的理由。

这次婚姻危机使她重新塑造自己对这个世界的判断,现在她要寻找的不是别人身上的光辉,而是她的自身价值,走一条新的路程——有自己的事业理想,做自己感兴趣的社会工作,成为一个在社会上有价值的独立的女性……

他们的婚姻继续着。对于埃莉诺,这是一条崭新的路,她可以自由地同他建立起一种崭新、不同于以往的伙伴关系,可以自由地追求新的成功道路。这也是一个逐渐抛弃过去的过程,一个逐渐获得自信的过程。

1918 年,恋情事件结束后不久,露茜离开华盛顿成为一名居家的家庭女教师,为一位 55 岁的富有的鳏夫温思洛普·拉瑟福德教养 6 个孩子。拉瑟福德是一个古老世家中的成员,他一半时间住在纽约优雅的城市住宅,另一半时间则呆在位于新泽西州的阿拉木奇、由数千英亩鹿苑和山坡环绕的古老庄园。

露茜给拉瑟福德的家庭生活带来了温暖和高雅的气息。她来后的几个星期当中,孩子们和父亲似乎就喜欢上了她。这种感觉是相互的,1920 年 2 月 13 日,温思洛普·拉瑟福德和露茜结成了夫妻。

为丈夫请来私人女秘书

1919 年，罗斯福应邀去欧洲参加巴黎和会，他说服埃莉诺陪他一起去，他希望这能够成为他们的第二次蜜月旅行。

在巴黎，每天的谈判结束后，他一回到宾馆就把报纸放在桌上，向埃莉诺谈论"和会的内幕新闻"。

"'和会'的最高理事会是由法、英、美、意四国首脑和外交部长加上日本的全权代表组成。"

"我怀疑他们这样瓜分战败国、勒索战败国的巨额赔款的作法，会留下什么样的后果？特别是日本的全权代表西园寺竟坚持要求接收德国在中国山东胶州湾地区的特权。要知道中国是协约国成员，也是胜利者，为什么不能收回自己失去的主权？这太不公平了！"

埃莉诺一向同情弱者，主持正义的性格变得更为明朗。

"威尔逊总统在国会演说中提出了 14 条作为和会的主旨，其中强调对殖民的处置，应顾全各殖民地人民的利益，大小国家都要互相保证政治自由和领土完整。看来，这 14 条在国际政治中又是一套美丽的神话。在美国国内也行不通，英、法、意、日各国更难遵循了。国际社会中没有恩赐！埃莉诺，人道主义，正义，理想，那是人类永恒的追求！我们自己当政，也不可能每件事都能做得公道！"

"你要不能做一个公道的总统，就不必去竞选！"埃莉诺说出自己的真实的思想。

"事实上，也只能力求公道！"

"那对于苏俄革命呢？"

"我的态度是不支持，也不反对。这是俄国自己的事情。"

就在这样的政治性交谈中，夫妻间出现了融洽、和谐、轻松。世间有各种各样的夫妻、家庭，这对夫妻关系，从恋情、性爱中升华了，进入到了纯友谊的境界！

1920 年底，罗斯福的工作更加繁重，他参加很多社会活动，其中最主要的是敦促、联系全国各地民主党领导人合作草拟开明的内政纲领，埃莉诺为他配备了一位私人秘书，米茜·莱汉德小姐。

米茜高高的个头，长得很漂亮。和露西相比，她显得更年轻、伶俐，讨人喜欢。

米茜出生于马萨诸塞州萨默维尔附近的一个工人家庭，她在当地长大成人。父亲酗酒成性，抛弃家庭而去。母亲为了养活5 个孩子，接连不断地接纳哈佛的一些学生为房客。在米茜小的时候，在她身着黑色的套装上学的时候，她就已经是相貌出众、聪明伶俐的姑娘了，走在人群里格外引人注目。

米茜的工作没有时间限制，吃住在罗斯福家中，每周工资35 美元。她要赡养自己孤苦的母亲。对工作，她很满意。她尊敬夫人，一切请教夫人。她在罗斯福身边工作并照顾他的生活，一干就是 20 年。

米茜办事效率高,从第一天她就证明自己是不可缺少的。当后来有人问及她如何出色地完成秘书工作时, 她只是简单地回答:"作为一个私人秘书,首先要研究自己的老板。在我开始为罗斯福先生工作后, 我花了几个月时间仔细研究他所有口授信件……我了解他想看什么样的信件,知道哪些信件要给他看……我掌握了罗斯福先生的想法,他会如何答复某些信件,她会如何表达自己的思想。当他发现我学会了这些本领后,他的肩上就卸下了一副重担。因为这样一来,他就不需要向我口授许多回信,他只需要作出肯定或否定的回答就行了。我知道该写什么,也知道该如何写。"

埃莉诺现在完全摆脱了家务,开始了一种新的生活,扩大了生活领域和视野。夫妻间的感情在新的基础上,有了新的内容:米茜小姐在丈夫身边工作,代替她,使她彻底脱身出来,一种默契的心照不宣的关系,在罗斯福的目光中充满欢悦和感激……

她现在真正地找到了自我,她每天有自己的工作。对于这些工作,她乐此不疲,陶醉其中。她在家庭外自由地为自己设计新的角色,她把积蓄的精力倾注于各种各样改良主义组织,投身于废除童工、建立最低工资制和通过保护女工法令的活动中,在这个过程中,她发现她有真正的组织才能、领导才能和社会活动才能。

但在她的内心中仍有一股难以消失的苦涩味道,米茜会使罗斯福忘掉露茜吗?最好是……

7 月间,埃莉诺带着孩子们到坎波贝洛消夏,临走时给丈夫留下一张字条:

"我带孩子先走了,让米茜小姐照顾你,你不必担心!我会为你排除一切困扰,慢慢会习惯的。在孩子们和母亲面前,米茜是受欢迎的人。她善于体察、有分寸地对待周围的人和事,希望8月份你来和我们一起度假。"

8月,罗斯福才抽出时间赶来,这是几年来他的第一个真正的假期。离开了酷热、烦乱的纽约,和朋友在美丽的芬迪湾钓鳕鱼,和孩子们一起游泳、打网球、爬山。

10日那天,罗斯福和孩子们乘小船出航,在周围一群小岛中有一个小岛上冒着蓝色的烟雾,他和孩子们赶去,是山林起火。他们立即用树枝抽打火焰,追踪火势。火被扑灭,他已筋疲力尽,身上烧灼的伤阵阵发痛。罗斯福带着孩子们跑向淡水湖边,跳进冰凉的水里游了一个时辰。上岸后,他感到异常疲倦,周身发冷,冷得抖起来, 到家后就躺到床上了。第二天起床后,他左腿无力,右腿也不听使唤了。两周后,医生确诊出是"小儿麻痹症"。

在丈夫高烧、昏迷、剧痛的两周里,埃莉诺搭了一张帆布床,日日夜夜守护在床边。她合不上眼睛，注视着罗斯福病情的变化，仿佛随时都会发生可怕的诀别。

罗斯福高烧渐退、清醒过来时，第一眼看见妻子消瘦、憔悴不堪的面容，他闭上了眼睛，喃喃低语：

"这是上帝对我的处罚，埃莉诺，埃莉诺！"

妻子俯下身去，轻轻地吻着他的眼睛："不要再折磨自己！你活过来了，这就是一切，过去比今天，那又算得了什么？"

她给他洗澡、喂饭、吃药、喝一点清香的饮料；用微笑、细语来鼓励他。她鼓励他为恢复双腿的活动能力刻苦锻炼。

罗斯福家族的人希望他回到海德公园村过乡绅般的生活，埃莉诺坚持住在他们在纽约的宅邸。她怎么忍心把罗斯福当成一个瘫子，一个废人？她知道罗斯福此时此刻最需要什么，不是平静的庄园、不是无忧衣食的绅士生活，也不是执笔写作，他一心向往的是政治活动，如何参加社会活动、如何不被社会遗忘？他绝不甘心在有生之年过默默无闻碌碌无为的生活。正因为他处于瘫痪状态，最好的安慰是为他寻觅政治出路。在政治上，需要的是一个人的头脑。智慧、口才、应事本领、治国之道…… 身体在其次。

埃莉诺邀请各方面人士来这里聚会、交流信息，以活跃罗斯福的头脑。她以罗斯福的名义和全国各地民主党领导人、政治家保持联系，敦促罗斯福定期声明自己对社会事务、政治动向的兴趣。

为此埃莉诺严格地坚持着每天的活动安排。她代替丈夫从一个政治会议奔向另一个政治会议，力求保持丈夫的影响力，使丈夫的名字不被人们遗忘。她安慰丈夫说，"我只是你的双腿，头脑是你自己的。你想应该找谁?到什么地方去?谈什么问题?就告诉我吧。"

当埃莉诺在外奔波忙碌的时候,米茜在家里顶替着她的家庭主妇角色,她承担起一切家务琐事:为罗斯福开私人支票,付每月的账单,给孩子们发零用钱,审查菜谱,把地毯和窗帘送去清洗。

1922年秋天,罗斯福出场了,他被推举为史密斯竞选纽约州长活动的负责人。人们承认罗斯福有全国声望,有号召力。这个双腿瘫痪的人竟然真的回到了政治舞台。

埃莉诺也被提名为竞选组织中妇女部的负责人,这是她近几年来广泛参加社会活动,与各地各界人士广泛联系的结果。她感到一种被承认的欣慰。

疾病、苦难、政治志趣、信念……疏通了这对夫妻间阻塞了的感情渠道,像一条新运河般传递着相依、相知、体贴、关怀、共命运的情愫,赫德森河畔的情话永远逝去了。埃莉诺已从那种茫然不知所措的失落感中走了出来……

罗斯福的治疗还在继续。他在千里之外的佐治亚州买下温泉所在地的山林,建起一座木屋,作为第二个家。温泉的水温在华氏88度。他在温泉池内连续几个小时,游一阵、泡一阵、飘一阵……温暖的水流浸润全身,双脚和脚趾象有了生机,疗效显著。他投资在这里建立了一个小儿麻痹病医疗中心。

他住在温泉别墅的日子,由米茜小姐陪伴他、照顾他。埃莉诺有很多工作,留在纽约,米茜给埃莉诺写详尽的日记式的信,报道罗斯福的健康情形和心情、活动,和结识的朋友……

罗斯福喜欢住在他的温泉别墅,此后几乎每年都要去住上几天。20 年后，他在这里和他的情人露茜度过了他生命中最后的时光。

当罗斯福集中精力恢复健康的时候，埃莉诺就出面在公众面前保持罗斯福家族的威名。

1928 年，罗斯福当选为纽约州州长。在漫长的竞选过程中，以埃莉诺为核心的竞选队伍在 3 个月的时间里走遍了 32 个州，每天晚上，埃莉诺都和罗斯福一起商量他第二天的演讲稿，研究竞选策略，注意报纸上的动态。对许多问题，埃莉诺显示出她特有的敏感和缜密的分析能力。

罗斯福也常常情不自禁地想和妻子亲热亲热，紧紧地握手也好，拥抱亲吻也好，却是那么难以如愿，她总是推拒，躲开，脸上没有表情地回绝，自尊心过盛的女人呵！

这是一个奇异的组合，两个性格完全不同的人，情趣也不一致的人，5 个子女，多少波澜、恶浪、险滩……一个个渡过来了。

罗斯福竞选成功后，米茜随着罗斯福一家搬到了奥尔巴尼，她住在州长府里二楼一个宽敞的套房里。这时她已完全融入了他的生活：学习他喜爱的游戏，分享他的嗜好，读他读的书，甚至连讲话也带上了他特有的语调口音和方式。埃莉诺极力反对赌博，因此，她拒绝跟罗斯福的朋友一起打扑克，哪怕赌注再小也不行。而米茜则成了个扑克迷，她每轮都向富兰克林挑战，随时准备增加赌注。对于丈夫所珍爱的集邮，埃莉诺也从来不表示有任何兴趣。米茜却成了一个热衷于集邮的好伙伴。当他搬出一本本厚厚的皮制集邮册不厌其烦地整理他那心爱的邮票时，她会在他身边连续几个小时聚精会神地观看。罗斯福的朋友艾略特·杰尼威说"米茜是真正的妻子。她对他的性情了如指掌，就像

19世纪的小说中表现的那样。"

　　这位聪明、伶俐的姑娘,她的身份决定她处在这个环境里绝对需要"和平共处",不说一句闲话。她取悦州长,也讨一切人的喜欢。凡是别人求她向州长转达的事情,她一一照办。有时候埃莉诺不愿当面和丈夫提出的要求,譬如本月家庭开支超过预算、某个孩子特殊需要等等,也由米茜小姐代向州长解释和解决。仆人们对她也言听计从,因为他们知道州长会支持她的,他们私底下管她叫"代理夫人"。

十三年的第一夫人

1933 年，罗斯福当选为美国总统，埃莉诺开始了她 13 年第一夫人的生涯。这时候他 51 岁，埃莉诺 49 岁。他着手实施新政，她需要做的工作更多了，他们的生活因共同的事业而联系在一起。

她代替罗斯福前往退伍军人营地，发表演说，安抚军人的情绪。

她奔向旱灾严重的堪萨斯州，往返两个月的路程，实地考察灾害对农业的影响，带回了详尽的调查报告。这使得罗斯福在国会上提出自己的农业政策时更具说服力。他在国会上宣读这一报告，并说：这是我夫人埃莉诺亲自到灾区巡视，了解来的最可靠的材料。

同时，埃莉诺也可以在更广的范围内，在全国对她所关心的问题施加影响了。

她在支持黑人民权，给妇女以平等权利方面，走在了她丈夫前面，也走在了全国前面。凡是有这方面的问题，人们都会去找她，她会毫不迟疑的奔走、呼吁，或者给总统施加压力。

一次，她和她的黑人朋友玛丽·贝休恩一起参加在纽约召开的人类福利会议。进入会场后,她随着玛丽入座了。一个警察过来,走到埃莉诺跟前,敬礼,说道:"夫人,您坐在这边是违法的,请您挪到对面白人席。"

埃莉诺神色自如地瞪了警察一眼,她搬起椅子,挪到中间——黑人和白人分界的中间地带。全场白人和黑人的目光集中过来,人们鼓起掌来,埃莉诺站起来向全场招手致意。

罗斯福成为总统后,他和埃莉诺之间的情意似乎更深了,他们好像一个人一样亲密。埃莉诺那令人吃惊的旅行,她的坚定信仰,她对国家生活方方面面的好奇心,从清除贫民窟到实验性蜂房,从农村电气化到乡间舞会,所有这一切都为他们无休止的谈话和争论提供了有趣的素材。

这种工作中的伙伴关系使他们产生了共同的情感领地,在这里,他们被永恒的爱和尊敬联系在一起。有些时候,他会让她生气,甚至会激怒她,但是他从来没有不尊重或者不崇敬她。她也从没有不爱他。"我不愿意让你走……"一次,当他要到国外做外交访问的时候,埃莉诺在信中对他说。"虽然我们不常见面,但是我们确实相互依靠。"

有时候,罗斯福会自动地把轮椅转向她,他爱他的妻子,那已是一种亲情之爱。望着妻子的那双眼睛,显得柔和,没有火焰,没有逼人的光芒。罗斯福拉她的手时,她轻轻地用手去摸自己的发卷。当仅有他们两个人时,她便显得局促。只有打开政治话题,像朋友、伙伴交换意见时,她平坦自然,谈笑风生或激昂慷慨……

但她仍是一个严肃的人,每次她谈起道德一类的问题,罗斯福不是大笑,就是闭上眼睛呼唤着:"我的圣母玛利亚!"

就是这个埃莉诺!作为女人,作为妻子,她已过了讨人喜欢的年龄,却日益让人尊重、信任,乐于合作,还有难以表达的同情。她不断地追求自我的独立价值、也不断地克制自己感情的困扰——包括那些难避免的嫉妒。由妻子变成伙伴,朋友。她无奈地给丈夫感情特权⋯⋯她把精力导向社会。

在埃莉诺忙碌着的时候,罗斯福就和他的"第二家庭"在一起。他戏谑着说,他、米茜和小狗法拉组成了第二家庭。他总是开口闭口歌颂着他的第二家庭。

米茜终日活动在罗斯福身边,工作着、生活着,领着每月3000元的薪水。她帮助抄写,查资料,配合着工作。到该歇息时,她把他的笔拿过来放下,把他扶向轮椅,打开收音机放音乐,轻柔的悦耳的音乐。一杯马提尼酒递在罗斯福手上,点上他的香烟⋯⋯

她还常常和罗斯福打赌、玩扑克。打赌,罗斯福常是输,玩扑克时,罗斯福常是赢,他靠作弊而赢,米茜装作不知,撅起嘴认输,罗斯福脸上的皱纹变成了得意的微笑⋯⋯

罗斯福高兴的时刻就会拿出票本,给米茜开一张支票鼓励她去买她喜欢的衣饰。米茜不说谢谢,而说:老板开心了!老板发财了!

和露茜一样,米茜对罗斯福充满了爱与敬慕。为了这爱与敬慕,她把自己的一切——青春与生命完全无私地融化在罗斯福的事业中。

1941年4月复活节前的那个星期日,米茜在白宫三楼突然中风病倒,说胡话。罗斯福的医生来诊断,服药和静养,绝对安静。罗斯福和埃莉诺先把她送到了温泉别墅去疗养,后来又送她回到她的故乡,由专门护士陪伴并由当地著名医生负责治疗。

米茜在病榻上呆了 4 年,1944 年 7 月 31 日去世。埃莉诺在 4 年中每年都要去亲自探视她,安排她的生活和医疗。最后,她出席了米茜的葬礼。她把米茜视为家庭的一员。

米茜的死对于罗斯福是一个无法弥补的损失, 他失去了这位知心的亲密的无可代替的工作伙伴和生活知己。其实,在米茜生病后,罗斯福在他的亲笔遗嘱中写道:属于他的房产一半分给罗斯福夫人,一半分给米茜小姐。

米茜生病后,罗斯福的女儿安娜代替米茜担任他的秘书。罗斯福转向了埃莉诺,向她提出重修夫妻情谊的建议。这时的埃莉诺已经不习惯和丈夫亲密相处了, 她也不知道该怎样和丈夫亲密相处,她提出要去国外旅行,去慰问驻守在英国殖民地的美军士兵。她关注的已不再是私人感情而是国内外大事了。此时,二战正酣。

1942 年夏,埃莉诺穿越赤道,来到南半球,开始了她疲劳的旅行。在澳大利亚、新西兰,从黎明到黄昏,马不停蹄,一家医院接着一家医院地探望, 到每一个地方的红十字会, 与士兵们交谈,对着黑压压的人群发表讲话。

在医院里,她并不只是与主要的医疗官员握一下手,扫视一下阳光走廊,然后就离开。她是走进每一个病房,停留在每一张病床前,和每一个病人交谈,当她俯身问候他们时,她的脸上露出了温馨的微笑:你叫什么名字? 你觉得好吗? 你有什么需要? 我能为你家人捎个口信吗? 而且答应的事就保证做到。中士阿尔·路易斯请求她给他的女朋友海伦·卡尔打个电话, 她后来

就做到了,当这个年轻的姑娘听到白宫打来的电话时,吃惊得屏住了呼吸!

埃莉诺觉得参观医院有一点很令她苦恼。她一到某家医院或某个军事基地,消息就传出去说一个女士来了。出于安全考虑,不能说这个女士是第一夫人。当然年轻的士兵们正期待着一个漂亮女王的到来,但埃莉诺担心她会是一个可怜的令人失望的人。每一次她走进一个陌生的病房,她都希望能"借助于某种魔力"把自己从第一夫人埃莉诺·罗斯福变成"这些士兵们渴望见到的心上人、妻子或姐妹"。

在澳大利亚临海的凯恩斯镇,她度过了一个长夜,与一群士兵交谈。有趣的谈话,清爽的风,海浪拍打海岸的声音使她记起了罗斯福向她求婚的情景。那时她和罗斯福沿着海岸在散步,享受单独在一起的机会,一起谈论对未来的希望。

大女儿安娜做秘书工作,她可以胜任,但并不完全。有很难代替的种种……她常常看到父亲从椭圆形办公室回来,带着疲惫不堪的倦容到书房或起居室时,他面容上的疲倦突然变成寻觅,四处张望;有时侧着耳朵聆听——惦记和思念米茜的情绪难以掩饰,也无需掩饰。

露茜再次到来,她由另一位女秘书格雷斯·塔丽悄悄引着来到总统的书房。这是露茜第一次走进白宫富兰克林·罗斯福的书房。

露茜始终在罗斯福心中占据着相当的分量。露茜爱他爱得那样深,那样柔和,没有一句感伤和埋怨、忌嫉的话。他迷恋露茜的笑容,那种笑容他一生中只从露茜的脸上和达·芬奇画的蒙娜丽莎的脸上看到过。这20年间,他们保持了偶尔的联系,写过几封信话家常，罗斯福在她婚后拜访过她的庄园一次。

他们再次亲密的交谈，分享着从容与安宁，仿佛 20 年来他们从未分离过。他们频繁的约会，虽然仅仅是一两个小时就分手，这对罗斯福是紧张生活的调剂，也是米茜离去后的惟一弥补。

露茜把全部的爱、不凡的智慧、豁达的心胸、耐性和无尽的相思溶于对罗斯福的崇拜并为之骄傲，她保持了超越时空的感情，带着不谢的青春所特有爱恋，成为罗斯福一位真挚的恋人和知己。

1944 年露茜的丈夫逝世了。她把家迁到华盛顿附近的"憩园"，随时等待总统的召唤……

罗斯福在感情生活上重获满足，对他的健康大有裨益。埃莉诺也好像早把露茜忘掉了。

1944 年底，罗斯福第四次当选总统，在海德公园举行的宴会结束后，埃莉诺亲自陪送罗斯福回到他的卧室。这卧室正是 39 年前，他们结婚的洞房。现在，罗斯福独自住用了，他们已分居多年。平常，埃莉诺很少进他的卧室。现在，她看着她的丈夫，她从丈夫的目光、神态、甚至呼吸……感到他疲惫过度、体力超支，像一匹狂奔的老战马，停不下来。

1945 年 4 月，罗斯福又一次来到他的温泉别墅，这次陪伴他的是露茜。

4 月 12 日中午，罗斯福突然间两眼发直，急促地喘着气……失去了知觉，"脑溢血"夺去他的生命。埃莉诺当日下午乘飞机赶去接丈夫的灵柩，她没料到丈夫走得这样匆忙。她在心中呼喊着：富兰克林！富兰克林！

她到达了别墅，她太忙碌了，很少和总统一起来此度假。她走近罗斯福遗体。这枯槁，灰暗，消瘦如柴，冷冰冰的，是他吗？她用手抚摸着那额头，脸颊，那双曾闪烁着智慧机敏、微笑，有时也带着戏谑、嘲弄、讥讽光芒的眼睛，此刻，闭上了，永远地闭上了。

在她到来前，露茜已匆匆离去了。

富兰克林·罗斯福的逝世标志着曾有一代美国人除了富兰克林·罗斯福不知道谁是美国总统，除了埃莉诺·罗斯福不知道谁是第一夫人的时代过去了。

罗斯福逝世后，埃莉诺获得杜鲁门总统的正式任命：驻联合国的美国代表。在她丈夫任总统期间，1933 年至 1945 年，她是美国政府里惟一不拿工资的勤奋的工作人员。

埃莉诺于 1946 年至 1951 年担任联合国人权委员会主席。在 1948 年起草和通过的《世界人权宣言》上起过重要作用。在联合国讨论恢复中华人民共和国合法席位的问题上，她支持中国人民。她是美国在联合国的第一位女外交家。

她没有依靠别人而是靠自己获得了影响力和尊敬。这一点实属不易。

埃莉诺·罗斯福于 1962 年逝世，终年 78 岁。在纽约州海德公园村罗斯福庄园的玫瑰花圃旁,一片如茵的草坪上,两块墨色大理石覆盖着罗斯福夫妇的墓穴。

一个家庭，两个第一夫人
——劳拉·布什，芭芭拉·布什

（一）劳拉·布什
典型的西德克萨斯少女

1946 年 11 月 4 日，劳拉·韦尔奇出生于美国德克萨斯州西边的米德兰小镇。

父亲哈罗德·韦尔奇是一个成功的住宅建筑商，母亲珍娜是个会计。哈罗德·韦尔奇是一个性格爽朗的人，笑起来会震撼整个屋子。劳拉继承了父亲开朗的性格，珍娜常说女儿是"天生快乐的小毛头"。劳拉 40 多年的朋友琼·奥尼尔说："她总是随遇而安，不需要什么生活中的刺激就能使自己快乐起来。"珍娜十分能干，在母亲的影响下，劳拉十分擅长打理家务事，这为她以后打理小布什留下的"乱糟糟"的家准备了一个不错的能力。

劳拉童年的生活是幸福的。因为劳拉是父母亲的第一个也是惟一的一个孩子，她得到了足够的关爱。乐观开朗的父亲和能干的母亲营造出来的温馨的家庭氛围，让来到劳拉家的每一个朋友都感到开心。因此，劳拉和朋友们有时宁愿放弃去街上闲逛和逛商场，而喜欢呆在家里，哪怕只是捧着可乐聊天。

之所以说她的童年幸福还因为她生长在 20 世纪的 50 年代早期一个舒适的德克萨斯小镇上。和 50 年代德克萨斯州的其他小镇一样,米德兰镇对小孩子们来说是非常安全的地方,那儿几乎没有犯罪。孩子们可以独自在大街上行走。男女老少热切地期盼着诸如世界骑术表演锦标赛等一年一度非常有意思的盛大表演活动。

劳拉是一个典型的西德克萨斯女孩,她的成长经历有些普通,普通得能让许多女孩在她身上找到自己的影子。

和许多女孩一样,劳拉在很小的时候就被父母送往幼儿园接受教育和集体生活。5 岁时在当地著名的米德兰舞蹈房学习芭蕾舞。同时她还在城东北部霍根公园的一个游泳初级班学习游泳,除此之外,小劳拉还加入了小天使唱诗班。

毫不例外,她要接受当时的"思想品德"教育。每周她穿着幼儿童子军制服去詹姆斯·鲍威小学,放学后,她和小朋友们到史密斯家里集合。在那儿,她们的幼儿童子军领袖巴雷特夫人和史密斯夫人简单地教她们一些与公民道德修养课相关的家务技能。像全国成百上千的小童子军一样,劳拉和她的队员每次集合都要先背诵童子军誓言:我发誓,爱主,爱国,每天竭力帮助他人,特别是家乡的人。这种教育加强了劳拉的集体荣誉感,使得她非常积极的参加社会活动,在橄榄球比赛中不管她的家乡队是赢还是输,她都和朋友们去快餐店举行赛后庆功会。

在很多人眼里,她是一个乖孩子,她从不给大家带来麻烦,总是把事情做得很好。无论是听讲还是做手工艺品。劳拉的一个童子军伙伴玛莎·巴雷特·施莱歇尔说:"劳拉是我妈妈的最爱,因为她听讲时认真安静,而且跟着指导也做得很好。"另一个儿时的朋友萨莉·布雷迪·洛克也说:"当时我们要学做手工艺品,劳拉总是做得那么好。她总是把事情做得很好。"

　　这个乖孩子和其他女孩一样，对许多事情充满好奇，比如抽烟。抽烟当然不是淑女的行为，不能当着父母的面，于是她和她的朋友，一群十几岁的少女开车出去闲逛时抽上一点。劳拉的老朋友佩吉·外斯说："我们每次出去至少5个女孩坐一辆车。我们喜欢健牌香烟，总躲到车后面抽烟。不过，我们最后都戒烟了。"

　　劳拉的少年时期就是这样，吃着汉堡，喝着可乐，坐在汽车上看露天电影，偶尔乘父母不在身边偷偷地在车后坐上好奇地点上香烟，白天没事干在不太繁华的街上闲逛。这些都成为了劳拉美好的回忆。她曾评价过在米德兰的那种天真无邪而又惬意的生活。"我很幸运能在一个小镇度过我普普通通的童

年。在那儿人们无拘无束，想做什么就做什么。我们就处在这种自由的庇护下，或许我们那时还不理解为什么我们能那么自由。"

　　劳拉 17 岁那年发生了一件对她影响很大的事。她驾着自己的雪佛莱轿车在城郊兜风，在一个十字路口她穿过停车线，撞到了一辆考维尔轿车。后来她得知，她撞到了她的一个朋友迈克·道格拉斯。迈克从车里被甩了出去，当场毙命。这件事对劳拉的打击非常大，她非常伤心，在家呆了一周没有上学。哈德和珍娜·韦尔奇没有能够把劳拉从痛苦的深渊中拉出来，但是随着时间的推移，他们用自己的爱逐渐愈合了劳拉痛苦的伤口。劳拉终于从事故的阴影中走了出来，重新鼓起了勇气，继续前行。在她后来遭受挫折的时候，她又一次次地鼓起这种勇气，勇往直前。

　　劳拉是一个很有人缘的人，男生女生都愿意和她交朋友。她总是专心的听人讲话，即便几个月过去了，她依然记得别人说过的话，这让许多朋友都感到吃惊和感动。苏珊·诺琳是她参加女生联谊会所认识的朋友，她说劳拉是一个风趣的女孩。"她的房间始终是我们的欢乐大本营……一天，劳拉说，'我需要练习美国小姐挥手。'我们都哄堂大笑。她笑着说，'你们不明白，这迟早会派上用场的。'然后，她把手举到空中，中间几个手指并拢，机械地移动着。现在每当我们在电视里看到她就要进轿车或正走上台，我们都会高喊，'瞧，她要做美国小姐挥手了！'"

　　"非常有定力"是朋友们对劳拉的评价。她母亲也说，从幼儿起劳拉就表现出了沉着而安心的鲜明个性，这让每一个见到她的人都感到很吃惊。后来,劳拉的"定力"在与小布什结婚后帮助丈夫竞选成功后表现得尤为突出。劳拉的朋友安妮·约翰逊认为不论是竞选的刺激还是搬迁至华盛顿的前景对劳拉而言都没有什么影响。安妮说:"我根本看不到有什么变化之处,我想这大概是她魅力四射的地方。"她说,"她具有极大的定力。"

劳拉性格中还有一个显著特点:乐于助人。这是一个在那个时代并不多见的好品质。初中的劳拉曾不辞辛劳地帮助一些从偏远地区小学来的学生融到大集体中去。辛迪·舒曼·克莱特,她的初中同学说:"在学校里我害怕所有其他的学生,但劳拉不一样,她待人友好,关心他人。是她促使我们来自圣安小学的学生参加到学校集体活动中去的。"另一个初中的朋友克伦·汤普森这样描述劳拉,"非常非常甜的一个女孩。她是每一个人的朋友。"

乐于助人的性格使劳拉倾向于做服务性很强的工作。她先后做过两种工作:老师和图书管理员。

当老师一直是劳拉的梦想,这是受她小学二年级一个老师沙琳的影响。小学时期的劳拉喜欢在家里玩讲课游戏。两个女孩在每一个卧室里布置了一个课堂,但她们自己不是坐在那里听讲,而是站在客厅过道上大声地讲。当劳拉的母亲问她们为什么站在客厅里时,劳拉毫不羞涩的回答道:"妈妈,我们是在表演做老师,我们的老师就是这样做的。"

所以大学毕业后,她先是在达拉斯教书,然后又到休斯顿的肯尼迪小学教二年级。肯尼迪小学里主要是黑人学生,在那善良的劳拉更懂得了每一个人、每一个孩子都是有尊严的;每一个孩子都是重要的,每一个生命都是有意义的。孩子们非常喜欢她,

因为她非常耐心。她的二年级学生拉里·盖森说："我们学生特别喜欢她。如果你在阅读上碰到了问题,她会耐心地给你讲解。"

1970 年,劳拉进入奥斯汀的德克萨斯大学攻读图书馆学硕士学位。德克萨斯大学的图书馆和信息科学研究生院助理院长玛丽·林恩·赖斯博士曾这么评价图书馆职业："我们有时拿我们自己开玩笑说我们做的是服务工作,但事实上它就是服务性的工作。许多人就是冲着它服务的一面而进入这一领域的。"乐于助人的劳拉就是玛丽·林恩·赖斯博士所说的"冲着它服务的一面而进入这一领域"的人之一。

29 年后,劳拉的丈夫小布什宣誓就任总统时,劳拉成了第二个拥有硕士学位的第一夫人。第一个是前任第一夫人,希拉里

·克林顿, 拥有法学硕士学位。毕业后她回到休斯顿, 在帕帝大街的迈克林·克什米尔花园图书馆做了一名公共图书管理员。劳拉非常适合做这份工作。因为劳拉拥有超凡的记忆力, 她做学校图书管理员时学校里有 700 个小朋友, 她尽力记住他们的名字。记住名字是劳拉日后作为图书管理员的一项技能。

连媒人都不相信的婚姻

人们常以小布什和老布什来区分布什家的两位总统。小布什是老布什的长子，全名叫乔治·布什，1946 年 7 月 6 日出生于纽黑文市。后随父母到德克萨斯州的米德兰。1968 年从耶鲁大学一毕业就加入了德克萨斯空军国民警卫队，一直服役到 1973 年。1975 年，小布什回到米德兰开始进入石油商界。

劳拉和小布什都在米德兰长大，但是当时两人不认识。他们还曾经在一个中学读过书，但两人还是不认识。两人离的最近的一次是在休斯顿。当时劳拉在肯尼迪小学教书，住在休斯敦闻名的单身公寓里，即埃尔卡米诺 16201 号的迪让综合楼。那时小布什就住在这幢无序延伸的综合楼里与劳拉的公寓相对的那一端，也是嘈杂的那一边，但劳拉不知道。

小布什那时是德克萨斯州国民警卫队空军飞行员，1970 年的他正处于随心所欲的"游牧年代"，就像他的战友总结的那样："他是个相貌英俊的空军中尉，单身战斗机飞行员。想一想那个环境，你就明白了。"小布什住在那里时，经常和朋友们聚会，开着蓝色敞篷胜利车在休斯敦兜风。而劳拉呢，晚上早早地就睡觉了。正如乔治·W.布什在他的自传中写道:"这似乎是命运的安排,我们住在休斯敦同一所公寓里……她住在迪让城堡安静的一面,我住在吵闹的一面,因为我们经常在游泳池里打排球到深夜……我们之间的路从来没打通过。"

恋爱需要契机。同时认识劳拉和小布什的奥尼尔夫妇想撮和一下他们,因为他们俩是奥尼尔夫妇的几个朋友中最后两个没有结婚的人。开始劳拉回绝了,因为劳拉对政治不感兴趣,而小布什刚宣布要竞选第十九选举区即将空缺的席位,她认为自己和有意进入政坛的小布什不会有什么共同语言。

但是那个夏天的夜晚当他们在后院的野餐会上最终相遇时,他们一见如故,谈得非常投机。小布什一直呆到深夜,这是非常少见的。因为熟悉他的人,尤其是奥尼尔夫妇知道,小布什是早睡早起的人,每天早上通常要早起锻炼,跑上3英里。所以,他常常在9点钟就离席了。小布什和劳拉那天晚上一起度过了那么长时间大出奥尼尔夫妇的意料。

奥尼尔夫妇和其他朋友对劳拉和小布什发展下去没抱什么希望。因为他们俩从许多方面来看都是截然相反的两种人:小布什是个出了名的懒汉,而劳拉是个爱整洁的人,每次洗完澡后都会把浴室打扫得干干净净后才会放松自己;小布什看书偏重管理方面,而且看完书后到处乱扔;而劳拉则博览群书,而且自己的书柜总是摆放得井井有条;小布什喜欢出风头,爱耍嘴皮子,遇事不冷静,而劳拉则不喜欢出风头,遇事沉着冷静,话不多却总能切中要害。所以,当几周后奥尼尔夫妇得知两人仍保持着联系时,都有点"昏过去了"。奥尼尔回忆起这段事情时说:"我不仅仅是奇怪,而且是相当的震惊。"作为两个人的媒人,奥尼尔本人也不相信劳拉和小布什的确是合适的一对。

事实上，劳拉和小布什都深深的被对方吸引了。劳拉认为小布什是一个非常有趣的人，非常聪明，偶尔有点蛮横。而且小布什那富有感染力的快乐让劳拉迷恋，小布什能让劳拉爽快地大笑。小布什则感觉他们不同的性格正好可以互补。劳拉善于倾听，他自己健谈。对于他来说，这是一见钟情的爱。他在自传中写道："我们两个很快就坠入了爱河。"劳拉说："我不知道那是不是一见钟情，但很接近。"

劳拉那个星期天的晚上返回了奥斯汀，下一个周末小布什飞去奥斯汀看她。第二天他随家人到缅因州肯纳贝克老家度暑假，可他在老家呆了一天就又回到劳拉身边。小布什的母亲芭芭拉·布什说他"被恋爱迷住了心窍"。

后来小布什回到米德兰工作，但每到周末都飞到奥斯汀去。不久之后，他们感觉谁也离不开谁了，他们认为该结婚了。因为他们都快 31 岁了，需要一个稳定的家。劳拉说："好像我们注定要相识一辈子似的。我们有太多相同的背景。""我和乔治都想结婚。我们都为找到对方感到幸福，也都想早日安顿下来成立一个家。"尽管是闪电式的恋爱，但两人真心相爱，也就不算仓促。

1977 年 10 月，小布什带劳拉到休斯敦去见他的家人，告诉家人他们要结婚。小布什家和劳拉家不一样，是一个三世同堂的大家庭。小布什的母亲芭芭拉对劳拉没什么意见，认为劳拉很漂亮，而且很特别，她希望作为独生子的劳拉可以在他们这个大家庭中找到快乐。小布什的弟弟马文回忆起他们的第一次相遇说："她是我见过的最高雅的人，像奥黛丽·赫本走进了'动物之家'一样。在我们这个男性占主导地位的家里，门总是砰砰地响，每

个人都在到处跑着做运动……一个聪明、理智、可爱的人——一个非常恬静的人——来到了众所周知的布什家,一个乱糟糟的地方。她举止优雅端庄,为一个乱糟糟的地方带来了宁静。"

小布什的祖母多萝茜则不太满意劳拉,因为劳拉最喜欢做的事不是多萝茜喜欢的网球,而是阅读。多萝茜出身于一个运动传统的家庭,也是一个优秀的运动员,她把体育精神作为教育孩子的基本准则。她判断一个人就看他怎样打球。一个热爱运动的家庭将要娶一个喜欢阅读的女子进门,这让多萝茜有点接受不了。芭芭拉回忆起这位老人的反应时说:"老太太几乎垮掉了。"最后多萝茜还是接受了劳拉。

1977 年 11 月 5 日,小布什刚刚过完 31 岁生日的第二天,乔治和劳拉在米德兰第一联合卫里公会教堂举行了简单的结婚仪式，没有伴娘，没有伴郎，只有 75 个客人。劳拉没有穿传统的婚礼服，也没有戴面纱。她选择了朴素的米黄色裙子和罩衫，腰身处扎着小花。那天，劳拉和往常一样让浓密的头发松散地披在肩上。

虽然这与小布什的父亲的地位和劳拉家的财富很不符（当时老布什刚刚卸任中央情报局局长职务，担任休斯敦第一国家银行的总裁，已经被共和党指定为 1980 年的总统候选人），但这是劳拉希望的婚礼。正如她一直以来喜欢留着短发是因为可以"洗洗就出门"，劳拉不想把婚礼弄得太复杂，她只想和他们最亲密的朋友一起庆祝婚礼，而不是家人的朋友。

新婚夫妇到墨西哥度了一个短暂的蜜月。回来之后，劳拉住进了小布什那年早就在"高尔夫球场"大道旁买好的一座砖砌的大宅子。房子里里外外似乎还有点像单身公寓。劳拉说院子里的草有她人那么高。然而她没有时间打理，他们几乎是立刻就投入了竞选。

美满的家庭生活

婚姻改变了劳拉，正如后来在竞选中她跟记者讲："婚姻使我成了共和党人。"

起初劳拉对政治、演讲极不感兴趣，劳拉甚至在答应嫁给小布什前，曾同其达成协议，绝不代表他做任何政治发言。小布什2000年7月下旬接受记者采访时曾开玩笑说，"如果当时我对她说，亲爱的，你将在2000年共和党全国代表大会上作开场发言，她会说，你完全丧失了理智，我不会嫁给你。"然而，劳拉结婚后很快开始为丈夫的竞选出力。

刚开始有些不顺。婚后两个月，小布什要求劳拉在德克萨斯罗秀县政府大楼前的台阶上代替他发表一个演讲。这是劳拉的第一次演讲，由于准备工作没做好，加上一上台就很紧张，结果草草讲完。这件事让劳拉感到很尴尬，但是勇敢的劳拉没有因此而退却。相反，她以后每次露面都尽力改善自己的言辞。通过演讲，整个美国都知道了劳拉不是一个害羞的、胆怯的、沉默寡言的图书管理员，而是一个坚强、热情、智慧和幽默的女人。《时代周刊》的撰稿人格雷戈里·柯蒂斯这样写道："她的沉着冷静使

　　有些人认为在她宽厚仁慈的外表下隐藏着的是一个钢铁般顽强的女人。但事实是她根本不是这个样的……她很风趣。她喜欢开玩笑，喜欢在谈话中时不时机智地插上那么一句短小的俏皮话。"

　　劳拉利用自己在教育上的优势，致力于德州教育。德州近年来在教育方面取得长足的进步，凝结着劳拉不少的辛劳。劳拉凭借这一点在 2000 年的大选中助丈夫一臂之力，因为教育问题是2000 年总统大选中的关键议题之一。

　　夫唱妇随，是劳拉扮演的主要角色。总统预选期间，劳拉在新闻会议或是市政厅大会上总是站在丈夫的身旁；她在竞选游说上已花了 100 多天，其中有 1/4 的天数丈夫不在身边。她发表讲话应付众人,接受马拉松式的采访。2000 年春季的一次长达 18 小时的采访中,她一人回答了 32 家电台采访。

小布什曾经对记者说,是劳拉让我集中精力干事情,而且提醒我什么该做什么不该做。"小布什在德克萨斯州奥斯汀的一次选民集会上正式推荐前国防部长迪克·切尼作为自己的竞选伙伴,这位德克萨斯州州长在他新的竞选伙伴开始发言时,往后退了一步,站在妻子身边。切尼每讲一句话,人群中都爆发出一阵鼓掌声,劳拉·布什也击掌欢呼。可是她丈夫却无动于衷。于是,劳拉向小布什挪了不易为人察觉的一步,靠近后,她以敏感,几乎看不出的细微动作,稍稍向小布什的肘部温柔地推了一下。她拍手微笑时,将手臂再稍稍向丈夫身边靠一点,直到手肘触着他的手臂。小布什立刻心领神会,没有说一个字,也没有目光接触。当切尼又讲完一句精彩的言论,小布什也加入了欢呼的人群。这一几乎不为在场的大多数人觉察的动作是劳拉与丈夫关系的最佳比喻。她用静悄悄、温柔的方式对小布什的竞选施加了很大的影响。

接连不断的政治活动并没有影响劳拉和小布什的感情,他们十分注意交流。孩子的出生更加深了他们的感情。

1981 年 11 月 25 日劳拉生下一对双胞胎女儿,分别被祖母和外祖母取了名字,芭芭拉和珍娜。

这两个小天使的降临十分不易。在劳拉临近分娩的时候,她突然患了血毒症,被紧急送往达拉斯的贝勒医院。血毒症能引起全身水肿,损伤肝、肾,导致肺积水,严重时会突然发作致死。在这种情况下,劳拉又一次表现出她的坚强。她的朋友帕姆说:"她没有消沉。她抱着很大的希望……非常坚定。她总有那么一种精神,'事情有发生,就有结束;一切总会过去的。"劳拉对小布什说:"我们的孩子会健健康康的。"小布什被这句话感动得几乎要流泪了,因为一个母亲说孩子终将会安然无恙,这是多么强有力的言辞。每当想起劳拉在孩子出生前几周所忍受的痛苦,小布什就肃然起敬。

劳拉的另一个朋友里根·盖孟亲眼目睹了劳拉患病期间布什所受的煎熬。她说:"我想,在这场灾难中,乔治要比劳拉更难熬。"在劳拉住院的那几周里,小布什不断穿梭于达拉斯和他们米德兰的家之间。

11月下旬,劳拉的病情进一步恶化:病得非常厉害。医生不得不提前给劳拉实行剖腹产手术,因为分娩是治疗她疾病的惟一方法,婴儿和母亲都安然无恙。

孩子出生的那天早上小布什流着眼泪打电话跟劳拉的母亲珍娜说:"我们有两个漂亮的婴儿了!"

刚当上爸爸的小布什不太会照顾孩子,如果轮到他抱孩子,他惟一想到要做的事就是唱耶鲁战歌,什么"狗儿呀狗儿!快快战斗吧,快快战斗!"他们一天最美好的时刻就是早上和女儿们一起度过。劳拉说："她们幼小的时候，我们早上把他们放在我们的床上，我和乔治每人搂一个。我喜欢那些美好的回忆。"

劳拉那些日子的工作就是照顾两个孩子，把她们放在婴儿车里在高尔夫球场大道上推来推去。劳拉的父亲哈罗德非常喜欢孩子，因为离劳拉住的地方非常近，几乎每天都去看她们，这也让她无比高兴。

劳拉喜欢宁静的家庭生活。她在自家花园里找点活做做，养育女儿，和父母朋友聚会，过着一种田园式的悠闲生活。劳拉和布什经常和劳拉的父母一道用餐，有时他们跑到父母家，有时父母到他们家。饭后，他们就在厨房的桌子上打牌。就像许多家庭一样，过着和谐美满的生活。

劳拉和小布什的爱情没有跌宕起伏的曲折，没有扣人心弦的情节，有的只是普通的爱情经历。他们结婚后像普通人一样生活着，即使是他们因为竞选而在全国不同的地方时，每天晚上，他们都通电话交谈，谈孩子在干什么，今天发生了什么，家中的宠物今天表现如何，就像每对夫妻在回家的路上互相打电话一样。普通中包含着温馨，普通中包含着幸福。

（二）芭芭拉·布什
幸福的胖姑娘

　　1925年6月8日，芭芭拉·皮尔斯出生于纽约。她的父亲马文·皮尔斯是麦考尔公司的出版人的助理，是一个有坚定信念的人。他爱好体育，在他的培养下，体育运动成了芭芭拉的终生爱好。马文·皮尔斯还是是十分幽默的人，在这方面，芭芭拉很像他，比如芭芭拉谈到自己的胖时，总是说："我出生时大概有一百磅吧。"对比之下，母亲波林·罗宾森"没有幽默感"，经常成为开玩笑的中心对象。但她是一个热心富于同情心追求完美的女人。她说服拉伊镇上的男人们不要在主要街道上停车，在浴缸里为受伤的松鼠治疗，包扎小鸟们被折断的翅膀，十分注意室内居住的优雅和美丽：她绣得一手好花边，用分期付款的方式从全国各地的小商贩手里买来美丽的瓷器、水晶和家具。她使孩子们过着舒适的生活。

　　芭芭拉从小是个招人喜爱，喜欢开玩笑和喜欢外出的小姑娘，姐姐玛撒是她崇拜的偶像，她非常喜欢弟弟斯科特，不仅是因为斯科特身患重病，而且因为父母把全部的精力都扑在他身上，他却毫不娇惯。对哥哥吉姆斯却害怕的要命，因为他太调皮了。她经常和吉姆斯打架，这使她有点像男孩子。

芭芭拉的童年生活是这样的：无休止地骑自行车，剪纸娃娃和玩"想像"游戏，养狗，阅读连载系列故事。狗曾是芭芭拉童年生活的

中心。芭芭拉拥有一只名叫桑迪的定期生产幼仔的狗，这给家里带来了不少麻烦。每当产仔时，皮尔斯夫妇的高级浴室中的一个就成了一间产房，芭芭拉的父亲对此十分恼火。芭芭拉后来回忆道："我还记得我父亲说，'该死！我什么时候才能要回浴室？半夜起床就会踩到一只小狗！'"

芭芭拉 12 岁时长得又高又胖，身高足足有 5 英尺 8 英寸。这使她十分为难，尤其是在学跳舞的时候。在寄宿学校读书的时候，芭芭拉每个星期五晚上都会去"科文顿女子舞蹈学校"，这里不仅教她跳华尔兹，而且教她如何应付现实生活，惟一的遗憾就是男孩子太少。通常舞会开始后，在第一圈邀请之后，男孩子的

人数不断减少,而芭芭拉仍然站在舞圈线外等着某个男孩来请,结果到最后还是只好请一位姑娘跳舞。她的高身材让不少男孩子们望而却步。

当芭芭拉回忆童年的时候,没有把高身材带来的烦恼过多夸大,她只记得在自家的餐桌上,有美味佳肴,有真正的奶油抹在麦片上,以及用真正的上等土豆做出来的土豆泥。她还记得有关佳肴的另一件事,"我是个非常幸福的姑娘,我这辈子一直在听妈妈对我姐姐说,'吃光,玛撒,'和'可不是你,芭芭拉'。"

芭芭拉的姐姐上寄宿学校之前还是个又高又瘦、十分腼腆的丑小鸭,从学校回来时已是个漂亮又聪明的姑娘了。因此,1941 年芭芭拉被妈妈送往阿什利学院,这所学校可以给予第一流的教育,使学生具有良好的教养。芭芭拉的母亲深信这样的教育可以使芭芭拉发生和玛撒一样的变化。

嫁给吻过的第一个男人

　　1941年乔治·布什和芭芭拉·皮尔斯在格林威治镇环希尔乡村俱乐部的一个圣诞舞会上相遇。当时，芭芭拉身穿一件红绿相间的落肩衣裙，在格伦尼·米勒的乐曲中翩翩起舞。一头红棕色的头发自然地翻着卷波浪，透露出青春的气息。她的活力，她那双大大的、欢笑的眼睛和开心的嬉戏打动了在一旁观看的乔治·布什。

　　一曲结束时，乔治·布什决定去弄清楚她是谁。经过朋友的介绍，乔治·布什邀请芭芭拉跳舞。他们一边跳一边聊天。无论芭芭拉和乔治·布什谈了些什么，都给两人留下了深刻的印象。他们几乎是一见钟情。芭芭拉形容他对她的影响时说："当他在房间时，我几乎不能呼吸。"她觉得他是一个非常有吸引力的年轻人。乔治·布什被这个敢于同别人交往并且从来也不为自己担心的姑娘所吸引，认识到这样年轻的姑娘身上有他所喜欢的品质，这种品质直到后来都让乔治·布什非常信赖。

　　第二天晚上，乔治·布什到拉伊的阿佩瓦米斯俱乐部的交谊舞会，径直走到芭芭拉面前，问芭芭拉能不能和他约会。芭芭拉还来不及回答，就被那个小时候经常和芭芭拉打架的哥哥吉姆斯打乱了。吉姆斯正想找一个篮球队和拉伊的球队赛一场，看到乔治·布什很合适，就邀他一起去打球。乔治·布什答应了，然后问芭芭拉他能不能在球赛后开车送芭芭拉回家。芭芭拉，这个16年来都对篮球没有兴趣的姑娘一回家就宣布，家里人都应该去"基督教青年会"看球赛。她的弟弟立即意识到芭芭拉陷入了爱河。后来全家人都去看他们打篮球。乔治·布什说好球赛结束后送芭芭拉回去，为了避免无话讲的尴尬，他特意乞求父母把家里那辆有收音机的大车借给他用。结果，他发现自己的担心是多余的，他和芭芭拉有那么多的话要讲，以致数年后他开玩笑说，那天晚上她开始谈话以后就再也没有停止过。

圣诞节过后，芭芭拉回到阿什利学院。芭芭拉和同屋的姑娘们经常谈起乔治·布什，谈得如此之多，以致她的室友很快意识到乔治·布什已不只是芭芭拉的男朋友，甚至有点像她的未婚夫。

乔治·布什和芭芭拉开始频繁的通信。阿什利学院的姑娘们有一个不成文的规定：将男朋友的来信公开念出来。芭芭拉也这么做，她将乔治·布什来信的一部分内容让好朋友知道，大声地读给她们听。也许喜欢做恶作剧的芭芭拉做了点手脚，姑娘们没并没有听到什么缠绵的东西，只是讲些新闻，没有人确切知道乔治·布什在信里说了些什么，因为阿什利学院的姑娘们从来不让别人把信拿在手里。

当时美国已经卷进第二次世界大战。乔治·布什一直想参加海军，于是他18岁这天在波士顿报名从军作一名海军二等兵。不久，他就在北卡罗来纳的教会上接受战前训练。1943年夏天,乔治·布什在即将进行高等飞行训练之前邀请芭芭拉到缅因州与他和他的家人在一起。她在那儿住了 17 天,和多萝茜·布什相处得非常成功。芭芭拉做的花生奶油三明治让多萝茜十分满意,以致多萝茜·布什后来遇到芭芭拉的母亲波林时对她说:"你有个绝妙的女儿,你知道这个令人愉快的孩子在作我们的客人时给大家做三明治,使大家在那个晚上大饱口福吗?"芭芭拉和多萝茜都喜欢运动,这使得她们有很多共同语言。在缅因州的十几天,芭芭拉通过了婆婆的"审查"。

同时,乔治·布什和芭芭拉的关系得到了巩固,他们秘密的订婚了。直到 1943 年秋天,他们才在《纽约时报》上正式向世界宣布了他们的订婚,他们的家人也才知道。那时乔治·布什在罗得岛的查尔斯城的海军航空兵基地完成了训练,并分配到一架 VT－51,随鱼雷中队被派往太平洋。同时,芭芭拉·皮尔斯进入马萨诸塞州北安普顿的史密斯学院学习。在学校,芭芭拉时时惦记着远在南太平洋的乔治·布什。

1944 年 9 月,乔治·布什驾驶的鱼雷轰炸机在袭击日本父岛的战斗中被高射炮炮火击中。当时飞机急剧下降,布什设法扔掉 4 颗重 500 磅的炸弹,冲出战区,飞向大海。然后他让两名同机人员跳伞,接着他自己也跳离了飞机。很幸运,他被飞行队的伙伴发现了,他的战友拖住海湾里的日本兵,使乔治·布什能够随着橡皮筏漂出一段距离,否则,他没法得救。

芭芭拉丝毫不知道已发生的事情,她正在家里计划着 12 月 19 日的婚礼。她未来的婆婆多萝茜从乔治·布什的朋友那得知乔治被击落的消息,怕芭芭拉接受不了打击,没有告诉她乔治失踪的消息。这真是一个正确的决定。芭芭拉只是在乔治告诉她和他的家人他平安无事前三、四天才知道这一切。芭芭拉很感激多萝茜,因为她没有轻易粉碎一个女孩的希望。

1944年圣诞节前夕,乔治回到家中。家里的每个人都被这难得的重逢喜极而泣。正如乔治在自己的《展望未来》一书中写到:"在假日的气氛里,有眼泪,有欢笑,有紧紧地拥抱,有由衷的喜悦,有爱,也有家庭的温暖。"

1945年1月6日,芭芭拉·皮尔斯头披多萝茜·布什的面纱,身穿她一直保存到那天的镶着花饰的白色缎子长袖衣裙,同海军中尉,身穿海军制服的乔治·布什在拉伊的基督教长老会第一教堂举行婚礼。芭芭拉在几年后说:"我嫁给了我吻过的第一个男人,当我把这个告诉我的孩子们时,他们都吐出了舌头。"

"我们的孩子们仍然回家来"

1946年7月6日，芭芭拉和乔治·布什的第一个孩子乔治·沃尔特·布什出生。小布什把芭芭拉带进了一个世界，它将在今后的20年里同她的精力进行比赛，有时是垄断了她的精力。芭芭拉非常喜欢小动物，可当孩子降临到世界上时，她不得不面临这样"痛苦"的选择："我们能找到的(生活的)惟一地方是带孩子不带小动物……或带小动物不带孩子，我们选择了孩子。"芭芭拉钟爱的长卷毛狗不得不送往父母那儿去。

婚后的生活是清贫的，有了小孩，生活更拮据了。他们花钱很小心，芭芭拉为补贴家用，在耶鲁的一家合作社里工作，带回家一份小小的工资。芭芭拉甚至没多余的钱购买自己喜欢的东西。有一次，芭芭拉从旧书店里买了些旧书回家，但乔治对她说："亲爱的，你必须把这些书还回去，因为我们买不起。"从小过着舒适生活的芭芭拉开始学着做一个标准的家庭主妇，她学会洗尿布和做晚饭，她做的美味开花豌豆汤让留在耶鲁的好朋友怀念不已。

乔治的朋友马伦认为，如果乔治携妻子移居敖德萨的话，最终有机会在石油行业的各个方面大显身手。马伦的话打动了乔治。于是，1948年6月，乔治从耶鲁大学毕业的当天，就怀揣着3000美元的种子基金，开上红色"史蒂倍克"汽车直奔西德克萨斯的敖德萨。在当时做出这样的选择是很艰难的。因为敖德萨在居住在纽约的人们看来简直就是蛮荒之地，芭芭拉的母亲在芭芭拉去敖德萨之后，不断的给她寄包裹，因为她认定那儿没有肥皂这样的东西。敖德萨不是东部人想像的那么糟糕，但的确是个简陋而混乱的城市。芭芭拉去之前当然知道会是这样，但她还是坚持和丈夫乔治一起去了。

后来他们又拥有了4个孩子：罗宾·杰布，尼尔·马伦，马文·皮尔斯·布什，多萝茜·沃克。众多的孩子把芭芭拉训练成美国50年代喜剧电影中的女主人公：她们都是些出色的家庭主妇，她们的家极其干净，孩子们深受宠爱，丈夫们奋力去实现伟大的美国梦而毫无后顾之忧。芭芭拉就是这样一个出色的家庭主妇，她极善持家理家，她的橱柜里食品丰富，孩子们的相册里总是贴着最新的照片，表示感谢的小条子总是放在邮件里。她总能烧出可口的意大利空心粉，她从来不错过学校开家长会，她让一切井井有条。

这不是芭芭拉的梦想。因为芭芭拉有可以成为事业女性的潜质，她说话言简意赅，做事迅速敏捷，她有着一个事业女性所需要的干练和智慧。他的儿子杰布曾说："如果芭芭拉·布什能在80或90年代再生为一位年轻的女子，她一定是一家大公司的总经理。"芭芭拉也想从单调的家庭生活中摆脱出来，因为有时这些琐事让她感觉自己永远也不会再有乐趣。她后来回忆时说："对我来说，那是一段日长年短的时期，每天同尿布，鼻涕，耳痛，难以置信的小孩子游戏，扁桃体等打交道；忽然间又要跑到医院急诊室，忽然跑主日学校和教堂；连续几个小时地催孩子做家庭作业，圆圆的小胳膊搂着你的脖子和粘乎乎的小嘴亲吻……有时候我真妒忌那些楚楚动人的年轻女子，她们离开家门，生活在一个男人的世界里。"她一直想当个护士，但是，在西德克萨斯的最初几年里，必须有人照顾家，所以在 50 年代的大部分时间里，她担负着双重的角色，她既当母亲，又当父亲。还好，她一想到乔治·布什，正在奋力创办一个公司，奔波于世界各地，她又觉得其乐无穷了。

芭芭拉和乔治给孩子们的教育是不一样的。尽管芭芭拉偶尔充当父亲的角色，但在多数时候，她依然是个爱唠叨的母亲，因为她要不断提醒孩子"你的家庭作业做完了吗"。乔治·布什就不用做这些小事，他给孩子的自由要大于芭芭拉。这里有一个典型的例子。有一天，芭芭拉给乔治打电话："乔治，我真不行了，我不知道该怎么办，你的儿子又惹麻烦了，他用球把邻居家楼上的窗户打破了。"可乔治说："哦！好个伟大的一击！"然后又问，"你把球拿回来了吗？"乔治不会因为孩子打破了邻居家的玻璃而不让孩子运动。他对孩子的事插手不多，即使发表意见，也不是具体的，从不给他们任何指点，而是让他们自己去想。孩子们能从他那得到最严厉的意见就是告诉他们，他对他们所做的某件事感到"失望"。这往往是因为孩子没有完成自己的责任。有一次，小布什想念他的女朋友，想在他们各自返回学院前，呆在一起，因此，他没有完成老板交给他的任务，就离开了制造近海石油钻探设备的工作。小布什被父亲乔治·布什叫到办公室，只对他说了两句话："在我们的家庭里，在生活中，你要完成你的责任;你让我失望了,就是这样。"乔治教给孩子们什么是责任和纪律,这对他们以后的事业有很大的帮助。

芭芭拉和婆婆多萝茜的关系非常好。她们有着同样的品质——坚强和同样的爱好——运动。芭芭拉孩提时候就喜欢打网球,这为她与多萝茜相处带来了不少好处。多萝茜是一个爱好运动的人,芭芭拉评价她说:"她是一个最富竞争力的生机勃勃的女性"。她们经常互相切磋球艺。不过,芭芭拉一直都是多萝茜的手下败将。在芭芭拉第二个孩子罗宾生病的那段悲伤的日子里,多萝茜一直用运动来转移芭芭拉的视线。她和芭芭拉去打板球。先是用右手打败了芭芭拉,接着在开局时让芭芭拉20分,然后用左手把芭芭拉打败了。芭芭拉觉得那简直不可"饶恕"。集中精力运动为芭芭拉的心情得到了暂时的放松。芭芭拉对此感动不已:"她最能给人以鼓励和帮助,她是最好和最可爱的人,她是一位完美的母亲和最伟大的母亲。"

多萝茜的育子之道也给了芭芭拉不少的启发。多萝茜一直是让孩子们去做"他们想做的事",当然要对他们的行为有所节制。在后来面临儿子杰布参军的问题上,芭芭拉就采纳了这一点。杰布决定去参军,芭芭拉和家人对杰布说,不管出现什么情况都支持他。后来杰布没有应征上,从这件事上芭芭拉更深信应该让孩子们"做自己想做的正确的事"。多萝茜总把自己的儿媳妇当作自己的女儿来对待,芭芭拉从婆婆那学到了这种品质,这使得这个大家庭一直都和和睦睦,充满着爱。

布什夫妇的家几乎可以作为美国家庭的一个典范。多萝茜,芭芭拉,乔治使整个家充满无限的爱。孩子们即使在离开家庭之后仍然定期回家过周末,度假日,共进星期日晚餐。正如他们的女儿多萝茜·沃克所说："直到今天，我还是想回家来，我的一家人都这样想。"小布什也说："我们之所以回家是因为家里的气氛轻松而又温暖。他们总是使家里充满了爱。他们相互热爱，毫无疑问，他们爱我们这些孩子。"乔治·布什也说："我最引以为骄傲的一项成就就是我们的孩子仍然回家来。"

　　这是乔治·布什家的一个周末：一个微风习习的夏日，乔治·布什和自己某个孩子边走边谈，耳边传来一声声平稳的球敲击球拍的声音，那是乔治的孩子们在运动。乔治的孙儿们，不论是还不会系鞋带的，还是贪恋芭芭拉做的小甜饼的，像芭芭拉的小狗一样漫无方向的跑动。空气中有细细的花香，那是因为芭芭拉在不远处的家种了牡丹花。